Déjà parus
chez Flamme

Guy des Cars
Le Crime de Mathilde
La Voleuse

Rosemary Rogers
Au vent des passions

Joy Fielding
La Femme piégée

Kathleen E. Woodiwiss
Une rose en hiver

Dirk Wittenborn
Zoé

Thomas Hoover
Le Moghol

septembre
Rosalind Laker
Le Sentier d'émeraudes

La voleuse

DU MÊME AUTEUR

Chez Flamme :
(distribution Flammarion)

LE CRIME DE MATHILDE, roman.
LA VOLEUSE, roman.

Chez Flammarion :

LA BRUTE, roman.
L'IMPURE, roman.
L'OFFICIER SANS NOM, roman.
LA DAME DU CIRQUE, roman.
LA CATHÉDRALE DE HAINE, roman.
LA CORRUPTRICE, roman.
LA DEMOISELLE D'OPÉRA, roman.
AMOUR DE MA VIE, roman.
CETTE ÉTRANGE TENDRESSE, roman.
LA TRICHEUSE, roman.
LE CHÂTEAU DE LA JUIVE, roman.
LES FILLES DE JOIE, roman.
LE GRAND MONDE, roman.
LA VIPÈRE, roman.
SANG D'AFRIQUE, roman.
L'AMOUR S'EN-VA-T'EN GUERRE, roman.
LES SEPT FEMMES, roman.
LE FAUSSAIRE, roman.
LA RÉVOLTÉE, roman.
DE CAPE ET DE PLUME, roman vécu.
LE TRAIN DU PÈRE NOËL, conte illustré par Paul Durand.
UNE CERTAINE DAME, roman.
L'INSOLENCE DE SA BEAUTÉ, roman.
LE DONNEUR, roman.
LA VIE SECRÈTE DE DOROTHÉE GINDT, roman.
L'ENVOÛTEUSE, roman.

Dans la série « Le Mage » chez Flammarion :

LE MAGE ET LA BOULE DE CRISTAL, roman.
LE MAGE ET LE PENDULE, roman.
LE MAGE ET LES LIGNES DE LA MAIN, roman.
LE MAGE ET LA BONNE AVENTURE, roman.
LE MAGE ET LA GRAPHOLOGIE, roman.

Chez Plon :

LA VENGERESSE, roman.
LA FEMME SANS FRONTIÈRES, roman.
LA COUPABLE, roman.
LA FEMME QUI EN SAVAIT TROP, roman.
LE BOULEVARD DES ILLUSIONS, roman.
LA JUSTICIÈRE, roman.
LE CHÂTEAU DU CLOWN, roman.
LA MAUDITE, roman.
L'ENTREMETTEUSE, roman.
J'OSE, confidences faites à son fils Jean des Cars.

À la Librairie Académique Perrin :

LES REINES DE CŒUR, récit historique.

Chez René Chaix (à Grenoble) :

TONI, illustrations de J.A. Mercier.

Guy des Cars

La voleuse

Roman

Flamme

ISBN : 2 - 277 - 02106 - 7

LE MANUSCRIT

Lui et moi sommes de vrais amis et j'ai la conviction que nous le resterons toujours. Cette solide amitié vient peut-être de la très grande différence d'âge entre nous. Je pourrais presque être le père de Jacques puisque, étant né en 1947, il a aujourd'hui trente-sept ans. C'est un merveilleux garçon, pourvu de tous les dons : intelligence, sensibilité, charme physique; s'il n'est pas encore marié, c'est qu'il a voulu rester auprès de sa mère, veuve depuis dix années. Elle vient de décéder subitement, emportée par une crise cardiaque, alors qu'elle allait atteindre ses soixante ans. On lui donnait facilement dix années de moins et elle était restée très belle.

Jacques avait pour sa mère cette même adoration que j'ai moi-même éprouvée pour la mienne, disparue depuis longtemps. Ce double sentiment d'amour filial est peut-être ce qui a le plus contribué à nous rapprocher. Chaque fois que je voyais Jacques en compagnie de sa maman, j'éprouvais l'impression réconfortante de rajeunir et de me retrouver en présence de ma propre mère. Et pourtant ces femmes exceptionnelles n'eurent pas grand-chose de commun! Physiquement, ma mère, sud-américaine, était très brune alors qu'il n'y avait pas plus blond que celle de Jacques. On a toujours dit que je ressemblais à ma mère. Je puis affirmer que Jacques est le portrait de la sienne.

Le véritable prénom de la mère de mon ami était Greta : une Allemande de bonne souche berlinoise. Chose curieuse, ces deux mamans de fils uniques conservèrent jusqu'à leur dernier jour la couleur de leurs cheveux sans que la plus petite mèche blanche ou même grise vînt en ternir l'éclat. Phénomène naturel ou coquetterie de femmes ? Peu importe. Ce qui a compté pour elles a été de garder cette jeunesse que nous, les fils, leur avons toujours connue et dont nous avons été fiers.

Quand la mère de Jacques mourut, je crois bien avoir eu autant de chagrin que lui, sans qu'il fût cependant du même ordre que celui que j'avais ressenti à la disparition de ma propre mère. Mon âge se rapprochant beaucoup plus de celui de Greta que de celui de Jacques, ce n'était pas seulement la maman d'un camarade très cher qui disparaissait mais aussi une amie dont j'étais devenu le confident... Du moins je le croyais jusqu'à cette matinée où Jacques arriva chez moi, quarante-huit heures après l'enterrement de sa mère auquel j'avais assisté, en hurlant comme un fou :

– Damné ! Je suis damné !

– Qu'est-ce qu'il t'arrive ?

– Il m'arrive...

Et, ne parvenant pas à trouver ses mots, il jeta sur mon bureau un manuscrit assez volumineux.

– Lis ça, dit-il.

– Qu'est-ce que c'est ?

– Un legs de ma mère... J'étais hier après-midi chez le notaire pour les questions de succession – pas très compliquées puisque je suis le seul héritier de mes parents et qu'à la suite d'un accord fait avec mon père j'avais accepté que ma mère gardât l'usufruit de la fortune jusqu'à son décès. Il m'a donné ce manuscrit.

Il le détient depuis deux ans. C'est maman qui l'avait déposé alors entre ses mains en spécifiant : « Vous ne remettrez ceci à mon fils qu'après mon décès. Il y a là-dedans certains secrets que mon mari lui-même a toujours ignorés et qui ne concernent que Jacques et moi. » Lis les premières lignes et tu comprendras.

J'ouvris – avec ce respect que j'ai toujours eu pour un manuscrit, quel qu'il soit – la chemise cartonnée. A l'intérieur, se trouvait une liasse de feuillets sur lesquels s'étalait, nette et régulière, l'écriture de Greta. Je la connaissais bien, cette écriture, d'où toute fantaisie était exclue : sa rigueur reflétait le caractère germanique et précis de la mère de Jacques. C'était une écriture un peu dure aussi où les mots français ne semblaient pas se sentir tellement à l'aise... Et, cependant, la langue en était excellente, fort simple – comme je pus le constater par la suite quand je poursuivis la lecture chez moi –, sans effet de phrases ni la moindre prétention littéraire. Quant aux faits racontés, ils étaient ahurissants, et il aurait été difficile d'y croire s'ils n'étaient pas venus de la plume d'une femme dont le sérieux ne pouvait être mis en doute. Les premières lignes disaient :

« *Jacques*

« *Quand tu liras ces pages, que j'ai écrites longtemps après la mort de celui qui fut mon époux et que j'ai trop respecté pour lui laisser la possibilité de prendre connaissance de leur contenu, je ne serai plus de ce monde, mais cela ne voudra pas dire que mon âme ne restera pas auprès de toi pour te conseiller en secret s'il le faut et surtout pour continuer à te protéger comme je l'ai toujours fait... Donc, pendant des nuits et des nuits, sans que personne de mon entourage, et toi encore moins que les autres, ait pu s'en douter, j'ai confié à ces feuillets des faits qui se sont réellement passés, que j'ai été seule à connaître et qui seraient sûrement restés ignorés si un besoin impérieux ne m'avait poussée à te les révéler à titre posthume... Oui, chéri, ma conscience m'a contrainte à tout te dire. Si je ne l'avais pas fait avant de te quitter, jamais je n'aurais pu continuer à conserver un contact avec toi de cet au-delà où j'erre maintenant. Quand, m'ayant lue et ayant réfléchi, ton cœur m'aura fait parvenir ton pardon, alors seulement, me semble-t-il, je pourrai connaître enfin ce qu'on appelle sur terre "le repos éternel". Si tu savais comme j'attends avec impatience ton verdict!* »

Au moment où j'allais tourner le premier feuillet pour continuer, Jacques me dit :

– Arrête! Cette page suffit pour le moment. Je te laisse le manuscrit. Tu seras seul à le lire après moi parce que tu as très bien connu ma mère et, surtout, parce que je n'ai confiance qu'en toi. Tu as remarqué que, dans ces premières lignes, elle ne m'appelle pas « mon enfant » mais seulement par mon prénom *Jacques* et qu'en parlant de mon père elle ne dit pas « mon mari » mais *« celui qui fut mon époux »*?

– Et alors?

– Cela explique beaucoup de choses... Maintenant je te laisse. Téléphone-moi dès que tu auras fini ta lecture et je reviendrai pour savoir ce que tu penses de ces révélations. Promets-moi aussi d'aller jusqu'au bout.

– C'est juré.

– Merci.

Il s'enfuit aussi vite qu'il était entré mais il me sembla, au moment où il détournait la tête pour ne plus me regarder, que ses yeux étaient embués de larmes.

J'étais tellement intrigué par cette visite imprévue, correspondant si peu au comportement habituel de mon ami, que je repris presque aussitôt le manuscrit. Je le terminai vers minuit et je peux l'avouer : j'étais aussi abasourdi que perplexe. Pendant dix heures d'affilée et sans avoir jamais ressenti le besoin de reprendre souffle, je venais de découvrir le véritable comportement d'une femme, auquel je n'aurais jamais cru si elle-même ne l'avait pas relaté avec une franchise apparemment cynique mais qui, à mes yeux, en fin de compte, l'honorait plus qu'elle ne l'avilissait. Et, dans ce récit, le mensonge côtoyait sans cesse l'une des qualités les plus émouvantes de la femme : le besoin d'être mère.

Depuis cette soirée et cette nuit, qu'il ne me sera pas facile d'oublier, j'ai longuement réfléchi et j'ai souvent revu Jacques qui m'a dit et redit :

– Maintenant que tout cela, qui n'appartient plus qu'à nous deux, fait partie du passé, pourquoi n'en tirerais-tu pas un roman?

La première fois où il me posa cette question, je fus interloqué :

– Comment? Après la discrétion dont elle a fait preuve pour l'écrire, tu voudrais que je raconte à d'autres ce qu'a été la véritable existence de ta mère? Cela me paraîtrait indécent et je ne pense pas qu'elle serait heureuse, là où elle se trouve maintenant, de voir ses secrets ainsi divulgués!

– Je finis par me demander si ce n'est pas intentionnellement qu'elle m'a légué ce manuscrit : pour qu'un jour ou l'autre je le fasse publier.

– Le publier tel quel? Impossible! Ne serait-ce que pour sa mémoire, pour celle de ton père et surtout pour toi... Méchants comme ils le sont, les gens te montreraient du doigt. « Vous voyez cet homme?

diraient-ils. Il porte le nom de cette Allemande qui a mené une existence insensée! » Tu ne saurais plus où te cacher!

– Je n'en suis pas aussi sûr que toi. Maintenant que je connais la vérité, je n'ai pas du tout honte de continuer à passer aux yeux de tous pour le fils d'une femme exceptionnelle qui m'a aimé comme peu de vraies mères ont aimé leurs enfants! Mais sur un point tu as sans doute raison : si tu tirais un roman de cette histoire vécue, il faudrait certainement modifier les noms et changer aussi quelques-uns des lieux où se sont déroulés les événements de telle façon que les lecteurs ne fassent pas trop de rapprochements avec la réalité.

– Nous pourrions garder ton prénom. Les Jacques ne manquent pas. Pour le nom de famille... Tiens, pourquoi ne t'appellerais-tu pas Jacques Fortier? Ça ne sonne pas mal. Quant à ton père, plusieurs fois cité dans cet écrit, il deviendrait Renaud Fortier. Assez joli, n'est-ce pas?

– A la rigueur, ça pourrait aller... Et ma mère?

– Mme Renaud Fortier, bien sûr.

– Mais avant son mariage? Dans le manuscrit elle mentionne son nom de jeune fille, que j'ignorais!

– Il serait préférable de le passer sous silence dans le bouquin... Comment diable pourrions-nous la nommer? Peut-être Hilda? Hilda Sturmm... Ça fait très berlinois.

– Bravo! Décidément, vous, les romanciers, vous ne manquez pas d'imagination!

– Ni de prudence. Les gens ont si vite fait de nous traîner en justice sous prétexte d'atteinte à leur honorabilité! Mais trêve de plaisanterie! Sincèrement, tu aimerais que je transforme en roman la « confession » de ta mère?

– Oui. Actuellement je suis seul à subir le poids de ces aveux, assez monstrueux par moments, il faut le reconnaître...

– Nous sommes deux puisque, moi aussi, j'ai lu le manuscrit. A deux, un secret est moins lourd à porter... N'est-ce pas cela, l'amitié?

– Je t'en sais gré. Mais, à la longue, toutes ces dissimulations et tous ces mensonges finiraient par te peser à toi aussi! Combien de fois ne m'as-tu pas expliqué que le romancier, lorsqu'une histoire le hante, n'a qu'un moyen de s'en libérer: la raconter à d'autres! Tout comme moi, tu te sentirais écrasé par les révélations de celle que nous appellerons maintenant Hilda... Alors débarrassons-nous d'elles dans un roman!

Chaque fois que Jacques tenait ce raisonnement, je ne savais trop que répondre. Aussi ai-je fini par écrire l'histoire de Hilda Fortier, née Sturmm. Car il ne pouvait être question de publier ses confidences ahurissantes telles qu'elle les avait écrites. Si le style en était correct et la langue habilement maniée pour une étrangère (elle avait choisi le français, expliquait-elle dans les premières pages, afin de rendre hommage au pays qui avait fini par l'adopter et lui avait ainsi donné une nouvelle nationalité), il n'y avait pas la moindre construction dans le récit : les événements, au lieu de se succéder dans l'ordre chronologique, semblaient surgir un peu au hasard du cerveau de la narratrice. Un vrai fouillis où le lecteur le plus patient se serait perdu! Mieux valait rétablir l'enchaînement logique des faits.

Il m'a paru également préférable que la narration ne soit pas faite à la première personne comme c'était le cas dans le manuscrit. Non pas parce que le « moi » porte toujours en lui quelque chose de haïssable mais parce qu'une certaine monotonie de ton – sans doute voulue par Hilda pour bien faire comprendre que le temps écoulé entre la date des événements et celle du récit lui avait permis de juger les gens et les choses plus objectivement – aurait ôté beaucoup de vie à une étonnante aventure où alternent les sentiments sublimes et les gestes sordides.

Maintenant que ce roman est terminé, je dois confier qu'en plein accord avec Jacques nous avons fait disparaître les feuillets originaux. Cela s'est passé chez moi, un soir, après un dîner pris en tête à tête. Ce fut notre repas d'adieu au manuscrit. Celui-ci a disparu en fumée dans la cheminée. Aujourd'hui il ne reste donc plus que le roman, c'est-à-dire un mélange de réalité et de fiction.

Espérons que le lecteur me le pardonnera.

LE VOL

Gertrud Wartz appartenait à cette catégorie assez répandue de fortes femmes qui, n'étant jamais très sûres d'elles-mêmes malgré leur apparence plantureuse, passent leur vie à se montrer odieuses avec leurs subordonnés tout en se révélant d'une obséquiosité répugnante à l'égard de cet agglomérat d'inconnus qu'elles appellent dans un respect intéressé : « la clientèle ». Voilà pourquoi, peut-être, l'établissement qu'elle dirigeait avec une incontestable autorité avait réussi, malgré cinq années de guerre, à conserver une réputation de bonne tenue.

La première chance du Fremden Hotel (« hôtel des Etrangers »), dont l'enseigne n'avait jamais changé, était de se trouver presque au cœur de Berlin, dans la région ouest qui avait été partagée entre les occupants en quatre secteurs bien délimités : l'américain, l'anglais, le russe et le français. L'autre moitié de la ville, surnommée Berlin-Est, se cachait derrière une frontière artificielle qui deviendrait quelques années plus tard le mur de la Honte : les choses s'y passaient tout autrement que dans la partie ouest où l'on recommençait à vivre moins mal depuis une année que les hostilités avaient pris fin. Une deuxième chance du Fremden Hotel était d'être situé dans le secteur américain, sans doute le plus agréable malgré les ruines accumulées comme partout dans la capitale du Grand

Reich sous l'effet de bombardements apocalyptiques. Enfin, troisième chance, le Fremden Hotel était resté miraculeusement intact.

Donc, en cette année 1946, l'hôtel ne désemplissait pas. Seule sa clientèle, qui répondait exactement à l'appellation de l'enseigne, s'était modifiée : aux Italiens, aux Japonais, aux Hongrois et aux Roumains qui y avaient séjourné au temps du national-socialisme avaient succédé, depuis l'Occupation, des Américains, des Anglais et des Français... Les Russes, préférant rester entre eux, résidaient dans des bâtisses spécialement réquisitionnées dans leur secteur, ce qui était fort bien ainsi puisque ni les Américains, ni les Anglais, ni les Français ne tenaient tellement à les avoir comme voisins de palier. L'une des particularités du Fremden Hotel était que sa nouvelle clientèle anglo-américano-française n'était faite que de « civils », les militaires ayant l'interdiction formelle d'y loger. Qui étaient donc ces personnages sans uniformes? En majorité des fonctionnaires envoyés par Londres, Washington et Paris pour s'occuper des innombrables problèmes administratifs créés par l'occupation de certaines régions de l'Allemagne, des chargés de mission diplomatique et peut-être aussi quelques espions... Cette cohorte assez hétéroclite ne comprenait que des hommes. Les femmes viendraient plus tard, lorsque la grande ville parviendrait à émerger de ses cendres. En fait, ce que personne ne prévoyait alors était que cette résurrection serait beaucoup plus rapide que ne le prédisaient les augures. Ceci pour Berlin-Ouest. Pour Berlin-Est, les blessures seraient plus longues à cicatriser.

Le seul repas de la journée régulièrement servi au Fremden Hotel était le *breakfast* pour les Anglo-Saxons ou *petit déjeuner* pour les Français. Comme tout continuait à être minutieusement réglé, même dans une Allemagne affreusement meurtrie, ce service matinal n'était plus assuré après huit heures. C'était d'ailleurs le moment où tous ces messieurs partaient vaquer à leurs diverses occupations réparties dans leurs secteurs respectifs. Ils ne rentraient à leur hôtel que le soir, pour dormir. Ayant, en bonne Allemande, un sens inné de l'organisation, Gertrud Wartz avait décidé, pour éviter des mini-conflits toujours possibles, de disposer sa clientèle dans les étages selon la nationalité : les Français avaient droit au premier, les Anglais au deuxième et au troisième, et les Américains – de loin les plus nombreux et surtout les plus bruyants – aux trois derniers étages.

Ainsi, avec ses six étages, le Fremden Hotel était-il toujours complet. Aucun voyageur ou touriste n'appartenant pas à l'une des trois délégations officielles ne pouvait espérer y séjourner.

La patronne, que les clients appelaient Mme Wartz et que le personnel respectait sous le nom de *Frau Gertrud,* trônait dans le bureau de la réception installé au rez-de-chaussée. C'est là qu'aboutissaient les téléphones intérieurs des chambres et que se trouvait, sur le mur du fond, le tableau auquel les clients disciplinés accrochaient leur clef. On savait ainsi quand ils étaient absents, ce qui permettait de faire le ménage dans leurs chambres. Celui-ci, exécuté par deux solides soubrettes, était supervisé par une jeune femme plus raffinée. A celle-ci incombait également la responsabilité d'apporter tous les matins le plateau du petit déjeuner.

Chaque étage avait droit à une aussi charmante équipe.

Le premier, celui des Français, était le fief dévolu à Hilda dont le sourire, la blondeur et la féminité faisaient merveille auprès des natifs des rives de la Seine, des bords de la Loire, des coteaux de la Garonne ou de la vallée du Rhône. Atout appréciable, la superbe créature parlait un français étonnamment châtié d'où toute intonation gutturale était exclue. Elle avait également un chic bien à elle pour porter la longue blouse tantôt bleu azur et tantôt rose pâle qui moulait ses formes avec un peu plus de fantaisie qu'une stricte blouse blanche d'infirmière. Il était assez difficile pour celui qui connaissait un aussi agréable réveil de résister au charme de celle qui lui lançait : « Bonjour, monsieur... Monsieur a-t-il passé une bonne nuit? » Question qui donnait immédiatement envie de répondre : « Elle aurait sans doute été meilleure si vous aviez été auprès de moi... » Mais comme, dans l'ensemble, ces civils français étaient plutôt des messieurs bien éduqués, ils se contentaient de répondre en contemplant la jeune femme : « Très bonne nuit, merci. »

A dix-neuf ans, Hilda avait cette beauté – mélange de boucles d'or, de regard clair et de peau mate – que possèdent souvent les Allemandes. Si l'on ajoute à cela une haute taille (un mètre soixante-dix-huit), une poitrine des plus suggestives, une tournure bien prise, des cuisses charpentées surmontant de longues jambes, une démarche assurée, sans aucune nonchalance, Hilda Sturmm pouvait défendre triomphalement la réputation des Berlinoises.

Ce matin-là, André, qui depuis une dizaine de jours qu'il était à Berlin avait eu tout loisir d'apprécier sa « walkyrie matinale » (ainsi l'avait-il surnommée dans ses pensées), répondit à la traditionnelle question : « Monsieur a-t-il passé une bonne nuit? » par un tendre : « Et vous? » qui surprit tellement la jeune femme qu'elle faillit lâcher le plateau avant de le poser sur la table de chevet.

– Si je vous ai répondu par cette question, reprit l'homme qui, en pyjama, s'arrachait à son lit, c'est parce que j'ai prévu la réponse que vous deviez logiquement me faire.

– Quelle réponse?

– Que votre nuit ne me regarde en rien, et vous auriez mille fois raison! Il y a pourtant une question que je me pose à votre sujet depuis trois jours et qui m'intrigue : comment se peut-il qu'une jeune femme aussi belle et aussi radieuse que vous ait réussi à survivre, à grandir, à s'épanouir et à garder cette sérénité qui éclaire votre visage sous les bombardements et dans les ruines d'une ville aux trois quarts détruite? Mais peut-être avez-vous, comme beaucoup de vos compatriotes, quitté Berlin pendant la période noire et n'y êtes-vous rentrée que la paix revenue?

– Ni mes parents ni moi n'avons abandonné Berlin!

– Vous avez donc tout connu et tout enduré?

– Tout!

Elle avait jeté ce dernier mot avec une sorte d'orgueil : la fierté de celle qui a su tout subir sans perdre confiance dans l'avenir. C'est là, d'ailleurs, l'une des caractéristiques dominantes d'un peuple courbant difficilement la tête.

– Où avez-vous appris aussi bien le français?

– A l'école hôtelière de Berlin qui a toujours passé pour être l'une des meilleures du monde. Mais aujourd'hui, comme beaucoup d'immeubles ici, elle est détruite.

– Ce choix de travailler dans l'hôtellerie est chez vous une vocation?

– Plutôt une tradition. Dans ma famille, on est hôtelier de génération en génération. L'hôtel qu'avaient mes parents a été entièrement rasé lui aussi, mais un jour il sera reconstruit.

– Parce que vous êtes persuadée qu'il le sera?

– Comme Berlin, comme toute l'Allemagne! Nous ne pouvons pas rester ainsi et les Américains seront bien obligés de nous venir en aide si vous et les Anglais ne faites rien.

– C'est que nous aussi, ma chère Hilda, nous avons nos ruines! Vous me permettez de vous appeler par votre prénom que j'ai entendu prononcer par Mme Wartz? Quant à mon nom, je pense que vous le connaissez?

– Comme tous ceux des occupants de cet étage dont j'ai la responsabilité.

– Ils doivent être enchantés d'avoir une telle gouvernante!

– On voit bien que vous êtes français. Jamais un Américain ou un Anglais ne se serait permis de dire ça.

– C'est mal?

– Ça ne me déplaît pas.

– Vous ne détestez donc pas les Français?

– La guerre n'est-elle pas finie?

– Espérons-le... Je crois que, si toutes les Allemandes étaient comme vous, les Français les apprécieraient énormément! Hilda... Savez-vous que ce prénom est très plaisant pour nos oreilles latines? Nous n'avons pas du tout de Hilda chez nous et c'est dommage!

– Excusez-moi mais j'ai beaucoup de travail : vous n'êtes pas le seul à prendre un petit déjeuner!

– Bon courage!

Après le départ de la jeune femme, André resta

songeur. Tout en tournant sa cuiller dans sa tasse, il se disait que cette Hilda était bien jolie et pas sotte du tout. Plus que ça même... Cette songerie sur la personnalité de la belle blonde se prolongea dans la journée. Si bien qu'il ne fit pas grand-chose à son bureau.

Pourtant, son travail était passionnant... Sorti dans un très bon rang de l'Ecole du Louvre, André de Rematier avait été désigné par le ministère des Beaux-Arts pour conduire une délégation de cinq personnes chargée de repérer et de récupérer en Allemagne de l'Ouest les tableaux ou objets d'art volés en France, pendant les quatre années d'occupation, dans les musées, dans les églises ou bien chez les particuliers par les sbires de Goering, le maréchal collectionneur. Agé de vingt-sept ans, André n'avait jamais porté l'uniforme. Mobilisé en 1940 « sur place », c'est-à-dire dans ses fonctions de jeune expert des musées nationaux, il n'avait pas cessé ensuite de voyager à travers la France, passant d'une zone à l'autre grâce à un sauf-conduit officiel, pour surveiller l'état de conservation dans lequel se trouvaient les merveilles enlevées au Louvre juste avant la débâcle française et qui avaient été réparties un peu partout dans des châteaux isolés, dans des abbayes ou dans des musées de province pour leur éviter les conséquences de bombardements dont Paris serait certainement la victime. Mais le miracle s'était produit : contrairement à Londres, Paris avait été épargné et le musée du Louvre était demeuré intact. Les seules œuvres d'art ayant disparu étaient celles qui, emportées par les nazis dans des camions ou dans des trains spéciaux, avaient été cachées en Allemagne. Il restait à les retrouver pour les renvoyer en France. Cette migration de chefs-d'œuvre n'était pas chose nouvelle. Elle s'était produite bien des fois déjà au cours des siècles, chaque fois qu'un pays envahi avait subi la loi du vainqueur. Napoléon, entre autres, ne s'était pas gêné durant ses campagnes d'Egypte, d'Italie ou d'Espagne pour donner l'exemple du pillage organisé.

Le lendemain matin, André fut réveillé par l'invariable « Monsieur a-t-il passé une bonne nuit? » auquel il répondit aussitôt :

– Vous ne trouvez pas que ce serait plus gentil de dire « Monsieur André » au lieu de ce Monsieur tout seul que je trouve pompeux?

– S'il fallait que j'appelle tous les clients par leur prénom, je m'y perdrais!

– C'est juste et ça ne me plairait pas... Au fait, comme vous m'avez dit hier que l'hôtel de vos parents avait été détruit, j'ai eu la curiosité de rechercher sur un plan de Berlin, trouvé à mon bureau et datant de 1934, les noms de tous les hôtels d'alors. Comment s'appelait-il?

– Le Métropole.

– Mais c'était l'un des plus grands et des plus cotés!

– Oui. Trois cents chambres et appartements ainsi qu'un restaurant où l'on servait la meilleure cuisine française de Berlin... Le chef, d'ailleurs, était français.

– Vos parents aimaient la France à ce point?

– Un bon hôtelier doit aimer tout le monde. Cela fait partie de sa profession. Mais c'est vrai que mon père tenait la cuisine française pour la meilleure.

– En parlant de votre père, vous venez de dire : « tenait »... Cela signifierait-il qu'il n'est plus de ce monde?

– Il est mort de chagrin, voilà dix-huit mois, à la suite de la destruction de son hôtel. Ce Métropole, c'était toute sa vie : mon grand-père l'avait créé en

1902, mon père, qui y était né, lui avait succédé en 1920 et l'avait entièrement rénové dix années plus tard.

– Votre mère vit toujours?

– Oui. Elle habite avec moi chez l'une de mes parentes, tante Greta. C'est la sœur aînée de mon père et elle est encore très riche. Elle a la chance que sa maison, restée intacte, soit située dans la moitié ouest, en zone anglaise. Notre hôtel, lui, ou ce qu'il en reste, est dans Berlin-Est. C'était, de loin, le plus beau quartier résidentiel de Berlin et il est devenu le plus sinistre!

– Comme vous le souhaitiez hier, peut-être le Métropole sera-t-il reconstruit?

– Même s'il l'était, cela m'étonnerait que les dirigeants actuels de l'Allemagne de l'Est nous le rendent! Pour eux, ma famille appartient au monde capitaliste.

– Vous êtes fille unique?

– J'ai deux frères. Hélas, nous n'avons plus de leurs nouvelles depuis près de deux années. Sont-ils seulement vivants?

– Ils étaient évidemment mobilisés?

– L'aîné était dans la *Kriegsmarine*, dans un sous-marin. Celui-ci n'a jamais rejoint sa base et a été porté disparu. Le second a été fait prisonnier sur le front russe.

– En somme, vous restez seule avec votre maman et la tante Greta. Elle est gentille, cette tante?

– Odieuse! Elle ne cesse de nous humilier, ma mère et moi, en nous faisant comprendre que, si elle ne s'était pas trouvée là, avec sa belle maison intacte et tout son argent, au moment de la chute de Berlin, nous n'aurions pas su où aller... L'Ecole hôtelière, où j'étais entrée deux années avant la fin de la guerre, ayant été détruite, j'ai dû chercher n'importe quel emploi. J'ai échoué ici parce que je parle couramment anglais et français. Ce sont des filles comme moi qu'on recherche à Berlin pour travailler dans les quelques hôtels encore debout réservés, pour longtemps encore, exclusivement aux occupants.

– Il est heureux pour vous que vous n'ayez pas échoué dans le secteur russe!

– Si j'y avais été contrainte, je me serais enfuie de Berlin que ni mes parents ni moi n'avions pourtant quitté pendant toute la durée de la guerre! Je hais les Russes! Ils nous ont fait trop de mal.

– Ne pensez-vous pas qu'ils vous ont simplement rendu la monnaie de votre pièce?

– Je ne sais pas. La guerre ne m'a jamais concernée. Comme beaucoup d'Allemands, je n'ai fait que la subir.

– Moi aussi, comme beaucoup de Français... Vous vous entendez bien avec Mme Wartz?

La jeune Hilda ne répondit pas directement.

– Elle a eu la chance, après la mort de son mari tué au début de la guerre dans l'*Afrikakorps* de Rommel, d'hériter de cet hôtel et surtout qu'il soit resté intact.

André savait que cette *Frau* Wartz faisait un peu métier de tenancière. Quand elle le pouvait, elle n'hésitait pas, racontait-on, à proposer les bons services de ses servantes à la clientèle. Avec Hilda, il n'en était pas question : cela se savait aussi.

– Je n'ai entendu que du bien de vous, dit-il. Tout le monde vous admire.

– Je n'en demande pas tant! Que l'on me respecte, cela me suffit. Mon Dieu, je bavarde et je ne fais plus rien! C'est encore de votre faute. A demain.

« Décidément, pensa André en commençant à tourner une fois de plus sa cuiller dans sa tasse, cette Allemande est de plus en plus fascinante! Une grande belle fille qui sait rester simple! Et courageuse avec ça : elle ne se plaint pas. En ce moment elle nous subit, nous " les occupants ", comme elle a enduré les bombardements. Je me demande quand même ce qu'elle peut réellement penser de nous et – pourquoi pas? – de moi. Il faudra que je le sache demain! Ces réveils commencent à m'enchanter. »

Il était réveillé depuis longtemps et même habillé quand, le lendemain, elle apporta le plateau. Aussi la question qu'elle posait chaque matin se transforma-t-elle en : « Je vois que Monsieur est très matinal. »

– Toujours ce « Monsieur » tout court et pas d'André! soupira-t-il. Détesteriez-vous mon prénom à ce point?

– Je n'aime pas beaucoup vos prénoms français.

– Je ne peux tout de même pas m'appeler Wolfgang ou Ulrich! Ça ne m'irait pas.

– Qui sait? Je vous verrais très bien vous prénommant Hans.

– Si cela peut vous faire plaisir et contribuer à créer un peu plus d'intimité entre nous, n'hésitez pas à le faire!

– Non. Pour moi vous resterez André.

– Qu'est-ce que vous pensez de moi?

– Encore rien, sinon que, pour un Français, vous êtes plutôt bien de votre personne.

– Merci pour les autres!

– C'est vrai : vous êtes le mieux de tous ceux que j'ai vus passer dans cet hôtel.

– Nous progressons.

– Malheureusement, vous avez un vilain défaut : vous êtes trop curieux. Vous ne cessez pas de poser des questions! Et si je vous imitais?

– Que désirez-vous savoir? Mon âge? Il est facile de le trouver en bas, sur la fiche de l'hôtel. Ma taille? Un mètre quatre-vingt-deux. Où j'habite? A Paris, dans le XVIIe arrondissement. Vous connaissez Paris?

– Non, mais j'ai bien l'intention d'y aller. Dès que je le pourrai, je voyagerai.

– Je peux vous prédire que vous aurez beaucoup de succès à Paris! J'y vis avec ma mère dont l'appartement donne sur le parc Monceau. C'est très joli, le parc Monceau. L'après-midi, il est plein d'enfants qui jouent et qui courent après les pigeons.

– Votre père?

– Mort comme le vôtre quand les Allemands sont entrés à Paris : il n'a pas pu supporter cela. Il avait fait la guerre précédente, ce qui explique tout.

– Vous avez une sœur?

– Un peu plus jeune que moi et mariée avec un imbécile. C'est tout ce que vous voulez connaître?

– Savez-vous ce qui me plaît le plus en vous? C'est que vous n'êtes pas un militaire. Je ne peux plus souffrir les hommes en uniforme! Les gens de ma génération en ont trop vu depuis leur enfance! Ils ne supportent plus les marches militaires et les parades. Avant, c'étaient les défilés organisés par Hitler et sa clique. Maintenant ce sont les vôtres avec toutes vos musiques : américaine, anglaise, française, russe! Mais quand donc finira tout ce vacarme qui ne sert qu'à nous rappeler qu'une occupation c'est encore la guerre? Jamais non plus je n'aurais pu travailler dans un hôtel réservé aux militaires. Je les hais!

– Confidence pour confidence, je ne les aime pas tellement. Savez-vous que vous tenez des propos assez surprenants chez une Allemande?

– Il y a des milliers d'Allemandes comme moi : les mères qui ont perdu leurs fils, les épouses qui n'ont plus de mari, les jeunes filles qui ne peuvent même plus trouver de fiancé parce que tous ceux qui leur étaient destinés ont été fauchés! Vous croyez que c'est gai actuellement d'être une femme allemande?

– C'est bien la première fois que je vous vois perdre votre sérénité.

– Sans doute parce que j'ai l'impression d'avoir trouvé en vous quelqu'un qui, étant tout le contraire d'un foudre de guerre, est prêt à me comprendre. Mais peut-être suis-je dans l'erreur et ferais-je mieux de continuer à sourire de tout, n'est-ce pas?

Son visage, qui s'était brusquement durci et altéré alors qu'elle exhalait sa haine de la guerre, retrouva aussi vite le rayonnement de la jeunesse.

– Si vous continuez à me questionner et à me faire parler ainsi, poursuivit-elle, moqueuse, je ne vous apporterai plus votre petit déjeuner! Je confierai cette mission à l'une des femmes d'étage.

– Surtout pas ça! J'aurais l'impression d'être puni.

Elle sortit en riant, le laissant plus perplexe que jamais. « Mais qu'est-ce que je suis venu faire à Berlin? se disait-il. Bien sûr, j'ai obéi aux ordres de mon patron des Beaux-Arts. Lesquels? Ramener, entre autres, des femmes à Paris. Mais il parlait de peintures ou de statues! Pas d'une femme de chair! »

De petit déjeuner en petit déjeuner, une réelle amitié commença à se nouer entre la Berlinoise et le Parisien. Il s'y glissa bientôt un autre sentiment, encore assez timide.

Un matin, André n'hésita plus :

– Je ne bavarderai pas longtemps avec vous aujourd'hui pour que la redoutable Mme Wartz ne vous reproche pas de négliger vos tâches et je ne vous poserai que deux questions. La première : comme je vous vois quotidiennement depuis deux mois que j'habite ici, j'en viens à me demander si vous avez seulement droit à un jour de congé.

– Le mercredi, à condition que je serve les petits déjeuners avant de partir et que je sois de retour le lendemain à six heures pour préparer ceux du jeudi.

– Brr... Six heures, c'est bien matinal! Surtout si vous avez passé une nuit blanche. Aujourd'hui nous sommes lundi, donc pas de congé! Accepteriez-vous de dîner avec moi après-demain? C'est ma deuxième question.

Sans hésiter elle répondit :

– Ça se passera comment?

– Le mieux possible! Nous pourrions nous retrouver vers dix-neuf heures pour le premier *drink*. Après quoi je vous emmènerai dîner dans un endroit où la cuisine est excellente.

– Française?

– Tout ce qu'il y a de plus français.

– Où cela?

– Vous voulez bien me laisser vous réserver la surprise?

– Et où nous retrouverons-nous à dix-neuf heures?

– Aimeriez-vous que j'aille vous chercher chez vous?

– Chez ma tante? Vous êtes fou! Elle ne me le pardonnerait jamais, ni ma mère qui est toujours de son avis.

– Cette tante m'a l'air d'être l'homme de la famille?

– En attendant que l'un de mes frères revienne... s'ils reviennent! A ce moment-là seulement tante Greta cessera de terroriser tout le monde! En ce moment, elle en profite... Et, tant qu'il en sera ainsi, il ne saurait être question que vous sonniez à sa porte! Vous vous rendez compte? Elle qui a toujours détesté tout le monde, qui n'aime qu'elle-même et qui ne peut pas souffrir l'occupant, quelle que soit sa nationalité, voir sa nièce sortir avec un Français! Après ce coup d'éclat, la coexistence avec elle, déjà insupportable pour ma mère et pour moi, deviendrait infernale!

– Mais pourquoi ne déménagez-vous pas?

– Ma mère et moi n'avons pas assez d'argent. Espérons que cela s'arrangera quand on nous aura réglé les dommages de guerre pour la destruction de notre hôtel. Mais, même si nous touchions aujourd'hui une partie de cet argent, où aller? Berlin n'est pas encore suffisamment reconstruit pour pouvoir accueillir deux femmes seules, berlinoises par surcroît! Ah! évidemment, si nous étions russes, américaines, anglaises ou françaises, ce serait très différent! On nous accueillerait avec un tapis rouge dans tous ces hôtels ou ces logements que vous avez réquisitionnés.

– Je ne me montrerai donc pas à votre famille. Si nous nous retrouvions à la grande brasserie qui est à deux cents mètres d'ici sur la gauche? La Brauhaus, je crois?

– Oui, c'est ça.

– Je passe tous les jours devant mais je n'y suis jamais entré. Ça grouille de monde là-dedans!

– On y trouve surtout des occupants. Vous risquez d'y rencontrer des amis ou des confrères. Ça ne vous gênera pas d'être vu en compagnie d'une Allemande?

– Folle que vous êtes, vous aussi! Je serai fier, au contraire, de me montrer à côté de la plus belle femme de Berlin! Alors, c'est convenu? Mercredi dix-neuf heures à la brasserie?

– Oui puisque vous semblez être déjà certain de ne pas le regretter.

Il s'était installé dans la grande salle de la Brauhaus à une table près de l'entrée. Arrivé au moins une demi-heure en avance, il gardait son regard rivé sur la porte. A l'un de ses collègues accompagné d'une secrétaire française qui, le voyant seul à sa table, s'était exclamé en passant : « Alors, Rematier, songeur et solitaire? », il avait répondu : « Songeur peut-être mais solitaire pas pour longtemps! » Car il était sûr qu'elle viendrait et qu'elle entrerait à la seconde précise où la pendule placée au fond de la brasserie marquerait sept heures : chez une Allemande, l'heure c'est l'heure... Songeur? Il se demandait avec curiosité comment elle serait habillée. Jusqu'à présent il l'avait toujours vue vêtue d'une blouse bleue ou rose. Cela lui allait d'ailleurs à ravir mais elle ne pouvait quand même pas sortir ainsi! Comment allait-elle être coiffée? Maquillée? Son teint pouvait se passer aisément de maquillage mais une femme soignée cherche toujours à se montrer un peu différente le soir. Il ne connaissait que la Hilda du matin, la blonde des réveils... Solitaire? Il souriait intérieurement en pensant à la tête que feraient son confrère du Louvre et sa petite secrétaire – qui se croyait la fille la plus excitante du monde parce qu'elle venait de Paris – quand ils verraient apparaître sa sculpturale *Gretchen*! Dès le lendemain il serait célèbre dans les bureaux réservés aux fonctionnaires des Beaux-Arts! Mais plus la grande aiguille se rapprochait de l'instant fatidique et plus l'attente se transformait en angoisse. Ne lui ferait-elle pas faux bond au dernier moment? L'horrible tante, flairant quelque chose, ou même sa mère ne l'empêcheraient-elles pas de sortir?

A dix-neuf heures elle franchit la porte et resta immobile pendant quelques secondes. Hésitante, elle le cherchait... Secondes inoubliables pour lui! Le vacarme du service et les bruits de soucoupes s'arrêtèrent brusquement et toutes les têtes se tournèrent vers la porte, contemplant la splendeur... Pour André, encore plus médusé que les autres consommateurs, ce n'était plus la responsable du service du premier étage du Fremden Hotel qui se dressait devant lui mais une autre femme enveloppée dans un ample manteau de renard bleu, qui descendait très bas sur des bottes de daim noires, et coiffée d'une toque de fourrure – également du renard bleu – qui grandissait encore la silhouette et d'où émergeaient délicieusement une mèche blonde sur le front et un épais chignon tombant sur la nuque. Quant au maquillage, c'était un chef-d'œuvre de discrétion. Les yeux bleus se fixèrent enfin sur André qui, à sa table, demeurait figé dans une sorte d'extase, et un sourire – ce merveilleux sourire du matin, lorsqu'elle demandait : « Monsieur a-t-il passé une bonne nuit? » – éclaira le visage de la jeune femme. Sans même paraître remarquer qu'elle était le point de mire de dizaines de personnes, elle alla vers lui et, comme s'ils n'étaient que tous les deux, elle dit de sa voix chaude, la même que celle du petit déjeuner : « Monsieur André n'a-t-il pas attendu trop longtemps? » C'était la première fois qu'elle lui donnait son prénom.

Décontenancé par cette vision de ce qui lui apparaissait comme la véritable Hilda Sturmm – mais pourquoi diable l'autre se cachait-elle sous les blouses roses ou bleues d'une gouvernante d'étage? –, il ne trouva qu'une phrase toute bête :

– Que désirez-vous prendre?

– Ici? Rien! Si j'ai accepté ce lieu de rendez-vous, c'est pour vous rendre service puisque vous l'aviez déjà repéré, mais je déteste l'endroit, comme d'ailleurs toutes nos brasseries! Elles ne plaisent qu'à vous, les étrangers, et aux Bavarois.... Il ne faut pas confondre Berlin avec Munich! Vite, emmenez-moi!

– Là où nous devons dîner?

– Très bonne idée. Où est-ce?

– Dans le secteur français. Venez. J'ai une voiture. Pour vous ramener cette nuit, ce sera mieux : les rues sont encore loin d'être sûres avec ces militaires et ces civils de différents pays qui circulent tard et qui sont souvent saouls!

C'était une voiture militaire française. Un soldat en uniforme se tenait au volant.

– Vous avez même un chauffeur?

– Ce sont le chauffeur et la voiture de l'un de mes cousins, le colonel de Pierreux. Il fait partie de la commission militaire. Il s'y occupe du rapatriement des prisonniers dans les deux camps... Un chic type qui fait tout son possible pour rendre dans les meilleurs délais les prisonniers allemands à l'Allemagne et les prisonniers français à la France. Ce qui n'est pas toujours aisé! Il y a eu tellement d'aventures amoureuses des deux côtés, suivies de naissances d'enfants auxquels on ne sait trop quelle nationalité donner!

– Il vous a prêté sa voiture?

– Pour toute la soirée quand je lui ai expliqué que je sortais avec une très jolie femme.

– Vous lui avez dit que j'étais allemande?

– Il ne m'a pas demandé de détails.

– S'il l'avait su, il ne se serait peut-être pas montré aussi compréhensif.

– Je ne le pense pas. C'est un gentleman.

Quand la voiture démarra, elle reprit :

– Où allons-nous?

– Le mystère continue. La seule chose importante n'est-elle pas que le chauffeur sache où il nous conduit?

– Imaginez ce que dirait tante Greta si elle me voyait circuler à pareille heure, en plein Berlin, dans une voiture française!

– Elle croirait que je vous ai arrêtée et que je vous emmène pour un interrogatoire.

– Emmitouflée dans ces fourrures, j'ai peut-être une allure d'espionne mais vous, j'affirme que vous n'avez rien d'un policier! Et j'en suis ravie!

– Ça, c'est très gentil.

Dix minutes plus tard, la voiture pénétrait sous le porche d'un hôtel particulier, puis traversait une cour avant de s'immobiliser devant un perron.

– Nous sommes arrivés, dit André. Le mystère vous plaît-il?

– Ce n'est pas un mystère pour moi. Je suis venue jouer ici avant la guerre, quand j'étais enfant, avec les deux filles du propriétaire de cette maison. C'étaient des amies de pension.

– Pas possible? Quel était le nom de ce grand seigneur?

– C'en était un en effet : le baron von Kermann. Il a été tué sur le front russe dans les premiers jours de l'invasion allemande.

– Encore un! Et ses filles?

– J'ignore ce qu'elles sont devenues. J'ai eu tellement d'autres problèmes à résoudre!

– Je m'en doute. Eh bien, apprenez que ce très bel

hôtel où vous avez joué et qui a échappé aux bombardements est devenu le Club français. Il est réservé aux membres civils ou aux officiers de la délégation française et à leurs invités, quand ils en ont!

– Vous y êtes déjà venu avec une Berlinoise?

– Vous êtes la première.

– Et avec une Française?

– Même pas.

– Vous veniez donc seul ici? Ça ne devait pas être très gai!

– Vous connaissez des clubs qui le sont? Moi pas... Ici je retrouve quelques amis, tels ces trois officiers que vous voyez là-bas au bar. Aimeriez-vous que je vous les présente?

– Surtout pas! Je vous ai déjà dit que je ne pouvais plus supporter les gens en uniforme et c'est pour dîner seule avec vous que je suis ici.

– Avant le repas, vous allez quand même accepter au bar ce verre de l'amitié que nous n'avons pas pris à la brasserie?

– A condition que nous soyons le plus loin possible de vos militaires! Pour moi ce sera du champagne.

– C'est ce qu'il y a de mieux pour fêter une amitié naissante.

Elle approuva d'un sourire.

Dans la salle à manger, les tables étaient toutes occupées. On voyait quelques femmes françaises. Parmi elles, trois étaient en uniforme.

– Elles doivent se croire mieux équipées pour faire la conquête de hauts gradés! remarqua Hilda. Là elles se trompent! Vous ne trouvez pas que l'on nous regarde beaucoup, vous et moi?

– C'est normal : n'êtes-vous pas pour tous ces Français l'attraction et la nouveauté?

La cuisine était de qualité. Et, comme les langues se

délient à une bonne table, ils se confièrent plus volontiers. Il lui expliqua que, quand sa mission de rapatriement des objets d'art en France serait terminée, il retournerait à Paris avec l'intention d'abandonner son poste officiel au musée du Louvre pour se consacrer à une activité privée : son grand rêve était de prendre la direction d'une galerie indépendante.

– Je n'en peux plus d'être fonctionnaire!

– Ça ne convient pas tellement à votre personnalité. Vous a-t-on déjà dit que vous portiez un très joli nom : André de Rematier?

– Ma famille est originaire de l'Anjou : une région de France où il fait bon vivre. Et la vôtre, totalement berlinoise?

– Cent pour cent prussienne, pourriez-vous dire! N'ai-je pas l'allure d'une Prussienne?

– Si l'on veut. De toute façon, vous êtes très belle et très élégante : cette toque, ce manteau, ces bottes sont d'un chic!

– De même que votre voiture et votre chauffeur, aucune de ces splendeurs ne m'appartient. Elles sont à ma mère qui ne sort plus guère depuis la mort de mon père. Je les lui ai empruntées en cachette pour vous faire honneur ce soir... Elle possède encore quelques fourrures qui ont été sauvées du désastre.

– Vous les utilisez souvent?

– C'est la première fois. Je ne sors jamais le soir. Mes promenades se limitent au trajet séparant l'appartement de ma tante du Fremden Hotel. Et il n'est pas très long. Le matin à six heures je vais à mon travail et j'en reviens vers dix-huit heures. Après douze heures de montées et de descentes d'escaliers en portant des plateaux ou des piles de linge, je suis tellement fatiguée que je n'ai plus qu'une idée : m'enfermer dans ma chambre pour dormir.

– Donc pas de soirées en compagnie de tante Greta!

– Grands dieux non! Je laisse cette corvée à ma mère. Je me suis d'ailleurs souvent demandé comment ces deux belles-sœurs trouvent encore quelque chose à se dire depuis le temps qu'elles se détestent!

– Ne serait-ce pas mieux pour vous d'habiter au Fremden Hotel? Cela vous éviterait ces fastidieux allers et retours quotidiens?

– Logée par *Frau* Wartz? Vous n'y pensez pas! Laissez cela aux filles d'étage. Si vous voyiez les chambres nichées sous le toit où elles sont casées deux par deux! Je préfère une liberté relative chez ma tante. Et puis, c'est toujours une erreur d'habiter là où l'on travaille.

– Etes-vous au moins bien rémunérée?

– Ça peut aller pour le moment avec le pourcentage qui revient au personnel sur les notes des clients. Mais croyez bien que je n'ai pas du tout l'intention de m'éterniser au Fremden Hotel! Dès que je le pourrai, je quitterai Berlin et je n'y mettrai plus jamais les pieds!

– Même quand la ville sera reconstruite?

– Ce ne sera plus jamais la même ville : celle de mon enfance, celle que j'ai aimée... Et, en attendant que ce miracle se produise, que voulez-vous que je fasse ici? Mourir d'ennui entre ma mère que je respecte et ma tante qui ne m'aime pas? J'appartiens à une génération sacrifiée. Il n'y a plus personne de mon âge, pas une âme à qui me confier! C'est un peu comme si je me retrouvais absolument seule dans une ville envahie par la soldatesque... Vous m'avez dit, dans les tout premiers jours où nous avons commencé à bavarder, que vous vous demandiez comment j'avais pu parvenir à survivre et à conserver une relative sérénité dans cette ville aux trois quarts détruite? Eh bien, je vais vous répondre maintenant que nous nous connaissons un peu mieux... Je n'ai rien surmonté du tout! Plus les semaines ont passé, plus je me suis sentie désespérée : j'ai l'impression que ni moi ni ce qui reste de jeunesse à Berlin ne parviendrons jamais à nous arracher à ce creuset d'horreur! Et, si je continue à sourire tous les matins, quand je viens vous réveiller, vous et vos compatriotes, dites-vous bien que c'est un sourire forcé. Certains jours, je me demande même si je ne ferais pas mieux de me supprimer.

– Ne parlez pas ainsi! On n'a pas le droit, quand on possède les formidables atouts de la beauté et de l'intelligence, de se laisser aller au découragement. Bientôt vous sortirez de ce cauchemar... Puis-je vous demander votre âge?

– Mercredi prochain, j'aurai vingt ans.

– C'est merveilleux! Juste le jour de votre congé hebdomadaire! Si vous le voulez bien, nous fêterons cet événement ensemble. Je vous retiens déjà à dîner.

– Où irons-nous?

– Je ne sais pas encore, mais nous trouverons!

– J'aimerais assez que, ce soir-là, vous m'emmeniez dans un restaurant typiquement allemand. Notre cuisine peut être parfois très bonne.

– C'est uniquement pour cela que vous voulez ce restaurant?

– De même que je vous sens en ce moment fier de vous exhiber devant vos compatriotes avec votre conquête berlinoise, pourquoi n'aurais-je pas envie à mon tour de me montrer aux miens en compagnie d'un Parisien?

– Chez nous, quand vous étiez les occupants, les rapprochements entre Françaises et Allemands étaient très mal vus. On appelait ça de la collaboration!... Cela a même créé, après le départ des Allemands, de sérieux ennuis à celles qui s'étaient ainsi affichées : on les a tondues! Vous ne craignez pas, quand nous serons partis d'ici à notre tour, qu'il en soit de même pour vous?

– Je n'ai aucune inquiétude. Je vous l'ai dit, je suis décidée à quitter Berlin et même l'Allemagne le plus tôt possible... Et ça ne m'irait peut-être pas tellement mal d'avoir les cheveux coupés très court?

– Ce serait un crime! Vos cheveux sont de l'or... Si nous changions maintenant de lieu? La voiture nous attend. Aimeriez-vous danser?

– J'aimerais. Je ne l'ai plus fait depuis longtemps. La dernière fois, j'avais dix-sept ans. C'était...

Elle se tut brusquement.

– C'était?

– C'était quand j'avais cru être amoureuse... Mais lui aussi a été tué. Il avait vingt et un ans!

– Et, depuis, vous n'avez plus connu ce sentiment?

– Ça ne vous regarde pas. Emmenez-moi n'importe où, à condition que ce soit un endroit où il n'y ait pas d'uniformes!

– Je crains que ce ne soit assez difficile actuellement à Berlin dans une boîte ou dans une discothèque.

– Eh bien, moi je connais une cave dans le secteur américain... Elle s'appelle le Twenty-Five : c'est sans doute le numéro de l'immeuble où elle se trouve. On y rencontre, paraît-il, pas mal de G. I. américains mêlés aux Allemands, mais ils ont la correction d'y venir en civil.

– Qui vous a parlé de cet endroit?

– Une Berlinoise : Michaëla. Elle tient le même emploi que moi au Fremden Hotel, à l'un des étages réservés aux Américains. Elle y est allée avec un client de l'hôtel. Selon elle, c'est très bien.

– En route!

– Le seul ennui, c'est que je n'ai pas l'adresse.

– Il ne doit pas y avoir en ce moment tellement de Twenty-Five à Berlin! Et je vous parie que le soldat-chauffeur de mon ami le colonel sait où ça se trouve. C'est un malin. Il est né à Paris dans un quartier où l'on se débrouille dès l'enfance : Belleville...

Le chauffeur, en effet, connaissait cette boîte à la mode, fréquentée surtout par des Américains.

– Il paraîtrait même, dit-il, qu'on n'y parle qu'anglais. Mais, quand on danse, on n'a pas besoin de parler, hein?...

– Alors, allons-y!

Sans affirmer comme Michaëla que le Twenty-Five était un endroit très bien, Hilda et André durent reconnaître que le lieu sortait de l'ordinaire. Il ne devait pas en exister beaucoup de cette sorte dans le Berlin d'après-guerre. Installé dans des sous-sols qui étaient tout ce qu'il restait de l'immeuble, le Twenty-Five était une vraie cave à peine éclairée et enfumée où la clientèle se bousculait et s'entassait dans un espace des plus exigu. Quelques couples occupaient des sièges en bois, assez peu confortables, répartis autour de tables basses sur lesquelles vacillaient les flammes de quelques bougies plantées dans des bouteilles. La pierre des murs et les arceaux des voûtes en prenaient d'autant plus d'irréalité. Transformer un lieu aussi délabré en établissement de plaisir était sans doute une idée de génie puisque c'était comble et que, tous les soirs, on refusait du monde. Le gros de la clientèle dansait ou plutôt essayait de danser, couple contre couple, sur la piste minuscule occupant le centre de la cave. Il n'y avait pas d'orchestre mais une sonorisation assourdissante manipulée par un bonhomme chevelu installé sur une sorte d'estrade élevée dans un coin. L'appareil répandait à profusion les derniers succès venus d'Amérique dont l'Allemagne, qui en avait été sevrée pendant des années, semblait vouloir se gaver avec frénésie. Malgré ce fond sonore qui crevait les tympans, on parvenait à percevoir quelques bribes des conversations entre les habitués. Toutes étaient échangées en une seule langue : l'anglais. A croire que l'allemand était proscrit ou que les Berlinoises – les femmes se révélaient presque toutes allemandes alors que la majorité des hommes étaient américains – avaient complètement oublié ou ne voulaient plus utiliser leur langue maternelle. C'était assez surprenant. Quant aux boissons, servies aux tables par des garçons en bras de chemise, elles se réduisaient à des bières, des jus de fruits, quelques whiskies et surtout des litres de Coca-Cola. De champagne, il n'en était pas question. Au Twenty-Five, tous les goûts s'étaient américanisés et la clientèle donnait l'impression d'en être enchantée. La chaleur enfin était telle que Hilda, dont le corps demeura plaqué dans la cohue dansante et pendant plus d'une heure contre celui de son cavalier, finit par dire :

– C'est étouffant! Je n'en puis plus.

Ce qui ne l'empêcha pas, à l'occasion d'un slow, de s'abandonner encore une fois dans les bras de son partenaire.

Elle dansait très bien, Hilda! André aussi. Comme tous ceux qui évoluaient autour d'eux, ils étaient saoulés de musique et de rêves très éloignés de la réalité d'une ville occupée. La seule chose dont ils venaient brusquement de prendre conscience était que la moiteur devenait en effet insupportable.

– Vous avez raison, reconnut André.

Il le disait non sans regret, car il ne désirait pas tellement desserrer l'étreinte qui la retenait prisonnière.

– Il va falloir que vous me rameniez chez ma tante, sinon ma mère s'inquiéterait, dit-elle, sans grande conviction elle aussi.

– Votre mère? A cette heure-ci, elle dort sûrement!

– Ne croyez pas cela! Elle a toujours peur qu'il ne m'arrive quelque chose. Rappelez-vous aussi que voilà plus d'une année que je ne suis pas sortie le soir!

– Vous craignez de vous faire gronder? Vous n'êtes pourtant plus une gamine!

– Je sais mais il m'a quand même fallu faire preuve d'imagination pour expliquer, depuis deux jours, aussi bien à ma mère qu'à ma tante, que je devais impérativement sortir ce soir.

– Qu'est-ce que vous leur avez raconté?

– Vous ne m'en voudrez pas? Que je sortais avec un ami allemand!

– Vous voyez bien qu'ils ne sont pas tous restés en Russie!

– Ne soyez pas méchant! J'ai dit le nom d'un monsieur très sérieux qui n'est plus tout jeune et qui était un ami de mon père. Ça les a rassurées. J'ai même ajouté, pour rendre cette sortie plus plausible, que ce monsieur voulait me trouver une meilleure situation que celle que j'ai en ce moment. Vous savez: ça ne flatte pas beaucoup ce qui me reste de famille de savoir que la fille du grand Hermann Sturmm, le propriétaire-directeur du célèbre hôtel Métropole, travaille comme gouvernante d'étage au Fremden Hotel qui est quand même une maison de second ordre.

– Et vous, ça vous ennuie?

– Ça ne m'amuse pas mais ça ne me gêne pas trop puisque je sais que cela ne durera pas. Il fallait bien aussi que je fasse quelque chose, et les bonnes places sont plutôt rares en ce moment à Berlin! Et il y en a de pires que la mienne pour beaucoup de jeunes filles de mon milieu... J'ai déjà la chance de rester dans la profession qui a toujours été à l'honneur dans ma famille. Maintenant, vous allez être très gentil de me ramener. Je vais indiquer mon adresse à votre chauffeur : ainsi vous la connaîtrez mais ça ne voudra pas dire que vous aurez le droit de venir m'y rendre visite!

– Ni de vous y envoyer des fleurs?

– Ce serait d'un effet encore plus désastreux que la visite. Des fleurs offertes par un Français! N'oubliez jamais tante Greta!

– Si l'envoi n'est pas accompagné de ma carte, elle ne pourra pas savoir qui en est l'expéditeur.

– Des fleurs sans bristol, c'est très mal élevé! Et pourtant, j'adore les fleurs!

Le retour en voiture fut silencieux. Sans doute avaient-ils encore beaucoup de choses à se confier. Trop. Dans ces cas-là, il est souvent préférable de se taire. Et le dégourdi de Belleville qui les conduisait n'avait pas à savoir ce que disait un habitant d'un autre arrondissement parisien lorsqu'il était séduit par une Berlinoise.

Ils roulèrent une dizaine de minutes, puis Hilda s'adressa au chauffeur :

– S'il vous plaît, soyez aimable de vous arrêter là : pour moi ce sera très bien.

Elle ajouta, à voix plus basse, pour André :

– Ma rue coupe celle-ci. Je vais descendre et finir le

trajet à pied : l'immeuble est à peine à cent mètres à droite. Mais, comme les voitures sont très rares actuellement dans ce quartier et que celles qui passent sont presque toujours des véhicules militaires, on pourrait remarquer la vôtre si elle s'arrêtait devant ma porte et on verrait qu'elle est française ! L'appartement de ma tante se trouve au deuxième étage et toutes ses fenêtres donnent sur la rue : c'est trop risqué.

– Mais est-ce prudent de vous laisser faire seule ce bout de chemin ? Il n'y a pas que l'élite à circuler à pareille heure... Voilà ce que nous allons faire : la voiture va m'attendre ici et je vais descendre avec vous. Je me placerai à l'angle des deux rues pour ne pas vous perdre de vue jusqu'à ce que vous atteigniez votre immeuble. Je vous promets qu'on ne pourra pas me voir mais, si quelqu'un vous importune, j'accours au galop. D'accord ?

– Vous tenez donc tant que cela à me protéger ?

– Mais oui !

– Avant que nous ne devenions amis, il a bien fallu que je me débrouille toute seule, ne serait-ce que pour aller à mon travail et en revenir !

– Je m'en doute mais maintenant je suis là. Alors profitez-en.

– Quel homme du monde vous êtes ! Merci pour cette merveilleuse soirée !

– N'exagérons pas ! Nous n'avons pu utiliser que les possibilités actuelles qu'offre la ville : un premier rendez-vous dans une brasserie assez quelconque, l'hôtel du baron von Kermann transformé en club pour officiers d'occupation, une cave bourrée de gens qui veulent oublier ce qui se passe au-dessus de leurs têtes... Tout cela n'est pas le Pérou ! Enfin, espérons qu'un jour je pourrai faire mieux !

Descendus de voiture et arrivés au croisement, ils

s'arrêtèrent un instant et se regardèrent intensément. Ils n'avaient ni l'un ni l'autre envie de se quitter. C'est elle qui rompit le silence :

– Bien qu'il fasse assez noir, je ne vous embrasse pas dans la rue : cela ne se fait pas quand on a reçu une bonne éducation... Je n'ai pas osé non plus le faire lorsque nous dansions au Twenty-Five : il y avait trop de couples autour de nous qui restaient collés bouche à bouche. Ça nous a gênés tous les deux... J'ai senti que vous et moi éprouvions le même sentiment de frustration : celui de voir accaparé par une foule d'inconnus un droit qui aurait dû n'appartenir ce soir-là qu'à nous seuls! Je ne pouvais pas non plus vous embrasser tout à l'heure dans la voiture à cause du chauffeur mais je vous jure que j'ai eu une folle envie de le faire! C'est tout. Je n'ai plus rien à vous dire, à l'exception de cette phrase : « J'ose espérer que Monsieur André passera une bonne nuit. »

– Et moi que Hilda n'oubliera pas de me dire « Bonjour, monsieur» demain matin quand elle m'apportera mon petit déjeuner.

Les réveils adoucis par la voix chaude continuèrent à se succéder chaque matin pour André avec, en intermède – tel un congé hebdomadaire d'écoliers –, une « sortie » les mercredis soir. La deuxième eut lieu dans un restaurant dont la clientèle était essentiellement allemande. Cette fois, Hilda avait revêtu un manteau et une toque en breitschwanz noir, eux aussi subtilisés provisoirement à la garde-robe maternelle. Elle fit beaucoup d'effet en compagnie de son Français et le dîner fut parfait : comme elle l'avait laissé entendre, la cuisine berlinoise pouvait être excellente. La soirée se termina à nouveau au Twenty-Five où ils dansèrent plus longtemps que la première fois, dans une chaleur de plus en plus suffocante. L'aller et le retour se firent dans la voiture encore prêtée par le colonel cousin et toujours conduite par le débrouillard. Elle s'arrêta très tard au même angle des deux rues pour y déposer les amoureux qui se quittèrent sans s'embrasser pour continuer à respecter les convenances.

Une troisième puis une quatrième semaine se passèrent dans la même observance du rite hebdomadaire des sept réveils et de la nuit d'escapade. Ils trouvèrent d'autres restaurants et d'autres discothèques mais la rigueur instinctive de Hilda sut toujours imposer la retenue berlinoise au charme parisien. Cela jusqu'à un certain mercredi d'une énième semaine où ils devinrent amants. Cela ne se passa ni à l'hôtel, dans la chambre d'André, ni au Club français, ni à plus forte raison dans l'appartement de tante Greta! Non, le lieu fut à la fois plus modeste et plus intime : la chambre mansardée que Michaëla, l'amie qui présidait à la bonne ordonnance du quatrième étage « américain », avait réussi à conserver tout en haut d'un autre immeuble miraculé du secteur anglais et qu'elle leur avait prêtée. Elle-même y recevait ses soupirants yankees. Ce jour-là, pour la première fois, et les mercredis qui suivirent, on y parla français. L'amour aussi y fut fait « à la française » avec cependant, aux moments essentiels, quelques exclamations allemandes, bien senties et bien gutturales, qui venaient de la voix de Hilda et qui apportaient aux ébats un piment international.

Alors qu'ils dînaient dans un restaurant discret après l'un de ces après-midi enchantés, il demanda :

– Heureuse?

– Très...

– Comment m'aimes-tu?

– Si l'on m'avait dit, il y a seulement quelques mois, que moi, une pure Berlinoise, je deviendrais la compagne d'un occupant, je ne l'aurais jamais cru! Et je suis sûre que cela n'aurait pas pu se produire avec un Américain ou avec un Anglais...

– Et un Russe?

– Pas de Slave surtout!... Non, il devait me falloir un Latin. D'ailleurs, certains membres de ma famille ont toujours montré un petit faible pour ton pays... Ainsi mon père, qui a toujours voulu pour notre hôtel des cuisiniers français, adorait converser avec eux dans leur langue. C'est lui qui a exigé que je commence à apprendre le français avec une institutrice alors que je n'étais encore qu'une enfant.

– Et tes frères?

– L'un d'eux, celui qui est dans la *Kriegsmarine*, le parle assez bien mais il n'aime pas la langue. L'autre, celui qui est prisonnier en Russie, n'a jamais voulu l'apprendre sous prétexte qu'elle ne lui servirait à rien.

– Il est certain que, là où il se trouve maintenant, le russe devrait lui être plus utile!

– Il ne le parlait pas non plus.

– Alors plaignons-le! Et ta mère?

– Elle en sait quelques mots mais elle n'est pas très douée pour les langues étrangères.

– Tante Greta?

– Elle ne sait que l'allemand et, si elle le pouvait, elle ne parlerait que prussien!

– Charmante femme... Dans ma famille, à l'exception de moi, personne ne sait l'allemand pas plus d'ailleurs que l'anglais! Ignorer délibérément les autres langues sous prétexte que le français est la plus belle langue du monde est, hélas! une tradition dans beaucoup de familles françaises. C'est stupide mais c'est ainsi!

– Sais-tu ce qui me plaît le plus en toi, à part l'amour que tu fais très bien? Mais, dans ce domaine, tu n'as pas tellement de mérite puisque vous, les Français, avez la réputation d'être des experts...

– C'est très exagéré! En revanche, ce que je peux te certifier, maintenant que j'en ai fait l'expérience, c'est qu'une Berlinoise le fait tout aussi bien, si ce n'est mieux, qu'une Parisienne! Alors, à part cela, qu'est-ce qui te plaît en moi?

– Ton caractère. Il est gai, souriant, insouciant... Tu aimes la vie et tu détestes autant que moi la guerre! Tu es artiste aussi : ta passion pour les œuvres d'art le prouve. Tu as du goût et tu vois tout de suite si une femme est bien habillée ou pas. Tu peux être sérieux aussi, de temps en temps... Enfin il y a en toi une qualité qui, à mon avis, prime tout pour un homme : la distinction... Tu vois, tu me plais pour beaucoup de raisons! Et puis un fils qui, comme toi, chérit sa mère ne peut être qu'un homme très bien! Ne le penses-tu pas?

Il resta muet, l'observant avec un mélange de curiosité et de passion. Mais il se glissait aussi, dans cet examen secret, un peu d'inquiétude.

Un matin, pénétrant dans la chambre, elle prit à peine le temps de poser son plateau sur la table et d'embrasser André.

– Chéri, dit-elle, j'ai une nouvelle formidable! Mon frère Karl, celui qui était dans la *Kriegsmarine*, est arrivé hier soir à l'appartement de ma tante. Il était environ neuf heures, nous étions là toutes les trois... Tu imagines notre joie!...

Encore à moitié endormi, il balbutia :

– Mais certainement! D'où arrivait-il?

– De Nouvelle-Zélande. Il était prisonnier là-bas avec ce qu'il restait de l'équipage de son sous-marin coulé par un croiseur anglais dans l'Atlantique Sud.

– Depuis le temps que la guerre est finie, il n'avait pas trouvé le moyen de vous faire prévenir qu'il était vivant?

– Non. Finalement, après dix-huit mois d'internement, ils ont été libérés grâce à une délégation de la Croix-Rouge internationale et ramenés sur un cargo. Celui-ci a mis près de deux mois pour les ramener d'Auckland à Hambourg! L'essentiel, c'est qu'il soit là.

– En bon état?

– Il a une mine resplendissante. Ils ont été bien traités.

– Son moral?

– Ce qui l'a le plus frappé a été de voir l'Allemagne dans l'état où elle se trouve aujourd'hui, avec la plupart de ses villes détruites.

– Il ne s'attendait quand même pas, après ce que lui et ses semblables ont fait subir au monde, à retrouver son pays intact!

– Ne t'énerve pas, mon amour! C'est mon frère et je suis heureuse. Tu comprends, il n'y avait plus d'homme dans la famille... C'était terrible!

– Et l'autre, celui qui est en Russie, toujours pas de nouvelles?

– Pourvu qu'il revienne lui aussi!

– Quel est son prénom à celui-là?

– Adolf...

– Quand il sera de retour, il ferait mieux d'en changer... Enfin! Maintenant que Karl est ici, tante

Greta va peut-être cesser de tout régenter! Déjà ça de gagné.

– Tu ne me félicites pas pour ces retrouvailles?

– Je t'embrasse très fort en espérant pouvoir serrer bientôt la main de ton frère pour lui montrer, maintenant que tout est fini, qu'il est préférable de s'entendre plutôt que de s'entre-tuer...

Pendant qu'il étalait de la confiture sur sa biscotte, il continua :

– Je ne sais pas si cette bonne nouvelle en est la cause mais j'ai une de ces faims! Dis-moi : j'espère que ce retour de Karl ne nous empêchera pas, toi et moi, de nous retrouver mercredi prochain comme d'habitude dans notre petit nid?

– Sûrement pas! Un amant, ça passe avant tout!

– Embrasse-moi encore une fois et à demain matin. J'ai un travail fou aujourd'hui au bureau!... Ah! J'oubliais... Moi aussi, j'ai une nouvelle à t'annoncer : ces tableaux et ces objets d'art que nous avions la mission de récupérer sont à peu près tous retrouvés. Mon équipe a bien œuvré. Bientôt, comme ton frère, on nous renverra dans nos foyers.

– Alors, tu vas me laisser?

– Ce sera provisoire, ne t'inquiète pas.

– Pourquoi ne pas m'emmener avec toi à Paris?

– Impossible de partir ensemble. Tu comprends, je reviens d'une mission officielle. Mais je prendrai des dispositions pour que tu puisses me rejoindre le plus tôt possible. Seulement, comment feras-tu pour quitter les tiens si tu ne leur as pas parlé de moi?

– Chez les Sturmm, je te l'ai déjà dit, ou on se marie ou il ne se passe rien! Si moi, j'ai contrevenu à la règle, ce n'est pas leur cas... Evidemment je pourrais leur faire croire que nous sommes fiancés mais je ne pense pas que mes fiançailles avec un occupant français seraient très bien vues! Il vaudra mieux que je m'en aille sans rien leur dire, sinon ils m'empêcheront de partir : n'oublie pas que je ne suis pas encore majeure aux yeux de la loi allemande... Une fois arrivée en France, je leur écrirai que j'y ai trouvé un travail beaucoup plus intéressant et surtout plus lucratif que celui que j'ai ici. Une année passera ainsi et je deviendrai majeure : à ce moment-là, personne ne pourra plus rien contre moi. D'ailleurs ce départ m'arrangera : je n'en peux plus de la dictature de ma tante et de la rigueur de ma mère.

– Et ton frère, qu'est-ce qu'il en dira? J'ai cru comprendre qu'il était ton aîné?

– L'autre aussi. Je suis la petite dernière.

– Le droit d'aînesse, ça ne joue pas en Allemagne?

– Karl est très gentil. C'est le seul membre de ma famille que je te ferai connaître avant ton départ pour Paris.

– Qu'est-ce que tu lui expliqueras? Que je suis ton amant?

– Je lui dirai que nous sommes seulement des amis et que, grâce à toi, j'ai pu améliorer sensiblement mon français... Il se doutera probablement de la vérité, mais les années qu'il vient d'endurer ont dû lui faire voir les choses avec plus d'objectivité et d'indulgence. Evidemment, avant cette guerre, il était un peu rigoriste comme tout le monde chez nous.

– Nazi?

– Il n'y en a jamais eu chez les Sturmm.

– Tous des braves gens?

– Simplement des Allemands qui ont fait la guerre, comme vous les Français, parce qu'ils y ont été contraints. Mais parlons d'autre chose, veux-tu?

Le mercredi suivant, après la séance d'amour dans la chambre de Michaëla, elle lui annonça :

– J'ai pu parler à Karl loin des oreilles de ma mère et de ma tante. Je lui ai dit que nous étions devenus de grands amis.

– Il l'a bien pris?

– Quand tu le connaîtras, tu verras qu'il n'est pas très bavard. Mais il ne s'est pas montré opposé à l'idée de te rencontrer. Peut-être pourrions-nous dîner tous les trois ensemble mercredi prochain? Je sais qu'il n'en parlera pas à ma mère et encore moins à tante Greta qu'il déteste autant que moi.

– On me cache, quoi! A croire vraiment que je suis un pestiféré! Où dînerons-nous? Veux-tu au Club français?

– Karl préférera sûrement un restaurant allemand.

– Je m'en serais douté.

Le repas fut glacial. Karl ne dit pas vingt mots. C'était un beau garçon, blond comme sa sœur et d'une raideur toute germanique. Quand il serrait la main de quelqu'un – ce qui se passa au début et à la fin de la soirée –, il avait une curieuse façon d'incliner le haut du corps d'un mouvement sec qui le faisait presque ressembler à un automate. Comme il parlait un français approximatif, André en profita pour faire valoir ses connaissances en allemand. Ce qui fit dire à Hilda, lorsqu'elle le retrouva le lendemain matin, à l'heure du petit déjeuner :

– Tu m'as étonnée. Sais-tu que tu as un bon allemand?

– Il fallait bien que quelqu'un meuble la conversation! Parce que, comme brillant causeur, ton frère pourra repasser.

– En rentrant, il m'a dit qu'il t'avait beaucoup apprécié.

– Curieux! Je n'ai pas eu du tout cette impression!

– Sous son apparence un peu rude, c'est un timide. Et tu l'as impressionné quand tu as parlé de ta profession et de toutes ces expertises de tableaux ou de statues. Ce n'est pas du tout son domaine!

– Que va-t-il faire maintenant qu'il a retrouvé la vie civile?

– Reprendre son métier : l'hôtellerie. Mais lui ne se placera pas n'importe où comme moi : il a la chance d'être un homme. Et il n'a pas perdu de temps! Il a déjà commencé à s'occuper des dommages de guerre pour obtenir le financement qui permettrait de reconstruire le Métropole.

– Là où il se trouvait : dans Berlin-Est?

– C'est la seule vraie difficulté. Les Américains seraient disposés à avancer les fonds à condition que le nouvel hôtel soit édifié en zone ouest et, de l'autre côté, on ne tient pas tellement à ce que l'on reconstruise un hôtel de luxe!

– C'est le cas de le dire : il n'est pas sorti de l'auberge!

– Oh! je suis tranquille : il y arrivera. Il est têtu.

Trois jours plus tard, André lui annonça, non sans tristesse :

– Chérie, ma mission à Berlin touche à sa fin. Toute notre petite équipe va devoir rentrer en France la semaine prochaine.

– Déjà?

Les yeux pleins de larmes, elle s'abandonna contre lui :

– Que vais-je devenir sans toi dans ce Fremden Hotel que je ne peux plus supporter, chez cette *Frau*

Wartz que je hais tout autant que ma tante? Je t'en supplie : emmène-moi!

– Je ne demanderais pas mieux, mais je t'ai déjà expliqué que c'était impossible! Pour que tu puisses entrer en France, il faut une justification. Tu es une étrangère et tu n'auras le droit de franchir la frontière et de rester que si tu viens pour travailler. Encore faudra-t-il qu'il s'agisse d'un travail nécessitant une personne comme toi, c'est-à-dire parfaitement trilingue. Mais rassure-toi. Etant donné l'allergie de mes compatriotes aux langues étrangères, je suis convaincu qu'un pareil emploi peut se trouver. Laisse-moi seulement le temps de le chercher! Je ne pourrai le faire que lorsque je serai sur place. Tu comprends?

– J'essaie.

– Comment tu essaies?

– Tu m'aimes vraiment?

– Quelle question!

– Il y aurait un moyen beaucoup plus simple pour que je puisse venir sans difficulté en France. C'est celui que beaucoup d'Allemandes emploient pour entrer aux Etats-Unis : épouse-moi...

Il eut une légère hésitation.

– Je ne suis pas contre! répondit-il enfin, tandis que les yeux bleus l'observaient avec une intensité qu'il ne leur avait pas encore connue. Mais comme toi j'ai une mère. Et, en plus, une sœur, un beau-frère, des neveux, d'innombrables cousins... Nous sommes une très grande famille. Je ne peux pas, après une absence de plusieurs mois, arriver brusquement avec toi à mon bras en déclarant : « Voilà Hilda. Je vous la présente : c'est ma femme! » Ça ne ferait pas sérieux!

– Tu trouves? Pas moi. Mais peut-être ne m'aimes-tu pas autant que tu viens de le dire.

– Là n'est pas la question. C'est surtout pour ma mère : je dois la préparer à l'idée...

– L'idée que tu vas épouser une Allemande ? Elle nous déteste donc à ce point ?

– Absolument pas ! Seulement tu sais aussi bien que moi ce qu'est une maman. C'est exigeant, surtout avec un fils ! Enfin, dans ma famille comme dans la tienne, nous avons des principes... Par exemple, je suis sûr que tu es protestante !

– Et alors ?

– Je suis catholique. Ce n'est pas une barrière majeure, mais enfin c'en est une. Il faudra la faire disparaître... Et il y en aura beaucoup d'autres ! Crois-moi : ce serait plus sage pour toi d'attendre bien gentiment ici que je te fasse signe. Dès que je le pourrai, c'est-à-dire dès que je t'aurai trouvé une bonne situation grâce à laquelle tu obtiendras tous les visas, je t'enverrai le feu vert. Une fois que tu seras à Paris, je te présenterai, sans brusquer les choses, à chaque membre de ma famille. Belle et intelligente, adorable comme tu l'es, tu ne peux pas ne pas faire leur conquête ! Mais cette période que nous pourrions qualifier de « préparatoire » ne nous empêchera pas de continuer à être amants là-bas. Ce qu'il faut sauver, et tu le comprends sans doute mieux que personne, ce sont les convenances. Est-ce clair dans ton esprit ?

– Il le faut bien puisque tu ne vois pas d'autre solution. Je pourrai t'écrire ?

– Evidemment. Je t'ai dit que j'habitais avec ma mère.

– Tu me donneras l'adresse ?

– Bien sûr !

– Et le téléphone si j'ai quelque chose d'urgent à te dire ?

– Je préfère un télégramme, à condition que tu ne

glisses pas dedans des mots d'amour : ce qui nous intéresse intimement ne concerne pas les employés des Postes. D'ailleurs, dès mon arrivée à Paris, je t'enverrai un câble... A propos, où devrai-je l'adresser ou t'écrire? Chez ta tante?

– Surtout pas! Personne ne doit se douter chez moi que je vais partir. Tu m'écriras au Fremden Hotel. C'est moi qui, tous les matins, ai la charge de trier le courrier. *Frau* Wartz ne s'en occupe jamais.

– Il me semble que nous avons tout prévu?

– A peu près tout...

Le mercredi suivant fut le dernier. L'avion partait le soir même et il était convenu qu'elle ne l'accompagnerait pas à l'aéroport. C'était en effet l'aéroport militaire, l'avion serait un appareil militaire français et tous les membres de la mission rapatriée seraient du voyage. Inutile de faire naître des ragots.

Leurs dernières heures d'intimité se passèrent dans la chambre mansardée. Ils y furent amants avec une passion qui dépassait tout ce qu'ils avaient connu jusque-là. Ce n'étaient pas des étreintes d'adieu : plutôt celles d'un immense espoir. Avant de le quitter, elle avoua :

– Ça va me faire un drôle d'effet, quand j'entrerai demain matin dans la chambre que tu as occupée pendant tous ces mois, d'y trouver un autre Français auquel je demanderai : « Monsieur a-t-il passé une bonne nuit? » Je ne sais même pas si j'aurai le courage de le dire!

– Tu le feras en pensant à moi.

Sachant qu'il agirait très vite et qu'elle ne s'attarderait plus guère à Berlin, elle avait décidé de conserver son emploi chez *Frau* Wartz. Elle pourrait continuer à y gagner un peu d'argent tout en préparant tranquillement son départ à l'insu des siens.

Avant le dernier baiser, elle lui confia entre sourire et larmes :

– Sais-tu ce que je ferai si tu ne m'épouses pas?

– Tu te tueras!

– Non, parce que, si tu agissais ainsi, ce serait la preuve que tu ne valais pas la peine que je me sacrifie pour toi... Je ferai beaucoup mieux : je me marierai avec un autre, n'importe lequel!

– Un Français?

– Sûrement pas! Tu m'en aurais dégoûté. J'opterais plutôt, je crois, pour un Américain.

– Pour te venger de moi?

– Pour fuir l'Allemagne. C'est le moyen le plus sûr et le plus rapide.

– Je vais finir par me demander si ce n'est pas la véritable raison qui t'a incitée à me demander de t'épouser.

– C'en est une, certainement. Mais il y en a une autre, plus forte : je t'aime.

Le télégramme promis arriva le lendemain matin. Il était laconique : « Excellent voyage. Bon courage. André. » Elle aurait espéré mieux mais elle lui pardonna, pensant qu'il avait une foule de problèmes à régler avec les Musées nationaux.

Une semaine passa, et elle ne put résister au besoin de lui écrire à Paris, à l'adresse de sa mère, la comtesse de Rematier, qu'il lui avait donnée la veille de son départ. La lettre était écrite en allemand. Ainsi, au cas où quelqu'un d'autre – à commencer par sa mère – l'ouvrirait par inadvertance ou curiosité, on ne pourrait pas la comprendre. Ne lui avait-il pas dit que personne dans sa famille ne parlait la langue de Goethe? Dans cette lettre, sans mots exagérés ni grandes phrases, elle laissait parler son cœur, racontait le vide de son existence routinière entre l'appartement de tante Greta et le Fremden Hotel. Avec une grande franchise, presque avec humilité, elle avouait ne plus pouvoir se passer des caresses de son *Französisch*. Elle racontait aussi comment elle procéderait pour venir le rejoindre dès qu'il lui annoncerait que toutes les difficultés étaient aplanies : elle prendrait simplement le train, la liaison ferroviaire directe et quotidienne ayant été rétablie entre Berlin et Paris. Elle terminait en affirmant qu'en vraie Prussienne elle ne se découragerait jamais et saurait attendre le temps qu'il faudrait pour que leurs retrouvailles soient complètes. Malgré l'éloignement et tout ce qui les séparait encore : langue, milieu, religion, travail à trouver en France, visa d'entrée, permis de séjour, etc., elle était certaine que tout finirait par s'arranger. Il n'existe ni frontières ni limites pour un grand amour. Seule la dernière phrase de sa lettre était écrite en français : « J'espère que Monsieur André se réveille chaque matin après avoir passé une bonne nuit puisqu'il sait qu'il est aimé... »

La réponse mit quinze jours à lui parvenir. Mais n'était-ce pas normal, le courrier ne fonctionnant pas encore très bien? Réponse brève, se réduisant à un autre télégramme rédigé en français : « Bien reçu votre lettre. Stop. Suis débordé de travail. Stop. Espère qu'il en est de même pour vous. » C'était signé *Rematier*. Elle n'en crut pas ses yeux. D'abord il lui disait *vous*. Ensuite il n'y avait pas dans ce texte le moindre mot d'amour ou seulement de tendresse : un simple *Liebling* aurait atténué la sécheresse des autres mots... C'était signé enfin du nom de famille et non pas du prénom que, très vite, elle s'était mise à aimer. Pourquoi avait-il choisi de rédiger un texte aussi impersonnel? Et pourquoi recevait-elle un câble plutôt qu'une lettre ou même, s'il était réellement très occupé, une carte postale où il aurait griffonné trois ou quatre phrases? Elle y aurait au moins trouvé la chaleur de l'écriture... Les quatre pages manuscrites qu'elle lui avait envoyées ne méritaient-elles pas quelques lignes de lui?

Désorientée, perplexe, inquiète, elle finit par ne trouver qu'une explication : André agissait ainsi parce que, n'ayant pu encore se faire libérer de ses fonctions officielles d'expert du Louvre ou de chargé de mission, il jugeait plus prudent de ne pas adresser une missive trop intime à une habitante de Berlin. Le courrier devait être surveillé : la guerre était finie mais l'Allemagne restait occupée. Les censeurs pourraient croire que sous les mots d'amour se cachait un code secret. Cela risquerait de compromettre les démarches délicates qu'il avait déjà dû entreprendre pour la faire venir à Paris... Elle argumenta tant et si bien qu'elle finit par se persuader que, contrairement à ce qu'elle avait pensé d'abord, ce télégramme n'était qu'une nouvelle preuve d'amour, très discrète. C'était même génial : personne à Berlin, dans les services postaux ou autres, ne pouvait non plus se douter que bientôt, grâce à André, elle allait pouvoir s'évader vers le bonheur auquel elle avait droit après les années d'horreur qu'elle venait de connaître. Un télégramme pareil, elle pourrait même le montrer à Karl.

Deux soirs plus tôt, chez la tante, celui-ci l'avait prise à part :

« – Qu'est-ce que tu as, Hilda? Depuis trois semaines je te trouve bizarre : tu n'es plus la même... A mon retour de captivité, j'avais été assez surpris de constater que, à l'opposé de notre mère et de tante Greta, tu semblais heureuse de ton sort. Et pourtant! Travailler là où tu es actuellement, ce n'est tout de même pas la joie pour une jeune fille telle que toi... Aussi ai-je pensé que ce qui te rendait gaie, c'était la présence de ce Français que tu as absolument voulu me présenter.

« – C'est vrai. Il avait une façon tellement à lui de voir les choses, si différente de celle des militaires! André était un artiste qui n'aimait que le beau. Il me distrayait, il me faisait rire...

« – Pourquoi parles-tu de lui au passé? Il n'est donc plus à Berlin?

« – Il est rentré en France. Sa mission ici était terminée.

« – Sa mission! Il nous l'a assez serinée pendant tout un dîner. Retrouver des tableaux, des statues, des tapisseries! Comme si ces œuvres d'art ne pouvaient pas rester chez nous! Comme si nous n'étions pas capables de les admirer autant que dans son pays! L'art n'a pas de patrie... Enfin il est parti et ce n'est pas un mal. Tu reconnaîtras qu'après cette soirée je ne t'ai fait aucune remarque. Je t'ai simplement dit qu'il me paraissait être un homme bien élevé... Maintenant qu'il est loin, j'estime de mon devoir de t'affirmer que ce Français n'était pas du tout un homme pour toi! Peut-être est-il un romantique mais le romantisme français n'a rien à voir avec le nôtre : j'ai pu m'en rendre compte pendant notre première année d'occupation en France, lorsque mon sous-marin était basé à Lorient... Te souviens-tu? Quand je suis revenu, à cette époque, en permission, je t'ai confié – et tu m'as promis alors de ne le raconter à personne de la famille – que j'avais trouvé là-bas une amie française.

« – Tu m'avais même révélé son prénom : Anne...

« – C'était une Bretonne. Brune et jolie.

« – Tu m'avais paru alors très amoureux?

« – Notre romantisme, Hilda! Le même que le tien : celui de notre père. Seulement, quand je t'ai fait ces confidences, tu n'avais que quatorze ans et tu n'étais pas encore en âge de me comprendre. Maintenant tu en as vingt : c'est différent! Et ce n'est plus moi qui m'intéresse à une Française mais toi à un Français.

« – Qu'est-elle devenue?

« – Je ne sais pas. Nous étions en France pour faire la guerre et pas l'amour. Le jour où mon sous-marin a changé de base, je ne l'ai plus revue.

« – Tu ne l'as pas regrettée?

« – Non. Le service du Grand Reich passait avant tout.

« – Mais elle? Peut-être pense-t-elle toujours à toi?

« – C'est possible mais ça m'indiffère! Si je me marie, ce sera avec une Allemande... Je pense au jour où nous reprendrons la direction de notre hôtel reconstruit. Je ne sais si notre frère Adolf reviendra de Russie mais, comme je suis actuellement le seul homme de la famille ici, mon devoir est de préserver la pureté de notre nom, donc d'épouser une Allemande et de préférence une Berlinoise qui me donnera des enfants prussiens. Nous sommes des Sturmm! Le nom ne doit pas s'abâtardir. Toi aussi, tu es une Sturmm et tu ne peux faire ta vie qu'avec un Allemand de même souche que toi. Ton plus grand tort est d'être triste parce que ce Français est parti.

« – Lui aussi est de très bonne famille : c'est un noble.

« – Peut-être, mais un noble français, ce qui change tout ! »

A cet instant elle comprit que, comme tante Greta, Karl détestait les Français. Malgré Anne, la Bretonne... Cela lui donna une raison de plus de quitter Berlin le plus tôt possible sans demander l'avis de personne. Que dirait son frère s'il apprenait qu'André était son amant depuis quatre mois déjà ? Il serait capable de la tuer ! Et justement, pour qu'il continuât à ne se douter de rien, dès ce soir elle lui montrerait le télégramme qu'elle venait de recevoir... Ce qu'elle fit. La réaction fut immédiate.

– Pourquoi lui avais-tu écrit ?

– Tu ne vas tout de même pas m'interdire de correspondre avec des amis, même s'ils sont français ou d'un autre pays ? Tu voudrais peut-être savoir aussi ce que je racontais dans ma lettre ?

– Tu ne peux avoir écrit que des choses très convenables pour qu'il t'ait fait une telle réponse ! Ce télégramme est d'ailleurs une preuve éclatante de son indifférence à ton égard : si cet homme t'aimait, il te dirait des choses plus gentilles.

Elle pensa que jamais elle ne pardonnerait à Karl un pareil jugement. Elle se savait, elle, adorée par André.

Dès le lendemain, elle lui envoya une nouvelle lettre. Elle y faisait comprendre à mots couverts qu'elle avait très bien réalisé pourquoi son précédent message était aussi concis. La réponse arriva une dizaine de jours plus tard sous la forme d'un troisième télégramme : « Suis devant grosses difficultés. Stop. Conserve quand même bon espoir. Amitiés. » C'était toujours signé *Rematier*. La réponse confirmait qu'André avait mille fois raison de se montrer prudent dans ses messages.

Il devait être écrit dans le livre du Destin que cette journée ne serait pas pour elle une journée comme les autres. C'est le matin qu'elle reçut le troisième télégramme. L'après-midi, comme elle se sentait réellement fatiguée depuis quelques jours, elle se retrouva chez son médecin, *Herr Doktor* Hertz, vieux praticien qui avait déjà soigné des générations de Sturmm avec compétence et dévouement. Et, parce qu'il l'avait vue naître, il n'hésita pas, après l'avoir examinée, à lui annoncer avec bonhomie et sans prendre trop de précautions qu'elle était enceinte. La nouvelle lui fit connaître un court moment d'émoi, puis elle éclata de rire.

– C'est merveilleux, docteur! s'écria-t-elle. Je ne pouvais pas espérer mieux : ça va résoudre tous mes problèmes.

– Heureuse, mon enfant? Tant mieux... Seulement vous n'êtes pas mariée! Que va-t-on dire dans votre famille?

– La famille, je m'en moque! Vous ne comprenez donc pas que je vais avoir un enfant du premier homme que j'aime et que j'aimerai toujours?

– Oui, ma petite Hilda. Bien sûr, c'est très beau un grand amour, mais...

– Il n'y a pas de mais, docteur! La seule chose que je vous demande, c'est de ne pas dire un mot de cette nouvelle aux miens : ils ne pourraient pas comprendre. Ils sont trop durs! Vous connaissez les Sturmm : ce ne sont pas des êtres humains... A l'exception de mon père qui, lui, m'aurait comprise et auquel j'aurais pu tout révéler, les autres sont d'abord prussiens et ensuite hôteliers. Je leur ferai connaître mon état quand il sera temps, mais pour le moment je vais disparaître.

– Pourquoi tant de mystère? Après tout, ce qui vous arrive est tout ce qu'il y a de plus normal à votre âge : vous avez la constitution idéale pour faire des enfants et même de très beaux enfants! Les choses doivent pouvoir s'arranger. Vous ne voulez pas que je serve d'intermédiaire entre vous et les vôtres pour les informer de votre état? Je les connais bien et je pense pouvoir trouver les mots qui conviendront pour les amener à une plus saine compréhension de la vie. Bon sang, nous sortons à peine d'une guerre où nous en avons vu d'autres!

– Non, docteur! Je veux d'abord que mon enfant naisse. Ensuite je les placerai devant le fait accompli : ils ne pourront plus rien dire. Et, même s'ils refusaient de nous voir, mon enfant et moi, cela n'aurait aucune importance.

– Mais comment allez-vous vous débrouiller? Ça ne se remarque encore pas trop parce que vous êtes grande et bien charpentée, mais vous êtes déjà enceinte de plus de deux mois!

– Ne vous inquiétez pas : cet enfant a un père qui m'attend et que je vais aller rejoindre. Au revoir, docteur. Laissez-moi vous embrasser pour la bonne nouvelle que vous venez de m'annoncer!

Envoyer tout de suite un télégramme à André pour lui révéler qu'elle allait être mère? Comment expliquer cela en style télégraphique? Leur histoire d'amour méritait mieux... Lui écrire une longue lettre? Celle-ci mettrait trop de temps avec ce courrier encore incertain... Et pourquoi écrire? N'était-il pas préférable d'aller directement à Paris sans prévenir André et de lui faire part de la grande nouvelle au moment où elle se retrouverait dans ses bras? Elle imaginait déjà la scène... Il serait fou de joie. Un mercredi, après l'amour, il lui avait dit :

« – Le mélange de races donne souvent de magnifiques enfants. S'il te prend un jour l'envie d'être mère, fais-le avec un homme qui soit ton contraire. Ta blondeur s'accommoderait à merveille d'un brun : un Italien, un Espagnol, un Sud-Américain... Vous réaliseriez un chef-d'œuvre!

« – Et si je préférais un Français?

« – Drôle d'idée. Mes compatriotes ne sont pas tous bruns, loin de là!

« – Les Allemands non plus ne sont pas tous blonds... Toi, tu es un brun.

« – Foncé tout au plus.

« – Ça me suffit, chéri. »

Il allait être comblé. La présence de cet enfant qu'elle portait en elle valait tous les visas d'entrée et de séjour en France! On ne peut pas séparer un couple qui a procréé : un enfant, c'est un capital dans n'importe quel pays. Ça force aussi tous les barrages familiaux. La mère d'André elle-même serait heureuse et l'inciterait à se marier le plus tôt possible « pour respecter les convenances », selon l'expression de son amant. Il ne lui restait plus, à elle Hilda, qu'à trouver le moyen de partir. Détenant déjà un passeport en règle, pourquoi ne pas dire au consulat de France qu'elle ne se rendait à Paris que pour quelques jours, en simple touriste qui rêve depuis son enfance de connaître la Ville Lumière? En plus, c'était la vérité. Quand elle avait dix ans, son père lui avait dit : « Lorsque tu seras plus grande, dans quatre ou cinq ans, je t'enverrai à Paris pendant un ou deux mois pour que tu perfectionnes ton français. Si tu choisis de travailler dans notre profession, tu dois connaître Paris... Ta chance est que nous avons de grands amis français, les Perrot. Ils ont séjourné l'année dernière ici, à notre Métropole, et eux aussi possèdent un hôtel à Paris. Ils m'ont dit qu'en remerciement de l'accueil que ta mère et moi leur avons réservé, ils étaient tout disposés à vous accueillir à leur tour, tes frères et toi, dans leur hôtel parisien. »

Elle se souvenait parfaitement de ces Perrot. Bien sûr, il y avait eu, depuis leur visite, la guerre entre la France et l'Allemagne. Mais était-ce une raison pour qu'ils ne soient plus des amis? Arrivée à Paris, elle se rendrait d'abord chez eux et leur demanderait provisoirement une chambre, ne serait-ce que pour se changer et surtout se faire belle avant d'aller surprendre André... Pendant un moment, elle pensa qu'il serait judicieux d'envoyer un télégramme aux Perrot dont sa mère avait conservé l'adresse mais elle se ravisa : ce serait une erreur. Chez eux aussi elle se présenterait à l'improviste. Elle les prierait même de ne pas avertir sa famille à Berlin. Elle était décidée à n'informer personne de son départ ni du pays ou de la ville où elle s'enfuyait. Seul son frère, au courant de son idylle avec le Français, ferait peut-être un rapprochement entre cette fuite et le départ de l'amoureux. Mais Karl, comme tante Greta, était beaucoup trop égoïste pour s'inquiéter de l'adresse de sa sœur. La seule chose qui comptait pour lui était la reconstruction du Métropole. Quant à *Frau* Wartz, elle la quitterait sans explications après s'être fait régler son compte.

Quatre jours plus tard, elle prenait un train du soir qui devait l'amener le lendemain vers onze heures à Paris. Toutes les autres places du compartiment de première où elle s'installa étaient occupées mais elle ne prêta aucune attention à ses compagnons de voyage, tous des hommes, Allemands, Français ou Américains, qui regardaient avec un intérêt soutenu la belle voyageuse. Hilda, elle, ne voyait personne, tout aux mirifiques projets qu'elle faisait déjà pour son enfant.

Garçon ou fille, peu importait! L'essentiel était que cet enfant fût heureux et ne connût jamais la guerre! Conçu par un Parisien et une Berlinoise, il ne pourrait qu'être beau et intelligent. Si c'était une fille, elle serait brune et ressemblerait à son père; si au contraire c'était un fils, il aurait les yeux bleus et la blondeur de sa mère... Et ses parents protégeraient soigneusement ce petit être. Ils ne se disputeraient jamais devant lui; ainsi prendrait-il peu à peu conscience de la parfaite entente entre ceux qui lui avaient donné la vie dans un élan d'amour. Si c'était un fils, comment l'appellerait-on? André exigerait sûrement un prénom français, et il était tout à fait normal de se ranger à l'avis du père qui lui donnerait son nom de famille. Voyons... Pierre? Geoffroy? Christian? Pierre de Rematier, ça ne sonnait pas mal mais moins bien que Christian de Rematier et surtout que Geoffroy de Rematier qui avait une allure très noble... Pour une fille, le prénom pourrait être germanique, mais avec une consonance agréable aux oreilles françaises et s'accordant avec le nom à particule: Marlène de Rematier, Elisabeth de Rematier, Martha de Rematier... Le choix ne manquait pas! Toutes ces questions, apparemment secondaires, avaient au fond une grande importance dans une vie familiale, et elles seraient toujours réglées d'un commun accord avec André. Comme ils allaient être occupés par la venue au monde de cet enfant! Et, qui sait? ils en auraient peut-être d'autres. Hilda – tellement esseulée depuis des années après la mobilisation de ses frères, le décès de son père, la sévérité de sa mère et la méchanceté de sa tante – caressait avec délectation l'idée d'une nombreuse famille dont elle serait le centre et qui tourbillonnerait autour d'elle... Sans même qu'elle s'en rendît compte, la jeune femme avait déjà l'âme d'une *mamma* germanique désireuse de régenter tous ceux qui dépendraient d'elle... Surtout son mari! Car André, avec sa belle humeur, son insouciance naturelle et malgré ses sept années de plus qu'elle, lui apparaissait presque comme un enfant terrible auquel – comment sa féminité précoce ne le lui aurait-elle pas fait sentir? – elle saurait imposer ses volontés! Et la maman, la sœur, le beau-frère, les neveux, les cousins, tous les Rematier l'écouteraient... Mais, à la différence de tante Greta, elle ne serait conduite, elle, dans son besoin de commander, que par l'amour.

Durant tout le trajet, elle fut incapable de dormir, tant elle vivait intensément son rêve éveillé. Si bien que le voyage lui parut court. Il en est toujours ainsi lorsqu'on galope vers le bonheur... Enfin le train s'immobilisa en gare de l'Est. Quand Hilda se retrouva sur le quai avec ses deux grosses valises – elle avait emporté le plus de vêtements possible pour éblouir André et son entourage – et qu'elle entendit un déferlement de mots français, elle sentit qu'une fantastique métamorphose s'opérait en elle. Hilda Sturmm n'existait plus, Hilda de Rematier venait de naître. La Berlinoise faisait place à la plus blonde des Parisiennes.

Quelques minutes plus tard, le taxi la déposait devant l'hôtel des Perrot. L'établissement était relativement modeste en comparaison de ce qu'avait été l'immense Métropole de la famille Sturmm mais la façade en était accueillante et il portait un nom charmant : Hôtel des Bleuets.

Lucien Perrot et son épouse étaient toujours là, bien en vie. Elle les reconnut aussitôt. Eux, ils eurent quelque mal à retrouver dans cette splendide créature la gentille petite fille bien élevée qui leur avait fait une belle révérence à Berlin quatre années avant la guerre. Ils l'accueillirent avec effusion – eux-mêmes n'avaient pas d'enfant, et c'était un de leurs grands regrets –, l'assaillirent de questions puis la conduisirent jusqu'à une chambre meublée avec goût. Quelques minutes plus tard, un petit chasseur frappa à la porte pour présenter des roses accompagnées d'une carte de visite de Lucien et Jacqueline Perrot. Elle portait cinq mots très simples : « *Vous êtes ici chez vous.* »

Pendant qu'elle se préparait pour aller surprendre André chez sa mère en fin d'après-midi, Hilda se remémorait le flot de questions que le couple Perrot lui avait posées sur les membres de sa famille, sur la vie qu'on menait dans le Berlin occupé, sur l'avenir du Métropole... et aussi les réponses qu'elle avait faites. Une question surtout l'avait embarrassée :

« – Comptez-vous séjourner un certain temps à Paris ?

« – Le plus longtemps possible, je l'espère.

« – Vous avez raison. D'autant plus que Berlin ne doit pas être bien gai en ce moment pour une jeune fille ?

« – Je souhaite ne jamais y retourner.

« – Vraiment ? Mais alors, il va vous falloir trouver une occupation ici ?

« – J'en ai déjà une en vue.

« – Intéressante ?

« – Passionnante !

« – Tant mieux. En tout cas, jusqu'à ce que les

choses se concrétisent pour vous, considérez que vous restez notre invitée.

« – Merci. »

A dix-huit heures, elle se trouvait, assez émue, sur le palier du quatrième étage d'un immeuble situé à proximité du parc Monceau. Mais, avant de sonner, elle prit son temps : elle savait qu'une fois la porte ouverte et le seuil franchi une nouvelle tranche de vie commencerait pour elle. A l'Hôtel des Bleuets, elle avait cherché dans un annuaire le numéro de téléphone de la comtesse de Rematier. L'idée en effet lui était venue qu'il serait plus correct à l'égard de la maman d'André de demander à quelle heure elle pourrait être reçue. Et puis elle y avait renoncé. Ç'aurait été anéantir tout le bénéfice de l'effet de surprise escompté. Mieux valait ne pas prévenir.

La température étant plus douce à Paris qu'à Berlin, elle avait revêtu un tailleur bleu marine qui lui allait à ravir et qu'elle n'avait jamais porté au cours de ses sorties berlinoises avec André. C'est très important, pensait-elle, de se présenter devant l'homme qui vous aime, et qui ne vous a pas vue depuis deux mois, habillée d'une façon nouvelle. Il n'en apprécie que davantage le renouveau de la liaison.

Elle sonna enfin et attendit pendant quelques secondes qui lui firent l'effet d'un temps infini.

Apparut une servante entre deux âges, au visage sévère. La voix n'était pas très aimable :

– Vous désirez?

– Voir André de Rematier.

– Monsieur André? Vous n'avez aucune chance de le trouver en semaine. Il ne vient chez Madame la comtesse que le dimanche après-midi.

– Il n'habite donc pas ici?

La servante la regarda d'un air ahuri.

– Pourquoi voudriez-vous qu'il habite là?

A ce moment, une voix autoritaire se fit entendre du fond du vestibule qui était assez sombre :

– Qu'est-ce que c'est, Germaine?

– Une dame qui demande Monsieur André...

– Dites-lui que mon fils n'habite pas ici.

– C'est déjà fait, madame, mais elle ne bouge pas.

– Demandez à cette dame son nom et la raison pour laquelle elle veut voir mon fils.

Sans pouvoir distinguer dans l'ombre celle qui venait de parler, Hilda répondit :

– Je me nomme Hilda Sturmm, madame, et j'arrive de Berlin.

Il y eut un moment de silence. Puis la voix de la femme reprit, adoucie :

– Germaine, introduisez cette dame dans le salon. Je vais la recevoir dans quelques instants.

Apparemment sans enthousiasme, la servante fit entrer la visiteuse dans un salon où elle la laissa seule. C'était une vaste pièce avec trois fenêtres donnant sur ce parc Monceau dont André avait dit qu' « il est plein d'enfants qui jouent et qui courent après les pigeons... » Elle était prolongée par un autre salon plus petit mais encore de bonnes dimensions dont les deux fenêtres plongeaient également sur le parc. Hilda fut très impressionnée par ces cinq fenêtres d'affilée s'ouvrant sur le même panorama. D'ailleurs, les proportions de l'appartement s'harmonisaient avec celles de l'immeuble en pierre de taille, probablement construit un siècle plus tôt. Le porche, la voûte d'entrée, la loge du concierge, l'escalier en bois vernissé recouvert en son centre d'un épais tapis rouge et les premières marches du rez-de-chaussée, encadrées par deux géants noirs, en bois eux aussi et à demi nus, portant des torchères dorées qui éclairaient la rampe, la cage de l'ascenseur asthmatique évoquant une chaise à porteurs, tout cela suintait une opulence triste qui avait réussi à défier trois guerres. La jeune femme venue quelques heures plus tôt de sa ville en ruine ne pouvait pas encore comprendre l'étrange pérennité des grandes bâtisses de la plaine Monceau.

Le salon de la comtesse était lugubre avec son mobilier Louis-Philippe, ses doubles rideaux aux teintes fanées, son accumulation de guéridons recouverts de bonbonnières hétéroclites et l'odeur de renfermé qui imprégnait le tout. Il y avait enfin un piano à queue dont la caisse était recouverte, on ne savait trop pourquoi, d'un immense châle espagnol. Là-dessus était posé un horrible vase de porcelaine d'où surgissait une plante verte dont quelques branches commençaient à jaunir. Assise prudemment sur l'un des fauteuils, la fille de l'hôtelier berlinois se voyait transplantée dans une autre époque. Ainsi, se disait-elle avec étonnement, c'est dans un décor aussi vétuste que mon amant a été élevé et qu'il a grandi auprès de cette dame dont la voix me rappelle celle de tante Greta. Justement, sur le piano, placée devant le vase, une photographie encadrée montrait une jeune femme brune tenant, assis sur ses genoux, un petit garçon également brun et aux cheveux bouclés, âgé tout au plus de trois ans. Il portait un col marin, et son visage rieur ne pouvait être que celui d'André vingt-cinq années plus tôt. Il était surprenant de voir comme les traits n'avaient pas changé... André, adulte, avait gardé l'exubérance de l'enfant. N'était-ce pas l'assurance qu'il ne vieillirait jamais?

Sur la photographie, sa maman avait de la distinction sans être vraiment jolie. Son fils n'avait rien d'elle.

Il ressemblait sûrement davantage à son père. Cette pensée ravissait Hilda. Elle-même, lui avait-on dit, était le portrait vivant de son père, l'un des plus beaux hommes de Berlin. Perdue dans sa contemplation, elle n'entendit pas une autre porte s'ouvrir ni des pas qui se rapprochaient de son fauteuil. Et soudain une femme fut devant elle. C'était une personne au visage un peu anguleux, adouci cependant par la blancheur des cheveux. Elle se tenait très droite, comme pour ne pas perdre un millimètre de sa taille, plutôt petite, et regardait sans indulgence la jeune Allemande qui, s'étant levée, la dominait d'au moins une demi-tête. Elle ne ressemblait pas à la femme de la photographie et avait plus d'allure.

Après un moment de silence pendant lequel Hilda se sentit scrutée de la tête aux pieds, la bouche aux lèvres minces s'entrouvrit.

– Comtesse de Rematier... Pouvez-vous avoir l'amabilité, madame, de me redire votre nom que je n'ai pas très bien compris dans le vestibule?

– Hilda Sturmm... Mlle Hilda Sturmm.

– Pardonnez-moi. Malgré votre jeunesse, vous faites tellement femme que l'on s'y tromperait! Permettez-moi de vous dire que vous êtes ce que nous appelons en France une très belle plante... Je vous en prie : asseyez-vous.

Elle-même en fit autant.

– Alors, reprit-elle, vous arrivez de Berlin où vous avez sans doute fait la connaissance de mon fils?

– André et moi sommes devenus de grands amis.

– Vraiment? C'est curieux. Lui qui me raconte tout ne m'a jamais parlé de vous! Vous êtes bien allemande?

– Prussienne même.

– Les Prussiens? Ma grand-mère, qui avait connu la

guerre de 1870, ne disait jamais « les Allemands » mais « les Prussiens »... Comment avez-vous connu André?

– Par hasard. Il était en mission à Berlin pour récupérer des œuvres d'art.

– Je sais. Nous nous demandions même s'il allait rentrer un jour. Maintenant il est là. Heureusement! Peut-être faites-vous, comme lui, des expertises d'art?

– Non : je suis spécialisée dans l'hôtellerie.

– Ah? Très intéressant.

Le ton sur lequel cela avait été dit prouvait que la comtesse de Rematier ne s'intéressait absolument pas à l'hôtellerie! Il y eut un silence un peu embarrassé. Les deux femmes s'observaient.

– J'ai l'impression, madame, de vous faire perdre un temps précieux, dit finalement Hilda. Je ne voudrais pas abuser. C'est déjà tellement aimable à vous d'avoir consenti à me recevoir. Puis-je vous demander si André est là?

– Il n'est pas à Paris en ce moment. Il est venu m'embrasser avant-hier soir pour me dire qu'il s'absentait pour une semaine. Il devait accompagner des tableaux que le musée du Louvre prête à la National Gallery pour une exposition... Mais sa femme est ici.

– Sa... femme?

– Oui, Yolande. Actuellement, elle ne peut guère l'accompagner dans ses déplacements : elle doit s'occuper de son petit garçon.

– Parce qu'il a un fils?

– Cela vous étonne? Mais c'est très heureux qu'il en soit ainsi! Il a une femme et un fils qui porte un prénom que j'aime beaucoup, Elzéar, et qui vient d'avoir trois ans. Vous le voyez d'ailleurs avec sa maman sur cette photographie.

Elle désigna le cadre posé sur le piano.

– Elzéar est le sosie d'André! ajouta-t-elle. D'ailleurs, puisque vous connaissez mon fils, vous devez pouvoir vous en rendre compte.

– C'est exact, en effet.

– Mon petit-fils est un peu turbulent mais débordant d'amour. Exactement comme l'était son père quand il avait son âge. Mon fils a un cœur d'or! J'ai également une fille qui a deux enfants : ce qui fait que je suis une grand-mère comblée. Et je m'entends merveilleusement avec ma belle-fille! André et elle sont mariés depuis quatre ans! Evidemment, Yolande n'a pas eu le droit d'accompagner son mari à Berlin. Le gouvernement ne tenait pas à ce que nos représentants ou nos chargés de mission y soient avec leurs épouses! Après tout, c'était peut-être sagesse : la vie là-bas doit être tellement difficile!

– Ça commence à s'améliorer un peu dans la zone ouest.

– Tant mieux! C'est tellement triste toutes ces guerres... Que puis-je faire pour vous, mademoiselle?

– Pour moi? Rien, madame. Comme je passais par Paris, j'ai simplement voulu dire un petit bonjour à André.

– Quand je lui annoncerai votre venue, il sera certainement désolé.

– Croyez-vous, madame?

– Mais oui! Le connaissant, vous ne pouvez pas ne pas avoir remarqué qu'il avait un grand sens de l'amitié. La preuve en est que vous êtes là! Quand on voyage, je pense qu'on ne rend visite qu'aux gens qui vous ont laissé un bon souvenir.

– Ça, c'est vrai.

– Désirez-vous que je lui transmette un message?

– Dites-lui que j'avais une très grande nouvelle à lui annoncer...

– Une grande nouvelle?

– Et puis non! Dites-lui simplement que je pars pour l'étranger.

– C'est cela la nouvelle? Vous ne retournez pas à Berlin?

– Non. J'y deviendrais très vite indésirable.

– Vraiment? Une aussi belle jeune fille que vous? Je ne le crois pas... Est-ce qu'il ne se cacherait pas sous cette décision de ne pas revenir dans votre pays une déception amoureuse?

– C'est un peu cela.

– Vous savez, on peut tout me dire à moi : je suis maman et aussi grand-mère!

– Ne m'en veuillez pas, madame, mais je ne crois pas pouvoir tout vous dire.

Elle s'était levée.

– Au revoir, madame, et merci encore pour votre accueil.

Mme de Rematier sonna la femme de chambre.

– Reconduisez Mademoiselle... Mlle Hilda Sturmm. C'est bien cela, n'est-ce pas? Vous avez un prénom très original : Hilda.

– Dans notre pays, madame, il ne l'est pas tant que cela! Il y a beaucoup de Hilda.

– J'aime quand même. Faites très attention : l'escalier est sombre et il est recommandé d'éviter de prendre l'ascenseur pour la descente. C'est un vieil appareil qui risque à tout moment de tomber en panne.

Hilda dut s'agripper à la rampe pour descendre l'escalier. C'était comme si toutes ses forces et le calme apparent dont elle avait fait preuve pendant l'entretien avec la mère d'André venaient de l'abandonner. Malgré son courage, malgré sa jeunesse, malgré sa solide constitution, la jeune femme se sentait au bord du précipice. C'était l'effondrement. A quoi lui aurait-il servi de révéler la vérité à la comtesse de Rematier? Elle n'aurait pas compris. Hilda Sturmm, à ses yeux de mère couvant son fils, ne pouvait être qu'une intrigante. A moins qu'André ne décidât de divorcer en apprenant qu'il allait être à nouveau papa? Rêverie! Comment cela serait-il possible de la part d'un homme qui s'était moqué d'elle en lui cachant qu'il était marié et déjà père d'un fils de trois ans?

Elle commençait à réaliser son erreur : c'était de n'avoir jamais posé à André la question primordiale : « Es-tu libre? » Et son tort avait été de croire qu'il l'était du moment qu'il vivait avec sa mère à proximité d'un certain parc Monceau. Pas une fois elle n'avait imaginé qu'il pût être marié, ni même qu'il eût une liaison durable à Paris... Rien ne le manifestait d'ailleurs dans sa conduite : la cour discrète que, pendant des semaines, il lui avait faite à Berlin, son exquise attention les soirs de sortie, et plus tard, sa fougue amoureuse. Mais c'est vrai que jamais non plus il n'avait parlé de mariage. Avant son départ pour Paris, il l'avait seulement laissée dans la conviction qu'il la ferait venir le plus tôt possible auprès de lui pour que leur liaison pût s'affirmer dans un entourage moins hostile que celui des Sturmm à Berlin. Mais peut-être n'envisageait-il alors qu'une liaison illégitime...

Sortie de l'immeuble, elle alla au hasard des rues. Elle n'avait même plus envie de découvrir la ville. A quoi bon puisqu'elle ne pourrait pas y vivre avec André? Mais pourquoi lui avait-il dissimulé la vérité de son mariage? Sans doute avait-il craint de se voir repousser parce qu'elle lui avait dit un jour : « Chez les Sturmm on se marie ou il ne se passe rien! » Ce qui ne l'avait tout de même pas empêchée de se donner à lui. Et il avait très bien su profiter de sa faiblesse!... Elle s'imaginait lui annonçant la grande nouvelle. Quelle serait sa réaction? Ne répondrait-il pas que rien ne prouvait qu'il était le père? Ce serait monstrueux. Le premier mercredi où ils avaient fait l'amour dans la chambrette prêtée par Michaëla, il avait bien constaté qu'elle était vierge et s'en était même étonné : « Avoir réussi à conserver cette innocence à travers ces années de destruction et d'occupation, c'est fantastique! avait-il dit. Tu es la plus étonnante des femmes! » Le lâche! L'hypocrite!

Non, il ne servirait à rien de lui faire savoir qu'elle était enceinte de lui. Jamais il ne pourrait divorcer. Sa mère s'y opposerait. Et puis, épouser une Allemande, quel scandale ce serait dans la famille! L'avait-il seulement jamais souhaité? Et s'il aimait sa femme? Pourquoi n'appartiendrait-il pas à cette catégorie tellement répandue d'hommes qui adorent toutes les femmes : la leur, celles des autres et, bien sûr, celles qui n'appartiennent encore à personne?

L'air de Paris était de plus en plus doux : la soirée s'annonçait clémente. Hilda continuait à avancer droit devant elle sans voir ni les gens, ni les vitrines, ni les monuments, ni les arbres... Perdue dans sa détresse, elle ne pensait qu'à elle-même. Puis tout à coup un revirement incontrôlé se fit en elle : elle se mit à penser à cet enfant qu'elle portait et qui était son secret. Qu'allait-il devenir avec pour unique soutien une mère qui ne solliciterait jamais pour l'élever l'aide de cet homme indigne, de ce monstre qu'était André de Rematier, ni celle des Sturmm, gens sans cœur eux aussi? Qu'allait-elle en faire? L'emmener en Allemagne? Jamais! N'était-ce pas l'enfant d'un Français, même si ce dernier ne méritait pas de le connaître? Il devait naître en France! Pour rien au monde elle ne voulait faire un Allemand de plus!

Seulement, de quelle façon s'y prendre pour rester ici? L'enfant ne verrait pas le jour avant six mois... Jusque-là, comment tenir le coup? Les économies qu'elle avait pu faire en travaillant au Fremden Hotel lui permettraient, à condition qu'elle y prît garde, de subsister trois ou quatre mois. Et il y avait la question du logement. Impossible de profiter trop longtemps de la généreuse hospitalité des Perrot. Deux mois, c'était le maximum. Et après? Il faudrait trouver un autre domicile et surtout un travail. Quel genre? Les circonstances ne lui permettraient pas de se montrer trop difficile. Elle devrait sans doute accepter n'importe quelle offre! Mais, après tout, il n'est pas de sot métier. N'avait-elle pas, pendant des mois, servi de surveillante d'étage chez *Frau* Wartz? Alors...

Sa marche l'avait conduite à la Concorde. Elle suivit ensuite les quais en direction du Louvre, sans réaliser que là, peut-être, se trouvait le bureau d'André lorsqu'il était à Paris. Fatiguée, l'esprit vide, elle commençait à regarder autour d'elle. Son attention fut attirée par une joyeuse cohorte de marins américains donnant le bras à de jeunes Parisiennes. Ils riaient, parlaient fort, s'embrassaient... Combien, parmi ces Françaises, se retrouveraient dans la même situation qu'elle après le départ de leurs *boy-friends*? Elle pensa soudain à la petite Bretonne de Karl. Peut-être l'avait-il mise enceinte elle aussi? Elle en fut attristée, évoquant le sort de toutes ces femmes accablées par une maternité solitaire. Etait-ce la proximité des rives de la Seine? Pour la première fois de sa vie, la solide Berlinoise, qui n'avait jamais flanché devant l'adversité, se sentit effleurée par l'idée de suicide. Cela ne dura qu'un instant. Très vite, sa volonté de triompher reprit le dessus. Ne voulant plus voir dans la rue le spectacle de couples dont l'insouciance était un défi à sa solitude, elle héla un taxi qui la ramena à l'Hôtel des Bleuets.

Mme Perrot se trouvait dans le hall.

– Qu'est-ce que vous avez? Vous n'êtes pas bien? demanda-t-elle à la vue du visage ravagé de la jeune Allemande.

– Ce n'est rien, ça va passer. J'ai voulu voir tant de choses pour ma première promenade dans Paris que j'ai dû trop marcher. Je suis éreintée!

– D'autant plus que vous n'avez pas dû dormir beaucoup dans le train!

– Je vais monter me coucher. Demain je serai en pleine forme.

– Mais il faut manger quelque chose!

– C'est vrai que j'ai un peu faim.

Elle avait même très faim et cela tout le temps depuis quelques jours. Ce qui ne l'avait pas tellement étonnée : n'avait-elle pas entendu dire que l'amour ouvre l'appétit? La maternité aussi le stimule, même si l'amour commence à s'effriter.

– Montez vite, reprit l'hôtelière. Je vais vous faire apporter un repas que vous prendrez au lit. Si vous étiez souffrante cette nuit, n'hésitez pas à sonner. Je préviendrai le veilleur de nuit. Il m'alertera immédiatement et je viendrai vous voir... Mais j'espère que votre première nuit à Paris sera excellente!

Sa première nuit à Paris? Enceinte, seule, écœurée... Pas une fois, depuis l'instant où la mère d'André lui avait appris l'affreuse vérité, Hilda n'avait pleuré. Chez les Sturmm – c'était une tradition prussienne – on ne pleurait pas, on se recroquevillait sur sa douleur qui ne concernait pas les autres. C'était ça le vrai courage... Mais quand, son repas terminé et la lampe de chevet éteinte, elle se retrouva seule, cachée sous les couvertures, sachant que personne ne pouvait être témoin de sa détresse, elle se mit à pleurer doucement dans l'obscurité avant de sombrer dans le sommeil, assommée de fatigue et de chagrin.

Le lendemain matin, quand Mme Perrot vint prendre de ses nouvelles, Hilda avait retrouvé son calme et se montrait de nouveau souriante.

– Déjà réveillée?

– Depuis longtemps! Nous sommes très matinaux dans ma famille.

– Vous semblez beaucoup mieux. Que comptez-vous faire aujourd'hui?

– Continuer à découvrir Paris! C'est une ville tellement passionnante... Sans doute ne rentrerai-je qu'assez tard ce soir. Mais rassurez-vous : j'ai la ferme intention de dîner et de déjeuner.

– Aimeriez-vous que je vous accompagne?

– Vous êtes gentille. Je vais acheter un plan de Paris et je me débrouillerai très bien toute seule.

Une heure plus tard, elle quittait l'hôtel et n'y revint que vers minuit. Il en fut ainsi pendant trois jours. Assez inquiète, Mme Perrot confia, le troisième jour, à son mari, alors que Hilda venait de leur dire bonsoir :

– Tu ne trouves pas bizarre qu'elle se promène ainsi pendant des journées entières seule dans Paris? Qu'est-ce qu'elle peut bien faire?

– Elle te l'a dit : elle fait des découvertes. Entre nous, toute belle et charmante qu'elle soit, elle n'est guère bavarde! On ne sait pas trop ce qu'elle pense...

Ce qu'elle pensait? Ces trois journées de solitude dans une ville encore étrangère pour elle, ajoutées à trois nuits de réflexion, l'avaient amenée à modifier complètement sa façon d'entrevoir l'avenir. Celle-ci se bornait à un raisonnement aussi simple que lucide : puisque personne ne se doutait de l'existence de cet enfant et qu'aucune des deux familles – la française et l'allemande – ne consentirait à accueillir cet intrus, mieux valait qu'il disparût! Elle-même, Hilda, n'avait accepté sa venue que parce qu'un pareil événement faciliterait – elle en était persuadée – le mariage avec son amant et non par rêve d'être mère. Elle avait fait l'amour pour l'amour, uniquement, en se disant qu'elle aurait le temps plus tard de procréer! Malheureusement les amants proposent et la vie dispose. L'enfant était arrivé trop vite, comme s'il cherchait à forcer le destin. Il était de trop : c'est pourquoi il ne devait pas vivre! Ainsi tout rentrerait dans l'ordre.

Ce n'était pas la beauté de Paris qui l'avait attirée pendant ces trois jours mais plutôt un côté assez laid et caché... Elle s'était renseignée. La rencontre d'une compatriote dans un bar où celle-ci faisait la fille lui avait permis de s'enquérir d'un endroit discret où, avait-elle dit, « l'une de mes amies, très ennuyée, » – sa fierté l'empêchait d'avouer que c'était elle – « pourrait se faire avorter ». L'autre avait répondu que tout dépendrait du prix qu'elle pourrait mettre. Et elle avait précisé : « Ça sera très bien fait. Ils la garderont deux ou trois jours et elle sera libérée. Seulement je te le répète : c'est cher. »

A l'adresse indiquée, Hilda avait pris rendez-vous pour la fin de la semaine. Plus tôt ce serait terminé, mieux cela vaudrait. Ainsi, elle n'aurait pas le temps de s'habituer à la prodigieuse idée d'être mère ni surtout d'aimer l'enfant. Et puis il fallait profiter du fait qu'elle avait encore ses économies apportées de Berlin. La somme exigée par le faiseur d'anges écornerait sérieusement ce petit capital mais, après, il serait plus facile pour elle, qui ne serait plus handicapée par la grossesse, de trouver un emploi. Et comme, grâce à la gentillesse des Perrot, elle n'avait pas à se soucier des frais de logement pendant quelque temps, elle parviendrait à se tirer rapidement d'affaire. Une Sturmm n'est pas une paresseuse.

Quarante-huit heures plus tard, elle annonça aux patrons de l'Hôtel des Bleuets qu'elle s'absentait pour quelques jours afin d'aller visiter les châteaux de la Loire dont son père lui avait aussi beaucoup parlé quand elle était enfant. Elle reviendrait, bien entendu, chez eux à son retour dans la capitale.

– C'est là une excellente idée, dit l'hôtelier. Pour connaître la France, il faut sortir de Paris.

Elle partit un matin, en emportant une seule valise – c'est tellement encombrant les bagages quand on se déplace! –, pour le Val de Loire proche de cet Anjou, berceau de la famille Rematier, dont André lui avait dit, avec tant d'enthousiasme, qu'il y faisait bon vivre... Le « château » dans lequel Hilda pénétra une demi-heure plus tard était une clinique, à la façade vétuste et d'apparence modeste, située au fond d'une cour dans le XXe arrondissement. Elle n'en ressortit pas, comme l'avait pronostiqué la fille allemande du bar, deux, ni même trois jours plus tard, mais au bout de dix jours. Et elle avait bien cru, à un moment, qu'elle allait mourir! Heureusement, sa constitution à toute épreuve lui permit de résister.

A l'instant de partir, une fois payé le prix de la triste délivrance, le « spécialiste » lui annonça :

– Tout devrait bien aller mais, je peux maintenant vous l'avouer, ç'a été plus délicat que je ne l'avais présumé. J'ai même été contraint de prendre certaines dispositions qui auront pour vous un avantage : lorsque vous serez complètement rétablie, vous pourrez avoir de nouveau des rapports sans courir le risque d'être à chaque fois enceinte. Mais je ne pense pas, puisque vous vous êtes débarrassée aussi jeune de votre enfant, que vous teniez tant que cela à en avoir un autre?

– Je n'en veux plus, docteur!

– Alors c'est parfait. Rassurez-vous : vous ne pourrez plus en avoir.

La nouvelle, au lieu de l'atterrer, la combla d'aise. Autant elle avait été transportée de joie quand le *Doktor* Hertz lui avait annoncé qu'elle était enceinte, autant elle éprouvait un sentiment de délivrance à l'idée que plus jamais elle ne connaîtrait une soirée et une nuit d'angoisse comparables à celles qu'elle avait vécues au sortir de l'appartement de la comtesse de Rematier. Le cauchemar était terminé.

Lorsqu'elle revint à l'Hôtel des Bleuets, sa petite mine et son air grave inquiétèrent Mme Perrot.

– Je constate, dit-elle, qu'une fois de plus vous ne vous êtes pas montrée raisonnable! Sans doute avez-vous visité trop de châteaux... Votre chambre vous attend. Vous vous y retrouverez chez vous. Pour rien au monde nous ne l'aurions louée! C'est vrai : pendant votre absence, mon mari et moi avions l'impression que c'était celle d'une grande fille que nous aurions eue sur le tard. Quand on commence à vieillir, c'est si triste de ne pas avoir d'enfant!

Hilda, sans répondre, se dirigea en hâte vers l'ascenseur.

Dans la chambre, elle pensa que ce que venait de dire la brave femme n'était pas tellement faux : cette pièce ressemblait à une chambre de jeune fille, mais la jeune fille en question venait de commettre un crime, et le plus affreux, puisque la victime en était un petit être sans défense. Cette idée se mit à l'obséder et, avec cette même rapidité de décision dont elle avait fait preuve pour qu'il soit accompli, elle commença à regretter son geste, qui lui apparaissait maintenant comme une lâcheté. A cela s'ajoutaient les paroles du praticien qui prenaient tout à coup un sens tragique. « Vous ne pourrez plus jamais être mère », avait-il dit, et, dans cette condamnation glacée, Hilda voyait maintenant un châtiment du ciel pour cet acte contre nature dont elle s'était rendue coupable. N'était-ce pas aussi la preuve que désormais, malgré le *Gott mit uns* cher au cœur de l'Allemagne, Dieu n'était plus avec elle? Cela signifiait-il qu'elle était rejetée par son pays? Cette pensée aurait dû la satisfaire puisque l'idée force qui l'avait conduite à Paris avait été de fuir ce pays. Seulement, voilà, entre l'idée qu'on peut avoir et la vérité d'un être, le fossé est immense. Qu'elle le veuille ou non, Hilda Sturmm resterait toujours une Allemande.

Pendant des jours et des nuits elle ne quitta plus sa chambre. Elle s'y faisait monter des repas frugaux et vivait en recluse comme si elle se désintéressait de ce Paris qu'elle avait pourtant rêvé de découvrir, comme si également elle n'avait rien à faire d'un monde extérieur qui lui était hostile.

Plus cet isolement volontaire se prolongeait, plus elle se sentait désemparée. Le souvenir encore vivant de l'enfant assassiné devint chez elle une hantise. N'était-elle pas l'unique responsable puisqu'elle n'avait pas jugé utile d'informer André qu'à eux deux ils avaient créé la vie? Et cette faute se trouvait accrue par la résurgence tardive de cet instinct maternel qui existe en toute femme, même chez celles qui prétendent détester les enfants et leur préférer les animaux domestiques, moins encombrants. Certes, elle ne se rendait pas compte encore que l'innocent porté en elle pendant trois mois l'avait définitivement marquée et que plus tard, le jour où le terrible sentiment de frustration maternelle commencerait à s'ancrer dans son âme, elle deviendrait la plus malheureuse des femmes! Mais ce qu'elle savait, c'était que jamais elle n'avait été plus belle qu'enceinte et que, par sa propre faute, elle serait condamnée à ne plus pouvoir retrouver un tel éclat.

Plus le regret s'amplifiait, plus elle prenait en horreur ceux qui avaient contribué à son malheur : celui qui l'avait fécondée parce qu'il n'avait cherché qu'à satisfaire son plaisir, tous ces Sturmm aussi qui n'avaient jamais essayé de la comprendre à cause de leurs idées étroites, de leurs principes de rigueur périmés. Elle ne ferait rien pour les revoir, ni l'un ni les autres... Les seuls amis qui lui restaient étaient peut-être ces braves hôteliers français qu'elle connaissait à peine et qui l'hébergeaient, ces Perrot qui, chaque jour et à tour de rôle, venaient frapper à sa porte et, sans l'ouvrir, demandaient avec discrétion, comme s'ils craignaient de troubler ses méditations :

« – Hilda? Vous vous sentez bien?

« – Très bien, merci.

« – Nous savons qu'on vous monte régulièrement vos repas mais vous n'avez pas besoin d'autre chose?

« – De rien, je vous assure... »

Et elle entendait les pas qui s'éloignaient dans le couloir.

Un matin, cependant, ce n'est pas le valet de chambre ou une servante qui apporta le plateau du petit déjeuner mais Mme Perrot en personne.

– Ma petite Hilda, dit-elle, mon mari et moi sommes de plus en plus inquiets. Qu'est-ce qui vous arrive?

Voilà près d'une semaine que vous n'avez pas quitté votre chambre. Paris ne vous intéresse donc plus? Ce n'est pas normal, chez une jeune fille de votre âge, de rester seule ainsi pendant des journées entières! Le jour de votre arrivée, vous nous avez fait comprendre que l'une des raisons de votre venue ici était une certaine divergence de vues avec votre tante – que nous n'avons d'ailleurs pas rencontrée lors de notre séjour dans l'hôtel de votre famille, avant la guerre – ainsi qu'avec Karl, l'un de vos frères... Nous nous souvenons très bien de lui ainsi que de son frère cadet. Ils avaient alors dix-huit et seize ans et tous les deux étaient déjà inscrits à l'école hôtelière de Berlin. C'étaient de très beaux garçons. Quant à vous, vous étiez la plus adorable des fillettes blondes... Mais revenons au présent. Que l'on ait des discussions avec sa famille quand on devient une grande jeune fille, c'est tout à fait normal. Le conflit des générations n'est pas une chose nouvelle, et les années que vous venez de vivre n'ont fait que l'accentuer! Après chaque guerre, c'est pareil. Au lendemain de 14-18, j'étais une jeune fille à peu près de votre âge et j'ai connu le même phénomène. Seulement, ceux d'après-guerre, tels que vous, sont encore très jeunes et ont le droit de profiter des joies de la vie. Le fait que vous restiez calfeutrée en ce moment prouve que vous n'êtes pas heureuse. Pourquoi?

Hilda restait silencieuse. L'hôtelière insista :

– Je comprendrais très bien que vous ayez quelque pudeur à répondre à mon mari s'il vous posait cette question mais pas à moi! Entre femmes on peut tout se dire! Amoureuse peut-être? Un amour contrarié parce qu'il ne plaisait pas aux vôtres? Ne serait-ce pas la véritable raison de votre venue en France?

Elle n'obtint encore aucune réponse.

– Je dois vous avouer qu'hier soir nous avons pris la décision d'adresser un télégramme à votre mère pour lui dire que vous étiez ici en sûreté auprès de nous mais que vous paraissiez très malheureuse.

– Vous avez fait ça?

– Pas encore. Mon mari m'a conseillé de vous en parler avant. Voilà pourquoi j'ai joué ce matin les soubrettes.

– Madame Perrot, je ne répondrai à votre question que si vous me promettez, en votre nom et en celui de votre époux, que jamais vous ne télégraphierez, n'écrirez ou ne téléphonerez à ma mère pour lui dire que j'habite dans votre hôtel! Si vous faisiez cela, je partirais immédiatement et vous n'entendriez plus jamais parler de moi!

– C'est promis. Mais d'abord dites-moi si, oui ou non, vous avez prévenu quelqu'un de votre famille au moment de votre départ de Berlin.

– J'ai posté pour ma mère une lettre qu'elle a dû recevoir le lendemain de mon départ. Je lui expliquais que je quittais Berlin où je végétais dans un emploi fastidieux et sans avenir et que je partais pour un pays étranger où l'on me proposait un travail mieux rémunéré et plus en harmonie avec mes capacités et mon éducation. J'ajoutais aussi que je lui enverrais de temps en temps des nouvelles mais qu'il était inutile qu'elle cherche à me faire retrouver puisque mon intention était de ne jamais retourner en Allemagne.

– C'est épouvantable, une lettre pareille! Votre mère a dû être bouleversée à l'idée qu'elle ne vous reverrait peut-être plus!

– Je ne le crois pas : les Sturmm sont tous de parfaits égoïstes. Même ceux qui, telle ma mère, viennent d'ailleurs se laissent peu à peu absorber par la morgue familiale. Un Sturmm pense d'abord à lui-même et ensuite à la Prusse. Le reste du monde et de l'humanité peut s'écrouler : aucune importance ! Seul mon père faisait exception à la règle... Mais dites-moi, si vous aviez envoyé ce message, comment auriez-vous fait pour joindre là-bas quelqu'un de ma famille ? Vous ne savez pas où nous habitons maintenant !

– Nous aurions câblé au Métropole. Même s'il est en ruine, le courrier doit bien continuer à fonctionner ?

– Ne croyez pas cela : le Métropole est en zone est et actuellement il n'y a pas le moindre contact postal avec la zone ouest où nous nous sommes réfugiés.

– Pourtant, le nom de Sturmm doit être très connu dans le Tout-Berlin ?

– Il n'y a plus de « Tout-Berlin » mais « deux Berlin » qui s'observent et qui se détestent... Quant aux Sturmm, il n'en reste pas grand-chose : une vieille fille odieuse, une veuve sans grande personnalité et un garçon qui en est encore à se demander comment il a bien pu se retrouver dans un camp de prisonniers en Nouvelle-Zélande !

– Et vous ?

– Moi ? Je ne veux plus compter dans la lignée. Je refuse à l'avenir de m'appeler Sturmm ! Je suis prête à faire n'importe quoi pour changer de nom !

– Les Sturmm sont pourtant de très honnêtes gens ! Votre père...

– C'est le seul que j'aie aimé et qui m'ait aimée.

Le ton tranchant de Hilda laissa Mme Perrot quelque peu décontenancée.

– Et si vous répondiez maintenant à ma question ? dit-elle. Pourquoi êtes-vous aussi déprimée ?

– J'ai peur...

– De quoi ?

– De l'avenir... Oui, à vingt ans je me demande ce que je vais devenir ! J'ai quitté ma famille avant qu'elle ne me rejette. Je suis seule. J'étais arrivée à Paris débordante d'espoir... Vous vous souvenez comme j'étais gaie le matin où vous m'avez accueillie?

– C'est vrai.

– Ma joie s'est évanouie dès le premier après-midi. Quand je suis rentrée le soir à votre hôtel, je venais d'apprendre que ce mirifique emploi que l'on m'avait promis à Paris n'existait pas! Depuis, les choses n'ont fait qu'empirer. Pendant les trois jours qui ont suivi, quand je sortais et rentrais tard dans la nuit, ce n'était pas, contrairement à ce que vous pouviez penser, pour découvrir Paris et peut-être même pour m'y amuser. C'était pour chercher un travail.

– Pourtant, le petit voyage en Touraine aurait dû vous changer les idées?

– Parlons-en! Il n'a fait qu'écorner sérieusement les quelques économies que j'avais apportées de Berlin. La vie est très chère en France.

– En somme, un voyage qui vous a déçue?

– En y réfléchissant aujourd'hui, oui... Malgré votre générosité qui m'a évité jusqu'à présent de payer mon logement, je serai bientôt sans argent! Et, comme il n'est pas question de retourner en Allemagne, je ne sais que faire. N'ayant qu'un visa de séjour provisoire sur mon passeport, comment le renouveler si je n'ai pas une attestation certifiant que j'ai un travail stable en qualité de spécialiste indispensable? Sincèrement, madame Perrot, je suis désespérée!

– C'est pour cela que vous vous êtes mise dans un pareil état et que vous restez à bouder dans votre chambre comme si vous n'étiez encore qu'une toute petite fille? Mais c'est absurde! D'abord vous auriez dû nous parler de ces choses dès que vous avez appris que la promesse d'emploi ne tenait pas. Ensuite vous venez d'employer une dénomination qui m'enchante parce qu'elle convient très bien au travail que mon mari et moi avions l'intention de vous proposer : « spécialiste indispensable ». Il nous faut de toute urgence à la réception quelqu'un qui parle couramment le français, l'anglais et l'allemand, et qui soit au courant du métier. C'est votre cas. Et une jeune femme possédant toutes ces qualités est plutôt rare en ce moment chez nous! Vous-même avez pu constater que la majorité de notre clientèle est constituée d'Américains et d'Anglais, plus quelques Allemands : nous n'aurons donc aucun mal à obtenir le renouvellement de votre visa de séjour pour une longue durée. En ce qui concerne les appointements, mon mari a une idée qu'il vous soumettra. Naturellement, vous serez logée et nourrie par nos soins. Enfin, parce qu'il est indispensable que vous sortiez de temps en temps de cet hôtel, nous vous accorderons un jour de congé par semaine : le mardi ou le mercredi. Nous préférons que vous soyez là pendant les week-ends, journées où nous travaillons le plus. Pensez-vous que ça pourra vous convenir?

– Pour moi ce serait l'idéal!

– Alors considérez que c'est chose faite. Vous commencerez dès demain. Je me sauve pour annoncer la bonne nouvelle à mon mari. Dites-vous bien que vous allez vivre aujourd'hui votre dernière journée de recluse! Ensuite, six jours sur sept, de dix à vingt heures, vous serez avec nous à la réception où vous verrez passer beaucoup de monde... Rien de tel que le mouvement pour chasser les idées noires!

« Ainsi, se dit Hilda, voilà que ça recommence! Décidément je ne pourrai jamais quitter l'hôtellerie, cette vocation des Sturmm! Mais enfin il y a un léger progrès : je ne préparerai plus les petits déjeuners et je ne servirai plus les clients dans les chambres! Je me contenterai de les accueillir à leur arrivée et de leur présenter la note au départ... »

Une année passa. Année de travail et de sagesse. Hilda ne donnait sa confiance qu'au couple Perrot et refusait systématiquement les invitations à dîner que lui prodiguaient les clients de l'hôtel, les jours de congé. Elle préférait, durant ses heures de repos, se perfectionner en français. Si bien qu'il devint impossible de se douter qu'elle était allemande. Et elle atteignit enfin cette majorité si impatiemment attendue. Désormais, sa mère ne pourrait plus intervenir auprès du consulat allemand pour la contraindre à revenir. Oui, c'était bien fini : on n'aurait plus aucun moyen de pression sur elle et elle resterait dans ce Paris auquel elle s'était habituée. Mieux : elle était fermement décidée à prendre, dès que possible, la nationalité française.

Elle n'ignorait pas que cela demanderait du temps, à moins d'utiliser l'unique stratagème dont l'effet serait immédiat, celui qui aurait pu réussir avec André s'il avait été libre : se marier. A plusieurs reprises, pendant cette année de réflexion à l'Hôtel des Bleuets, elle pensa se faire épouser par n'importe qui à condition qu'il soit français, quitte à divorcer quelques mois plus tard sous prétexte d'incompatibilité d'humeur. Trouver un mari fantoche et provisoire ne lui aurait pas été difficile avec les armes dont elle disposait. Mais, chaque fois qu'une occasion s'était présentée, elle s'était dérobée au dernier moment. L'idée d'avoir des rapports avec un homme la révulsait. La rigueur prussienne aussi réapparaissait en elle pour lui rappeler qu'une Allemande doit savoir rester fidèle à un seul homme, même si celui-ci l'a bafouée et si elle le hait.

Et puis il y avait le souvenir de l'enfant...

Plus les mois – normalement dispensateurs d'oubli – s'étaient accumulés et plus l'impérieux besoin de maternité s'était développé dans les pensées et dans le corps d'Hilda. Cela devint une véritable souffrance qui atteignit un jour un tel paroxysme qu'elle n'y tint plus! Elle ne pouvait pas continuer – malgré les avantages qu'elle y trouvait et peut-être l'espoir de prendre un jour la direction de l'Hôtel des Bleuets, car les Perrot la traitaient vraiment comme leur fille – à exercer un métier qui pour elle n'offrait plus d'attrait. Elle ne rêvait maintenant que de s'occuper d'enfants, et même d'en faire sa profession. Ne serait-ce pas la meilleure façon de réparer la faute monstrueuse? Peut-être aussi n'était-ce qu'à ce prix que le Ciel lui pardonnerait?

Elle commença à réfléchir à la façon dont elle devait s'y prendre pour atteindre ce but. Secrètement, avec cet esprit méthodique dont elle avait toujours fait preuve, elle envisagea toutes les possibilités... Proposer ses services dans une pouponnière ou dans une garderie d'enfants? Elle ne possédait aucun diplôme d'infirmière ni de puéricultrice. S'inscrire pour suivre des cours dans une école spécialisée? Ce serait beaucoup trop long! C'était tout de suite qu'elle voulait tenir un enfant dans ses bras. Elle le serrerait très fort contre ses seins, elle le couvrirait de baisers, lui prodiguerait ses caresses et l'envelopperait d'amour comme s'il était celui qu'elle avait perdu par sa propre faute. Pour connaître vite un tel bonheur, il n'existait qu'une solution : se faire passer pour nurse et, après avoir consulté les annonces, se présenter dans une famille cherchant désespérément quelqu'un de sérieux et de soigné, capable de s'occuper d'un enfant. Pour rien au monde elle n'accepterait qu'il fût âgé de plus d'un an car elle voulait l'élever complètement! Le rêve serait de trouver un bébé de quelques semaines : un enfant qu'elle prendrait au berceau...

Pour cela, en secret des Perrot et de tout le monde dans l'hôtel, elle commença à se plonger dans la lecture de manuels de puériculture. N'ayant plus aucun progrès à faire en français, elle alla suivre des cours pratiques dans une maternité. Parallèlement, elle réussit, moyennant finances, à se faire établir une fausse carte d'identité au nom de Francine Bernot... Pourquoi ce prénom et ce nom ? Parce que, à son avis, ils faisaient très français. Sa date de naissance aussi y avait été modifiée. Pour inspirer davantage confiance, elle se vieillit : vingt-cinq ans. Selon sa nouvelle identité, elle était née dans un village perdu de la zone franche entre la France et la Suisse. Qui irait vérifier ? Et la Suisse n'est-elle pas réputée pour fournir de remarquables infirmières et d'excellentes nurses ? Si quelqu'un s'avisait de lui poser des questions sur sa famille, elle répondrait qu'elle n'en avait plus, ayant été orpheline de père et de mère très jeune : c'était d'ailleurs à cause de cette absence de toute affection familiale qu'elle s'était promis, lorsqu'elle serait grande, de consacrer sa vie à s'occuper d'enfants. L'admirable dévouement maternel était en elle...

Etant censée être « née » française, elle n'aurait que « quelques vagues notions d'anglais », mais ignorerait complètement, comme la plupart de ses compatriotes, les autres langues, y compris l'allemand. La fausse carte d'identité permit de faire établir de fausses attestations professionnelles prouvant que, bien qu'étant citoyenne française, elle avait eu la chance de pouvoir suivre des stages dans des écoles de puériculture de Lausanne et de Genève tout aussi imaginaires que le lieu de sa naissance. Une fois encore, qui perdrait son temps à vérifier ? Au moment de l'engager, les employeurs éventuels seraient trop heureux d'avoir reçu une réponse à leur petite annonce; ensuite, comme elle se serait révélée excellente, ils n'auraient pas l'idée de se lancer dans des investigations tout à fait inutiles. A ces fausses attestations d'apprentissage s'ajoutèrent de faux certificats rédigés par deux employeurs fictifs, hélas! partis vivre, l'un en Amérique du Sud, l'autre en Australie. Voilà pourquoi elle avait dû chercher à deux reprises une nouvelle place. Deux places en quatre années, c'est un score honorable : les enfants grandissent si vite! Dans la première, elle était restée vingt et un mois, dans la seconde vingt-sept.

Dès que toute cette paperasse, indispensable pour créer la confiance, fut prête, elle se sentit parée. Elle n'avait plus qu'à se mettre en quête d'une « troisième » place. Se souvenant des blouses bleues et roses qui lui allaient tellement bien chez *Frau* Wartz, elle se fit confectionner le plus seyant des trousseaux de parfaite nurse, tout en blanc, depuis le charmant petit bonnet surmontant la masse des cheveux ramassés en un strict chignon, jusqu'aux chaussures. Ainsi vêtue, avec sa haute taille et ses formes appétissantes, elle ferait de loin la plus belle nurse qu'on ait vue à Paris depuis longtemps! Enfermée à clef dans sa chambre à l'hôtel, elle fit plusieurs essais devant la grande glace fixée sur l'armoire et, face à son image, elle dut reconnaître que la réussite était complète.

Elle se mit à lire les annonces insérées dans les offres d'emploi du *Figaro*. Sous prétexte de courses urgentes, elle obtint de ses employeurs l'autorisation de s'absenter trois après-midi, ce qui lui permit de se présenter à trois places proposées dans le journal. Les deux premières ne lui convinrent pas pour les deux mêmes raisons : elle trouvait l'enfant trop âgé et les parents lui paraissaient désagréables. En revanche, la troisième offre lui sembla répondre assez bien à ce qu'elle cherchait. Sa décision étant prise, elle annonça aux propriétaires de l'Hôtel des Bleuets qu'elle devrait les quitter sous huitaine pour rentrer en Allemagne. L'excellent couple fut consterné :

– Votre maman serait-elle souffrante?

– Certainement pas! Dans notre famille on se porte très bien. Il n'y a que les guerres, les bombardements ou les occupations pour nous rendre malades! Et puis, je vous l'ai déjà dit : je n'ai pas l'intention de revoir les Sturmm... Non, si je retourne dans mon pays, c'est que, contrairement à ce que j'avais cru, il commence à me manquer. Je l'avoue : j'ai le spleen.

– Le mal du pays? dit Jacqueline Perrot. Mon mari et moi vous comprenons très bien. Nous étions même étonnés qu'une jeune femme telle que vous ne l'ait pas encore ressenti. Vous autres, Allemands, vous êtes avant tout des patriotes! L'éternel *Vaterland...* Nous vous regretterons beaucoup, ma petite Hilda! Que comptez-vous faire là-bas?

– J'ai l'intention de rester dans l'hôtellerie puisque c'est un métier que je connais bien. Mais je n'irais certainement pas au Métropole de Berlin si on le reconstruisait un jour! Il ne faudra donc pas m'y écrire. Chez mes parents non plus car je ne veux même pas qu'ils sachent que je suis revenue en Allemagne. Mais, dès que j'aurai une bonne situation, je vous donnerai de mes nouvelles.

– C'est très gentil. Peut-être aussi, belle et charmante comme vous l'êtes, trouverez-vous un mari?

– Je n'y tiens pas. Si je me mariais un jour, ce ne serait que pour faire une fin.

– Et l'amour, qu'est-ce que vous en faites?

– Il ne m'intéresse pas.

Huit jours plus tard, elle quittait l'Hôtel des Bleuets.

C'était une petite fille : elle se prénommait Christiane et avait neuf mois. Un beau bébé brun aux grands yeux noirs, avec des cils immenses. Les parents, bruns eux aussi, étaient très moyens sur le plan physique, mais de caractère agréable. L'un et l'autre travaillaient : lui était ingénieur-conseil, presque toujours en déplacement, et elle gérante d'une parfumerie. Tous deux gagnaient bien leur vie. La question des appointements d'une nurse n'avait donc pas posé de problèmes. Celle des références non plus. Comme l'avait prévu la pseudo-Francine, ils étaient pressés de trouver la perle rare. Jusqu'à son arrivée, c'était la maman qui, profitant de son congé de maternité, s'était penchée sur le berceau. Maintenant elle devait reprendre ses fonctions dans la parfumerie. Et Francine se retrouvait douze heures par jour seule avec la fillette, ce qui fut pour elle le meilleur des apprentissages. C'était elle aussi qui promenait l'enfant tous les après-midi en poussant le landau dans ce VIIe arrondissement où elle avait peu de chances de rencontrer les Perrot. Une ou deux fois cependant, il lui arriva d'imaginer une rencontre impromptue avec André... Si cela se produisait, la reconnaîtrait-il seulement, surtout déguisée en nurse? Depuis le temps, il avait dû l'oublier! Pourtant, s'il la reconnaissait et s'il lui parlait – ayant pu le juger à sa juste valeur, elle pensait plutôt qu'il ferait semblant de ne pas la voir –, que se passerait-il? Rien... Elle lui dirait que cette enfant était la sienne et celle de son mari, français comme lui. En plus d'une année elle pouvait fort bien avoir convolé!

Ça le rendrait fou de dépit d'apprendre qu'elle avait épousé l'un de ses compatriotes et qu'elle était devenue française sans lui en avoir fait part! Une pareille rencontre serait sa vengeance. Malheureusement elle ne se produisit pas.

Très vite elle s'attacha à la fillette. Elle commençait presque à croire qu'elle était la sienne et ne cessait de la couver du regard. Bien sûr, le bébé ne lui ressemblait en rien mais elle pouvait toujours se figurer qu'elle l'avait eu d'un homme très brun. Au cours des longues heures de tête-à-tête avec l'enfant, elle se mit à lui chanter de vieilles mélodies allemandes. L'instinct maternel réapparu faisait resurgir tout naturellement la langue natale. Comme elle n'aimait pas tellement le prénom de Christiane choisi par les parents, elle trouva un diminutif qui lui parut mieux convenir: Chris... La seule chose qui la désolait un peu était que, contrairement à la plupart des enfants de son âge, Chris souriait rarement. Ses grands yeux regardaient tout ce qui l'entourait avec un sérieux teinté d'étonnement. Il est vrai que son père et sa mère, l'ingénieur et la gérante, étaient loin d'être des fantaisistes!

Un après-midi, alors qu'elle fredonnait un vieux *Lied* germanique en berçant Chris près de s'endormir, la maman revenue plus tôt de son travail entra dans la nursery. Attentive à l'enfant, Francine ne s'aperçut pas de la présence de la mère.

– Pourquoi chantez-vous en allemand? demanda celle-ci, quelque peu surprise. Vous êtes pourtant bien française.

La nurse rougit:

– Je ne sais pas, madame.

– Vous parlez donc l'allemand?

– Je n'en connais pas un mot, à l'exception de deux ou trois chansons entendues quand j'ai fait mon stage à Lausanne. Elles étaient chantées par des nurses nées en Suisse alémanique, et je les ai trouvées très jolies et très romantiques... Tout à fait ce qu'il faut pour inciter un enfant au sommeil. Ne trouvez-vous pas?

– Mon mari et moi préférons que l'on parle français chez nous. Je profite aussi de cette circonstance pour vous dire que nous n'aimons pas du tout ce diminutif que vous donnez à notre fille. Son nom est Christiane, non pas Chris.

– Bien, madame.

Elle se garda désormais de chanter en allemand mais prit immédiatement une décision qu'elle mit à exécution un mois plus tard : prétextant qu'elle se sentait un peu souffrante, elle avisa ses employeurs qu'elle allait partir après sa semaine de préavis. Ils ne firent aucune objection à son départ et lui payèrent son dû, heureux de s'en tirer à bon compte puisqu'ils ne l'avaient pas déclarée à la Sécurité sociale. D'ailleurs, partout où elle se présenterait à l'avenir, Francine avait bien l'intention de demander à travailler dans les mêmes conditions, qui au fond arrangeaient tout le monde. Elle craignait en effet les pires ennuis si elle se faisait immatriculer à la Sécurité sociale sous un faux nom. Mais elle réclama quand même un vrai certificat aux parents de Christiane qui ne purent le lui refuser : il fut élogieux.

Munie de cette pièce, elle trouva sans difficulté, grâce aux petites annonces du *Figaro*, sa deuxième place. Elle y entra le soir même du jour où elle quittait la première. Mais elle changea d'arrondissement : traversant la Seine, elle émigra dans le VIIIe, où les parents du nouvel enfant habitaient un magnifique appartement, avenue Montaigne. Une fois de plus, le bébé était une fille âgée de trois mois. Elle n'avait pas encore beaucoup de cheveux mais il était facile de prévoir qu'elle aussi serait brune, avec des yeux verts. On pouvait même prédire qu'elle serait plus tard une jolie fille si elle tenait de ses parents, beaucoup plus réussis que ceux de Chris. La mère était fine et avait de l'allure. Le père, de peau assez foncée et le poil noir, ne manquait pas de charme : par certains côtés, il rappelait André... Peut-être cela poussa-t-il Hilda, inconsciemment, à accepter la place?

L'enfant se prénommait Isabelle. Sa nurse trouva le nom tellement gracieux qu'il ne lui vint pas à l'idée de le remplacer par un diminutif et elle ne fut pas longue à laisser ruisseler sur ce petit être le flot de maternité refoulée qui était en elle et qui devait absolument s'épancher. Isabelle était un bébé brun comme elle aurait pu en avoir un. Il y avait cependant une différence essentielle : Hilda avait appris que l'enfant supprimé était un garçon. Ce qui lui avait paru normal : le premier enfant d'une Sturmm – c'était légendaire dans la famille – était toujours un garçon. Les filles n'arrivaient qu'ensuite. Elle-même n'était venue au monde qu'en troisième position : la petite dernière gâtée et chérie par son père, mais par lui seul! Il semblait qu'il en fût un peu de même pour Isabelle. Sa maman, accaparée par des occupations mondaines, ne semblait pas réellement se soucier d'elle. La seule utilité d'Isabelle, semblait-il, était de flatter son orgueil lorsqu'elle la faisait venir au salon, portée par la belle nurse, pour la montrer à ses amies aussi snobs qu'elle. Le papa, en revanche, donnait l'impression d'être fou de sa fille qu'il venait voir et embrasser plusieurs fois par jour.

– J'ai la plus belle fille du monde! s'exclamait-il. N'est-ce pas, Francine?

– Oui, monsieur.

– Et c'est pour cela que je lui ai offert la plus belle nurse de Paris! N'est-ce pas vrai également?

Francine souriait et ne répondait pas.

Chaque fois qu'il venait dans la nursery, le père adressait à la nurse un compliment de ce genre. Ce qui fit qu'assez vite Francine commença à se méfier : cet homme chérissait sa fille, c'était sûr, mais il n'omettait jamais d'associer la belle nurse à cette adoration. Et, au bout de quelques semaines, elle acquit la certitude que l'homme ne venait plus tellement pour son enfant. Il la regardait même de moins en moins, et de plus en plus Francine à laquelle il posait une foule de questions qu'elle laissait bien sûr sans réponse :

– Vous plaisez-vous ici? Avez-vous tout ce que vous désirez? Puis-je faire personnellement pour vous quelque chose qui vous serait agréable?

Ça devenait gênant. D'autant plus que le gaillard était plutôt sympathique et assez bien de sa personne... Mais, comme elle ne voulait plus jamais entendre parler d'homme et surtout pas d'homme marié, il resta bientôt à Francine une seule solution, celle qu'elle avait utilisée avec André : la fuite. Dix jours plus tard, elle abandonnait l'avenue Montaigne. Au moment de son départ, la mère lui tendit une main indifférente. Avait-elle jamais cherché à savoir si la nurse à laquelle avait été confiée son enfant avait les qualités requises? Avec le père trop complimenteur il en fut différemment : dans son regard passa la stupéfaction de l'homme qui ne comprend pas qu'une femme ne l'ait pas jugé irrésistible... Quant à Isabelle, ses yeux verts contemplaient avec un immense intérêt l'ours en peluche installé à califourchon sur la paroi de son berceau.

Francine n'avait même pas demandé de certificat. Elle savait que – rédigé par l'homme ou par la femme – il serait quelconque. Ce qui ne l'empêcha pas de trouver aussitôt une troisième place, avec la conviction que ce ne sont pas les parents d'un enfant qui agréent une nurse mais la nurse qui veut bien choisir les parents et leur progéniture. Pourquoi fixa-t-elle son choix sur cette place plutôt que sur une autre? Simplement parce qu'il s'agissait cette fois de s'occuper d'un petit garçon. Elle ne voulait plus de fille! Il lui fallait un garçon qui fût l'exacte réplique de celui qu'elle aurait dû garder et qu'elle s'était toujours imaginé, pendant ses trois mois de grossesse, comme aussi blond qu'elle, avec les mêmes yeux bleus et le même sourire. A six mois, Daniel possédait tout cela. Aussi l'aima-t-elle sur-le-champ.

Oui, il avait tout, Daniel, et surtout des parents trop jeunes et complètement écervelés. Le père avait juste vingt ans et la mère à peine dix-huit. Ils se nommaient Xavier et Florence Vorel. Leur mariage avait été l'une de ces folies que l'on ne peut faire que dans l'âge tendre. Personne n'était là pour s'y opposer ou pour conseiller la patience. Leurs parents respectifs étaient morts, leur laissant une solide fortune dont les orphelins entendaient bien profiter. Il n'y avait ni grands-parents, ni oncles, ni tantes, ni cousins... Xavier et Florence, qui jouaient ensemble depuis l'enfance, s'étaient retrouvés seuls, plus ou moins bridés par de vagues tuteurs n'ayant qu'une idée : se débarrasser au plus vite d'eux pour ne plus avoir la responsabilité de fortunes qui ne les concernaient pas ni de deux gamins qui ne feraient que des sottises. Puisqu'ils prétendaient s'aimer, autant qu'ils se marient! Le prétexte fut facile : en jouant à certains jeux plus dangereux avec Florence, Xavier l'avait mise enceinte. Il n'y avait qu'à régulariser. Et Daniel était venu au monde sans que les deux tourtereaux aient même réalisé qu'ils étaient déjà père et mère. Mais, comme ils étaient très beaux tous les deux, Daniel arriva tout blond, tout rose, tout potelé, zézayant plutôt que criant, comme s'il trouvait la plaisanterie fort drôle! C'était un bébé plein de santé, plein de gaieté, plein de rires, qui semblait dire tout de suite à la vie qu'il ne la prendrait jamais au sérieux... Vraiment il était comblé, Daniel! Sa nurse en devint folle.

Tellement folle qu'elle se transforma, au bout de quelques jours, en vraie maman de l'enfant. Du moins elle le crut... Ce qui l'amena à prendre de surprenantes décisions. La toute première fut, comme cela s'était produit pour la petite Christiane, de changer le prénom : elle n'aimait pas Daniel. Pour un garçon solide et bien constitué, comme le serait certainement celuici puisqu'il serait « son » fils – un fils de Prussienne –, Daniel faisait trop doux, presque mièvre : quelqu'un qui se laisse jeter dans la fosse aux lions. Or, Francine avait été mieux placée que quiconque, pendant la destruction de Berlin, pour savoir que les hommes sont pires que des bêtes féroces et que, justement parce qu'ils sont ainsi, « son » fils devrait apprendre à se défendre en vrai petit homme dès son enfance : donc il s'appellerait Jacques, le nom de deux des apôtres du Christ. Ce n'était même pas la peine de demander l'avis des parents qui s'en fichaient éperdument. Le jour même de l'arrivée de Francine, la trop jeune maman lui avait en effet confié que, l'enfant étant venu au monde avec près d'un mois d'avance, son mari et elle, persuadés qu'ils auraient une fille et n'ayant pas prévu de prénom de garçon, s'étaient contentés alors de pointer au hasard, les yeux fermés, par jeu, un nom sur le calendrier. Et c'était tombé sur Daniel. Pas plus sorcier que ça!... Cependant, la nouvelle « mère » se garda bien, cette fois, d'appeler l'enfant par le prénom qu'elle avait choisi devant ses parents ou devant l'un de leurs amis. Elle ne tenait pas à être obligée de partir trop vite : elle se sentait prête à subir toutes les contraintes et toutes les humiliations, s'il s'en présentait, pour pouvoir s'approprier l'enfant. Mais il faudrait un peu de temps pour que cette réussite fût complète.

Les parents ne se rendirent pas compte du fantastique travail de fourmi qu'elle accomplissait, heure après heure, jour après jour et mois après mois, pour que Jacques ne s'attachât plus qu'à elle et ne pût même pas imaginer plus tard une autre maman qu'elle. Quel doute pourrait-il avoir d'ailleurs? Ne lui ressemblait-il pas – et c'était bien là le miracle – avec sa blondeur, avec son regard, avec son sourire?

Sa deuxième décision fut donc de ne pas laisser aux parents la moindre occasion ou possibilité de donner des soins à l'enfant. Ce serait « son » domaine réservé, « son » exclusivité. D'ailleurs, ni Xavier ni Florence n'élevèrent la moindre protestation : cet état de choses les arrangeait. A leur âge et quand on a trop d'argent à dépenser, on n'a pas de temps à perdre à s'occuper de bouillies, de couches-culottes et autres impedimenta qui font qu'un enfant devient le centre de tout et que plus rien d'autre ne compte : le plaisir de sortir, celui de rencontrer les copains, d'aller se trémousser dans des boîtes, de faire de folles randonnées en voiture, de fréquenter les bons restaurants, de voyager aussi... Or, le jeune couple ne pouvait se passer d'aller en week-end – quoi de plus ridicule que de rester chez soi du vendredi après-midi au lundi matin comme des petits-bourgeois? – et il n'était pas question d'emmener un moutard dont les cris et les besoins empoisonneraient la joie de tous! On n'a pas le droit d'imposer un pareil pensum aux amis! Mieux valait le laisser à cette nurse si dévouée qui donnait l'impression de n'être heureuse que lorsqu'elle restait seule à la maison avec l'enfant.

Pourquoi lui retirer une telle satisfaction qui arrangeait tout le monde? Plus elle s'attacherait au bambin et plus les Vorel auraient des chances de la conserver longtemps. Une bonne nurse – tout le monde le leur avait fait comprendre autour d'eux –, c'est pratiquement introuvable!

Ils étaient même tellement occupés, ces chers parents, que, certains jours, ils avaient à peine le temps, l'un ou l'autre – ils se présentaient rarement ensemble, comme s'il s'agissait pour eux d'une corvée dont ils se chargeaient à tour de rôle – de pénétrer en coup de vent dans la chambre de l'enfant pour voir s'il faisait risette. Et, comme celui-ci ne cessait pas de sourire – c'était une bonne nature –, cela prouvait qu'il était en excellente santé! Le père aussi bien que la mère détestaient le voir pleurer : c'est odieux un gosse qui pleurniche! La nurse, au contraire, l'aimait davantage encore quand il avait un gros chagrin : si un enfant pleure, c'est qu'il existe une raison... Elle le prenait aussitôt dans ses bras, l'embrassait, lui parlait. Les grosses larmes se tarissaient comme par enchantement et Jacques recommençait à sourire. L'amour, le vrai, était passé par là.

Cet amour, au bout de trois mois, se transforma en une sorte de délire entre Francine et l'enfant. Ils ne pouvaient plus se passer l'un de l'autre. Ils avaient entre eux leurs petits secrets : tendres secrets qui se transmettaient par une caresse ou par un baiser de la femme, par les petites mains de l'enfant qui se tendaient vers elle et qui essayaient d'agripper ses cheveux, par beaucoup d'éclats de rire aussi... La fille des Sturmm avait bien changé! Il avait suffi de l'entrée dans sa vie d'un enfant fait par d'autres. Jamais André, le fuyard, ne pourrait se douter de ce qu'il avait perdu!

Un matin, Florence, qui d'ordinaire ne se réveillait guère avant midi, vint exceptionnellement regarder la nurse en train de faire la toilette du bébé.

– Il y a, dit-elle gentiment, une chose qui nous étonne tous, Xavier, moi, nos amis qui vous ont vue ici : pourquoi ne vous êtes-vous pas mariée, Francine?

– J'ai encore le temps, madame. Même si je suis votre aînée de quelques années, je ne me sens pas encore trop âgée! Cela dit, je ne crois pas être faite pour le mariage.

– Vous? Belle comme vous l'êtes! Mais enfin, vous êtes-vous jamais regardée dans une glace? Toutes mes amies vous trouvent splendide et il n'y a pas un seul de leurs amis ou de leurs amants qui ne soit amoureux de vous! Sincèrement, si vous vouliez décrocher un mari, et j'entends par là quelqu'un de très bien, avec une grosse situation, ce ne serait pas difficile.

– Vraiment, madame?

– Vous allez dire que je me mêle de ce qui ne me regarde pas mais enfin, depuis que vous êtes ici et que vous vous occupez de Daniel, je pense que nous sommes devenues des amies. Un enfant que l'une a mis au monde et qu'une autre soigne, ça ne peut que souder l'amitié entre deux femmes. N'est-ce pas votre avis?

– Je ne sais pas, madame.

Le ton de la réponse était si froid qu'il laissa la jeune mère un peu interloquée.

– Vous êtes une curieuse femme, Francine, reprit-elle après un silence. Très belle mais très étrange!

– Vous trouvez? J'ai plutôt l'impression d'être une femme tout ce qu'il y a de plus normal. Vous vouliez me demander quelque chose?

– Je peux?

– Je vous écoute.

– Voilà... Vous allez penser que je suis indiscrète, mais tant pis! Je n'arrive pas non plus à comprendre qu'une femme telle que vous soit seule dans la vie... A moins que vous n'ayez quelqu'un?...

– La question, en effet, madame, est indiscrète mais, comme je vous sens curieuse, je vais y répondre en toute franchise : je suis absolument seule et la présence d'un homme ne me manque pas!

– Ah? Pourquoi avoir choisi d'être nurse? Cela a toujours été chez vous une vocation?

– J'aime les enfants.

– Mais pas les hommes?

– Exactement.

– Eh bien, moi ce serait plutôt le contraire! J'aime beaucoup mon fils mais je lui préfère mon mari. Et, s'il me fallait sacrifier l'un des deux, je n'hésiterais pas : ce serait Daniel.

La nurse resta silencieuse. Elle ne doutait pas de la sincérité de Florence. Et il était troublant de se dire qu'une femme ayant donné la vie et qui avait la chance de pouvoir contempler ce pur chef-d'œuvre avait le sentiment maternel infiniment moins développé qu'une femme comme elle qui, ayant supprimé cette vie, se penchait sans cesse sur l'enfant de l'autre pour oublier son crime! Elle avait donc mille fois raison d'estimer que Jacques ne devait plus appartenir à cette écervelée.

Agacée de ne pas être, apparemment, approuvée par la nurse, la jeune mère dit encore :

– Il faudra bien un homme pour vous faire un enfant!

– On peut très bien en avoir un sans avoir de rapports avec un homme.

– C'est à ce point chez vous? Vous n'avez même pas eu d'amant?

– J'en ai eu un, madame... Il est mort.

– Pardonnez-moi. Je comprends mieux votre chagrin : vous n'en voulez plus d'autre... Savez-vous que c'est très beau cette fidélité à un seul amour? Je me demande, au cas où Xavier disparaîtrait trop tôt, si je serais capable de me comporter comme vous. Evidemment j'aurais beaucoup de chagrin pendant un certain temps... Seulement, c'est bien connu, le chagrin, ça finit par s'atténuer... Et tout recommence! Moi, il me serait impossible de vivre longtemps sans un homme dans mon lit!

– C'est toute la différence qui nous sépare.

– Alors comment ferez-vous pour avoir un enfant?

– Il doit bien exister un autre moyen.

– Lequel?

Une fois encore, la nurse ne répondit pas et l'entretien tourna court. Ce moyen, elle y pensait depuis l'instant où elle avait vu pour la première fois le petit garçon de six mois dans son berceau. Pour elle, c'était la proie rêvée, l'aboutissement aussi de sa convoitise maternelle refoulée. Et elle avait pris la grave décision, la plus importante, celle qui régirait son bonheur de femme et lui redonnerait l'envie de vivre longtemps, très longtemps... Pendant les mois passés auprès du petit garçon, elle prépara ce bonheur. Chaque seconde de ses jours de congé fut utilisée pour mettre au point le mécanisme très subtil qui permettrait la réussite. Pour cela elle dut même, cinq mois après s'être introduite dans la place, demander au jeune couple un congé de quarante-huit heures. Elle ne pouvait, dit-elle, refuser à l'une de ses plus grandes amies de l'école de puériculture de Lausanne d'assister à son mariage, qui aurait précisément lieu en Suisse. Ils donnèrent immédiatement leur assentiment. Ils savaient bien qu'elle reviendrait le plus vite possible, sa plus grande punition étant de rester éloignée de Daniel. Et elle revint, radieuse.

– C'était beau, ce mariage? demanda Florence.

– Merveilleux!

– Ça ne vous a pas donné envie de faire comme votre amie?

Encore une fois elle négligea de répondre et la mère de Daniel comprit qu'à l'avenir il serait préférable de ne pas aborder ce sujet.

Un mois après ce prétendu voyage en Suisse, l'enfant atteignit sa première année. Ce jour-là, il eut le droit de goûter à un tout petit morceau d'un superbe gâteau sur lequel son prénom était inscrit en sucre et où était plantée une bougie bleue. C'est la nurse qui avait rappelé aux parents, lesquels n'y pensaient même pas, cette date d'anniversaire. C'est elle aussi qui leur avait expliqué que les bougies – roses pour les petites filles – sont bleues pour les petits garçons. Des quatre personnes présentes à cette fête, Francine fut de loin la plus heureuse. Heureuse surtout parce qu'elle savait qu'au prochain anniversaire il y aurait sur le gâteau, écrit en lettres de sucre, non plus *Daniel* mais *Jacques*... Et, comme si elle n'avait attendu que cet événement pour passer à l'action, le lendemain – qui était un vendredi, jour où le rite voulait que Florence et Xavier partent en week-end –, la nurse commanda un taxi par téléphone et s'enfuit avec le bébé. Ce fut son vol. Quand les parents allaient rentrer le lundi matin, ils s'apercevraient que l'admirable nurse s'était envolée et qu'ils n'avaient plus d'enfant.

LE COMBAT

Le train venait de quitter Paris. Hilda se trouvait dans le compartiment avec le petit Jacques allongé sur la banquette lui faisant vis-à-vis. A la vue de l'enfant en bas âge, les quelques voyageurs qui avaient manifesté l'intention d'entrer avaient préféré s'installer ailleurs. Ils sont légion, les gens qui n'aiment pas les enfants des autres, redoutant leurs vagissements, leurs cris et même leurs rires. C'est à peine s'ils tolèrent la présence de leur propre progéniture! Hilda s'accommodait parfaitement d'un pareil comportement : plus elle serait seule avec son précieux fardeau et plus elle passerait inaperçue. Pourtant, tout à l'heure, sur le quai, une femme s'était exclamée en les croisant, elle et l'enfant qu'elle portait dans ses bras : « Mon Dieu, que cet enfant est beau! » L'homme qui l'accompagnait avait ajouté : « Il ressemble à sa mère. Elle aussi n'est pas mal du tout! » Malgré sa crainte de se faire remarquer, Hilda s'était sentie comblée de fierté.

Pour ce voyage, elle avait abandonné l'uniforme de nurse, qui lui seyait à ravir, pour un tailleur strict. Ainsi, elle n'était qu'une jeune femme parmi des milliers d'autres, voyageant avec son enfant. Alors que celui-ci était déjà plongé dans un long rêve, fait sans doute de tétines et de merveilleux animaux en peluche, elle eut tout le loisir de revivre en mémoire la succession d'événements qui l'avaient amenée à prendre ce train roulant en direction du Sud-Ouest. Avec sa mentalité de femme méthodique, le rapt avait été minutieusement préparé. Il avait fallu plusieurs semaines pour mettre au point les moindres détails de l'enlèvement depuis l'instant où avait été prise la décision irrévocable de s'approprier l'enfant.

Tout avait commencé dans un bar de Pigalle, surtout fréquenté par des touristes étrangers. Les entraîneuses, aujourd'hui, y parlaient anglais. Celles qui les avaient précédées trois années plus tôt, au temps de l'Occupation, ne pratiquaient que l'allemand. Le bar était resté; seul le cheptel avait changé. Parmi le lot des filles, l'une pourtant avait réussi à se maintenir dans les lieux et à passer à travers les filets de l'épuration. Ses consœurs, jalouses, prétendaient qu'elle devait ce régime de faveur aux services qu'elle aurait rendus à la Résistance et aux Alliés. Agent secret, cette fille brune? Plutôt une simple prostituée bénéficiant de solides protections.

Née à Berlin elle aussi et parlant aussi bien que Hilda l'anglais et le français, elle se faisait appeler Irma alors que son véritable prénom était Lena. C'est à elle que Hilda, désemparée, avait demandé deux ans plus tôt l'adresse d'un praticien libérateur pour « l'une de ses amies ». Depuis, Hilda Sturmm, devenue entre-temps Francine Bernot, nurse diplômée, ne l'avait jamais revue. Or, profitant d'une soirée de congé, elle décida de retourner dans ce bar avec l'espoir que sa compatriote s'y trouverait encore. Elle y était, rivée à son tabouret, comme si elle faisait partie du mobilier!

Hilda expliqua à Irma que, cette fois, c'était elle-même qui avait des ennuis. Encombrée d'un enfant que les exigences de son travail lui interdisaient de garder auprès d'elle, elle cherchait désespérément une nourrice capable de garder et d'élever cet enfant jusqu'au jour où elle trouverait enfin une situation lui permettant de l'avoir avec elle. Mais, attention! il lui fallait une nourrice impeccable, soignée, attentive, méticuleuse, affectueuse et douce. L'argent ne comptait pas. Il importait seulement que cet enfant fût choyé comme un petit prince... Pas une fois, au cours de cette conversation agrémentée par l'absorption d'une bouteille de champagne offerte à la fille pour la mettre en confiance, Hilda ne révéla qu'elle avait changé de nom. Ainsi, le jour où se déclencherait l'enquête de police, après le rapt, Irma n'irait pas déclarer – ne serait-ce que pour se faire mieux voir des autorités qui ne l'avaient jamais ennuyée – qu'elle s'était trouvée en rapport avec cette Francine Bernot, accusée du rapt d'un enfant. Elle ne pourrait établir de rapprochement entre la Française en question et la jeune Allemande qu'elle connaissait. Mieux valait prendre toutes les précautions.

Comme deux années plus tôt, la conversation entre les deux femmes se fit en allemand et se termina par cette affirmation de la prostituée : « Revenez me voir dans huit jours. J'aurai trouvé. »

La semaine écoulée, Hilda reparut et Irma demanda aussitôt, devant une nouvelle bouteille de champagne commandée par sa visiteuse :

– Quelle est votre profession?

– Traductrice pour des magazines et des journaux spécialisés. C'est assez passionnant mais malheureusement ça ne paie pas!

– Pourquoi ne recherchez-vous pas un métier plus lucratif? Tout ce que vous gagnez doit être englouti dans les frais qu'entraîne votre enfant... A propos, vous ne m'avez pas dit si c'était un garçon ou une fille?

– Une fille, répondit vivement Hilda afin, encore une fois, d'égarer les soupçons d'Irma si celle-ci entendait parler un jour de l'enlèvement d'un petit garçon.

– Quel âge a-t-elle?

– Presque un an.

– Son père?

– Elle n'en a pas.

– Elle est née ici?

– Non, à Berlin. Je me suis enfuie parce que ma famille ne voulait pas entendre parler d'elle.

– Tous pareils, les parents! Moi j'ai la chance de ne pas avoir d'enfant. J'ai pourtant été enceinte trois fois mais j'ai tout fait passer chez celui dont je vous avais donné l'adresse pour votre amie... Vous vous souvenez? Ça s'est bien terminé pour elle?

– Je le pense.

– Ça ne m'étonne pas! Je vous l'avais dit : c'est l'un des meilleurs du genre... Et vous, quand ça vous est arrivé à Berlin, vous n'avez pas eu envie d'en faire autant?

– Non. J'aimais trop mon enfant.

– Et vous avez réussi à franchir la frontière et à l'amener jusqu'ici?

– Oui. Je connaissais un haut fonctionnaire de la délégation française.

– Mais vous êtes toujours citoyenne allemande?

– Oui.

– Et l'enfant?

– Aussi puisqu'elle est née à Berlin. C'est même là mon gros problème : ni mes papiers ni ceux de ma fille ne sont tout à fait en règle vis-à-vis des autorités françaises. Il faut donc que la nourrice chez laquelle elle sera placée soit d'une discrétion totale, qu'elle ne donne jamais de précisions si on l'interrogeait sur cette enfant.

– Vous pouvez vous fier à celle que je vous indiquerai. Ce sera exactement comme pour l'avorteur... Mais dites-moi : pourquoi, belle comme vous l'êtes et parlant l'anglais, vous ne feriez pas mon métier? Ça rapporte gros, vous savez! Votre fillette aurait tout ce qu'il lui faudrait et même le surplus! Elle pourrait devenir une vraie gosse de riche!

– Je m'en doute mais je ne me sens pas douée pour cette profession. Je déteste trop les hommes!

– Raison de plus pour vous moquer d'eux!

– Soyez gentille : ne me posez plus de questions! Sérieusement, vous pensez avoir trouvé une nourrice?

– Une femme formidable! Elle s'appelle Mme Rotto. Elle présente aussi l'avantage, puisque vous recherchez la discrétion, de ne pas habiter Paris.

– A combien de kilomètres d'ici?

– Je sais seulement que c'est à cinq heures de train, ce qui n'est pas terrible! Votre travail vous retient à Paris?

– Oui, mais je tiens à aller voir mon enfant au moins deux jours par semaine : je me suis réservé les week-ends.

– C'est normal. Ce qui m'ennuie un peu pour Mme Rotto, c'est que je lui ai fait savoir, ne connaissant pas votre profession et pour qu'elle puisse vous croire solvable, que vous exerciez le même métier que moi... Ça ne vous ennuie pas?

– Non, si ce mensonge lui donne confiance! Il est vrai que, pour elle, une traductrice ça ne doit pas gagner gros! Vous la connaissez bien, cette femme?

– Pas personnellement, mais mon ami, qui est très sérieux, la connaît depuis longtemps. C'est lui qui a servi d'intermédiaire. Il dit qu'elle est parfaite. Et vous, malgré votre aversion pour les hommes, vous n'avez pas un ami?

– Mon enfant me suffit... Qu'est-ce que je fais avec cette Mme Rotto?

– Voici son téléphone. Vous pouvez l'appeler dès demain et elle vous fixera un rendez-vous. Il faudra que vous alliez là-bas.

– C'est où exactement?

– Dans le centre de la France, c'est tout ce que je sais.

– Je vous remercie pour tout le mal que vous vous êtes donné.

– Si nous ne nous aidions pas entre nous dans ce pays où l'on ne nous aime pas tellement, nous les Allemandes, qui viendrait à notre secours? Si les choses s'arrangent, tenez-moi au courant et n'attendez pas deux ans avant de revenir boire une bouteille!

La conversation téléphonique avec Mme Rotto, dont la voix parut étonnamment grave à Hilda, se limita à des indications d'horaires de trains, de lieu et d'adresse. A aucun moment il ne fut question de l'enfant au cours du rapide entretien. Une simple phrase de la correspondante avait fait comprendre, dès le début du dialogue, que ce n'était pas nécessaire : « Ne parlez pas trop! Je me méfie du téléphone et on m'a déjà tout expliqué. »

Trois jours plus tard, après avoir obtenu des Vorel la permission demandée pour aller assister au mariage de sa meilleure amie de l'école des nurses de Lausanne, Hilda – non sans avoir pris soin de laisser à la trop jeune maman de Daniel toutes instructions écrites au sujet de l'enfant – prenait le train à la gare d'Austerlitz.

Après cinq heures de trajet, elle descendit à La

Souterraine, chef-lieu de canton de la Creuse. Comme le lui avait indiqué au téléphone Mme Rotto, elle trouva sur la place de la gare un taxi qui la déposa, trente minutes plus tard, à Vobrebos, devant une maison de bonne apparence. Pendant le trajet, le chauffeur, intrigué par cette belle femme qui n'était certainement pas originaire de la région, n'avait cessé de parler.

– Madame est-elle déjà venue à Vobrebos?

– Non.

– C'est l'une des plus jolies bourgades de la région. Elle n'a qu'un inconvénient : c'est d'être assez isolée. Heureusement qu'il s'y trouve quelques habitants comme Mme Rotto qui ont le téléphone! Madame la connaît bien, Mme Rotto?

– Indirectement... par des amis.

– Je me disais aussi que je n'avais encore jamais vu Madame par ici... Mme Rotto fait souvent appel à mes services quand elle doit se rendre à La Souterraine pour ses affaires. Elle dit qu'une voiture ne lui servirait à rien puisqu'elle a horreur de conduire! Ce qui ne l'empêche pas d'être la personne la plus importante de la commune où elle est très appréciée : on dit qu'elle y fait beaucoup de bien en secret... Elle passe aussi pour avoir une grosse fortune. Vous verrez tout de suite : sa maison est, de loin, la plus importante de Vobrebos.

Ces dernières paroles avaient surpris Hilda. Si cette femme était tellement à l'aise, pourquoi s'encombrait-elle d'enfants en bas âge qu'elle prenait en pension moyennant rétribution? C'était pour le moins curieux. Enfin elle verrait bien! Et elle vit.

La maison, construite en pierre de taille et entourée d'un jardin bien entretenu – lui-même ceinturé d'une clôture, presque trop importante pour une telle bâtisse à un seul étage – offrait en effet un réel contraste avec les quelques demeures constituant l'agglomération. Hilda appuya sur le bouton de sonnette fixé sur l'un des piliers encadrant la grille d'entrée et patienta un long moment en se demandant avec une certaine inquiétude si la propriétaire n'était pas absente. D'autant plus que tous les volets des fenêtres de la façade visible étaient fermés. C'était d'autant plus angoissant que le taxi, dûment payé, venait de repartir. La « maman » de Jacques avait pourtant pris soin de téléphoner, la veille, à Mme Rotto pour la prévenir de son arrivée. Personne ne se montrant, Hilda sonna une deuxième fois, puis une troisième. Enfin la porte de la maison s'entrouvrit pour laisser apparaître un personnage entre deux âges, au teint olivâtre et d'une solide carrure.

– Qu'est-ce que c'est? cria-t-il, sans bouger du seuil.

– J'ai rendez-vous avec Mme Rotto.

– Ah! C'est vous? Attendez...

Il rentra dans la demeure et réapparut, un trousseau de clefs à la main. Traversant le jardin, il vint ouvrir la grille.

– Suivez-moi : la patronne vous attend. Ne m'en veuillez pas si je vous ai fait attendre mais, avec tous les rôdeurs qui circulent maintenant dans la région, on ne prend jamais assez de précautions!

Le vestibule où il la fit entrer était aussi sombre que celui de la comtesse de Rematier mais beaucoup moins cossu et meublé avec un goût plus discutable. Des aboiements se firent entendre, provenant du fond du jardin.

– Nous avons aussi deux chiens, dit l'homme. Balthazar et Hannibal. De sacrés gardiens quand ils ne connaissent pas les gens! Mais rassurez-vous : ils sont enfermés. On ne les lâche que la nuit dans le jardin.

Il ouvrit une porte. Hilda se retrouva dans une pièce encombrée d'un mobilier de style « Arts décoratifs » qui semblait provenir directement d'un bazar. Les fenêtres donnaient sur l'arrière du jardin qui paraissait assez vaste. Restée seule, la jeune femme ne put s'empêcher de penser à une autre attente : celle qu'elle avait connue dans un grand salon dont les hautes croisées s'ouvraient sur le parc Monceau... Mais ici ne se trouvaient ni piano ni cadre contenant la photographie d'une jeune femme et d'un petit garçon... Quant à Mme Rotto, Hilda comprit, dès qu'elle la vit paraître, qu'il y avait un monde entre cette femme à qui elle allait peut-être confier « son » Jacques et la mère d'André.

Surprenante, cette apparition! Mme Rotto était une personne entre deux âges – comme l'homme qui avait joué le rôle d'introducteur – et sans aucune allure. Elle avait peut-être été jolie jadis mais de cette beauté vulgaire qui, si elle attire les hommes, a du mal à les retenir. La teinture au henné des cheveux était aussi agressive que les cils caparaçonnés de rimmel et le rouge gras recouvrant des lèvres charnues. La denture éclatait d'une telle blancheur qu'on pouvait se demander si chaque dent n'avait pas été recouverte d'une jaquette pour créer un sourire de star. C'était bien cela : maquillée à outrance, cette femme évoquait la vedette démonétisée ou trop vite oubliée qui se serait réfugiée dans une bourgade pour cacher derrière une clôture impressionnante et des volets clos les derniers restes de sa beauté. On pouvait aussi s'interroger sur la raison qui la poussait à prendre des enfants en nourrice. Pour l'appât du gain? Le prix de pension d'un enfant en bas âge ne va pas tellement loin et l'apparence relativement confortable de la maison permettait d'en douter. En plus, Mme Rotto n'avait absolument pas l'allure d'une nounou! Sous son maquillage, elle n'aurait jamais pu trouver une place de nurse, à Paris ou ailleurs, dans une maison sérieuse!

Le plus fascinant en elle, c'étaient les mains dont les doigts boudinés semblaient plus appropriés à manier le battoir qu'à prodiguer des caresses à un enfant. Ce qui ne manqua pas d'inquiéter Hilda. En revanche, la voix grave, déjà repérée au téléphone, avait une certaine douceur :

– Chère madame, avez-vous fait un bon voyage?

– Parfait. Ce n'est vraiment rien de venir de Paris.

– Je me fais une joie de vous dire tout de suite que, non seulement vous êtes belle, mais que votre abord m'est très sympathique... Et ce chérubin, comment s'appelle-t-il?

– Jacques.

– Un prénom que j'ai toujours beaucoup aimé. Est-il sage au moins?

– Comme on peut l'être à un an.

– Je sais. Je connais bien les enfants : j'ai déjà eu quatre petits pensionnaires, tous des garçons, et depuis six mois que je n'en ai plus j'avoue que cela me manque. Oui, j'adore les enfants!

– Mais vous-même, madame?

– Je n'ai jamais pu en avoir! Si vous saviez comme j'en ai souffert. J'essaie de compenser ce manque en couvrant d'affection ceux que l'on veut bien me confier. C'est pourquoi je n'en veux qu'un seul à la fois, pour mieux me consacrer à lui. Les nourrices, que nous pourrions qualifier d' « officielles » et qui, travaillant au rendement avec l'Assistance publique, prennent chez elles plusieurs enfants en même temps sont de véritables criminelles! Vous qui êtes maman savez mieux que moi qu'un enfant en bas âge, c'est déjà un gros souci. Alors vous pensez : deux ou trois et parfois plus ! L'enfant a besoin de soins constants... Je sens que vous devez être une excellente mère.

– J'adore mon fils !

– Malheureusement, votre travail vous empêche de le garder avec vous comme vous le souhaiteriez.

– C'est exactement cela.

– Vous n'êtes pas mariée ?

– Non.

– Cet enfant porte donc votre nom ?

– Il s'est présenté une petite difficulté : je n'ai pas encore pu le reconnaître. Je travaille en France mais je ne suis pas française.

– Allemande, je crois ?

– Comment le savez-vous ?

– Par votre amie, allemande elle aussi, qui vous a indiqué mon nom et mon adresse. Je ne la connais pas personnellement mais elle a dans sa vie un homme charmant qui est le grand ami de Raoul.

– Raoul ?

– C'est le monsieur qui vous a ouvert la porte. Les braves gens du pays ont pris l'habitude de l'appeler « Monsieur Raoul », et ça l'amuse. C'est un homme précieux pour moi ! Il me sert de jardinier, de gardien, de conseiller aussi pour mes affaires...

Hilda n'osa pas ajouter : « Et d'amant sans doute ? »

Comme si elle avait flairé que son interlocutrice était en train de se poser une question superflue, Mme Rotto enchaîna rapidement :

– De toute façon, chère madame, ces petits problèmes de régularisation de papiers ne me concernent pas. Que l'enfant soit reconnu par vous ou pas, je sais qu'il est à vous puisque vous êtes l'unique personne au monde à s'en occuper. La seule chose importante était que nous nous rencontrions. C'est fait. Puis-je vous demander maintenant quelle est la nature de votre travail?

– Mon amie Irma ne vous l'a pas fait savoir?

– Vaguement.

Après une toute petite seconde d'hésitation, Hilda confia :

– Eh bien, je fais le même métier qu'elle.

– Voilà qui est net. J'aime la franchise. Pourquoi, après tout, puisque le ciel vous a gratifiée de merveilleux avantages, ne feriez-vous pas commerce de vos charmes? Il n'y a pas de sot métier... Je pense que vous devez gagner assez bien votre vie?

– Pas trop mal. C'est pourquoi je désire que Jacques soit traité comme s'il était un fils de prince.

– Il le sera, comptez sur moi! Pour les frais, ça ira chercher par mois dans les...

Mme Rotto énonça un chiffre à voix basse et presque avec timidité. Sans doute estimait-elle que plus le ton saurait être confidentiel, plus la somme aurait le droit d'être importante. Hilda ayant acquiescé de la tête, elle enchaîna aussitôt :

– Je vous garantis qu'à ce prix-là ce cher petit connaîtra ici mieux qu'une vie de prince : celle d'un authentique héritier royal! La seule chose que je vous demande sera de me régler chaque montant en début de mois. Ainsi nous n'aurons plus à en parler... Naturellement, je préfère des espèces, si cela ne vous gêne pas...

– Au contraire, ça m'arrange... J'ai l'intention de venir voir mon fils à chaque fin de semaine. J'arriverai, par ce même train que je viens de prendre, le samedi matin et je repartirai en fin d'après-midi le dimanche.

– Bien entendu, vous logerez dans la chambre de

votre fils. Elle a deux lits : un petit et un grand. Monsieur Raoul et moi couchons dans une chambre voisine... Mais, sauf quand vous serez là, je laisserai toujours les portes des deux chambres entrouvertes sur le couloir pour tout entendre s'il arrivait que cet amour crie ou pleure... Vous prendrez aussi vos repas avec nous. Je ne vois d'ailleurs pas comment vous pourriez faire autrement puisqu'il n'y a pas d'auberge à Vobrebos, ni même à quatre kilomètres à la ronde ! Quant à loger chez l'habitant, il ne saurait en être question pour une jeune femme aussi raffinée que vous. Ma maison est la seule à posséder le confort moderne et, tout en étant d'excellentes gens, mes voisins ne sont que des ploucs ! Je vais vous montrer la chambre de Jacques.

Toutes les chambres se trouvaient à l'étage. Il y en avait cinq. Celle réservée aux maîtres des lieux était la plus vaste. Celle qui allait devenir le repaire douillet où Hilda cacherait « son » bonheur vivant était plus petite mais confortable.

– Elle vous plaît ? demanda Mme Rotto.

– Je crois déjà m'y voir avec Jacques à mes côtés dans le grand lit... Oui, quand je viendrai ici, ce n'est pas dans son lit qu'il dormira mais dans le mien !

– Vous aurez raison. C'est certainement délicieux pour une maman de sentir des petites jambes chaudes et remuantes qui la labourent de coups de pied comme elles le faisaient quand elles étaient encore dans son ventre ! Une joie que je n'ai jamais connue... Au fond, quelle chose prodigieuse ce doit être d'être enceinte !

Hilda la regarda, interloquée. Le visage fardé venait de prendre une expression de ravissement, teintée de chagrin, qui ne paraissait pas feinte. Mais alors, s'il en était ainsi, peut-être cette Mme Rotto saurait-elle se montrer, malgré une apparence assez équivoque, une excellente gardienne pour l'enfant.

Dès qu'elles se retrouvèrent dans le salon du rez-de-chaussée, la logeuse reprit :

– Dans combien de temps comptez-vous m'amener votre fils?

– Dans un mois tout au plus. J'ai un certain nombre de dispositions à prendre d'ici là et je préfère attendre que la température soit un peu plus clémente.

– Une fois de plus vous avez raison : quand Jacques arrivera, les arbres auront des bourgeons et les nids commenceront à se remplir. Il nous apportera sa gaieté et son babil dans cette maison trop grande pour deux. Téléphonez-moi trois ou quatre jours avant votre venue pour que je puisse vous offrir à tous les deux une belle réception! Amenez Jacques plutôt un samedi : ça vous permettra de vivre auprès de lui la première nuit qu'il passera ici. Il se sentira moins dépaysé. Vous repartirez le lendemain par le train du soir... Mais je ne suis qu'une affreuse égoïste! Je parle, je parle, sans avoir même pris la peine de vous demander l'essentiel : avez-vous au moins déjeuné?

– Non, mais je vous assure que je n'ai pas faim.

– Ta-ta-ta! On dit cela. Seulement à votre âge, jeune femme, on doit manger, sinon on ne tient pas le coup, surtout dans la profession que vous exercez!

Elle ouvrit la porte donnant sur le vestibule et appela :

– Raoul! Viens ici pour que vous puissiez faire connaissance.

Comme s'il n'avait attendu que ce moment, caché derrière la porte, l'homme de confiance apparut aussitôt. Les présentations furent courtes et pratiques :

– Monsieur Raoul, qui adore comme moi les enfants... Mademoiselle et moi sommes d'accord sur tous les points : elle reviendra dans un mois environ en compagnie de son fils, Jacques, qui aura bientôt un an et qui restera ici. Pour le reste, je t'expliquerai! Maintenant nous passons à table. Je crois que la seule idée de redevenir bientôt une maman potiche m'ouvre l'appétit.

La salle à manger se trouvait de l'autre côté du vestibule. Elle était meublée avec le même mauvais goût que le salon mais Hilda ne le remarqua pas, tant l'intriguait la personnalité silencieuse de « Monsieur Raoul » qui avait pris place à table face à Mme Rotto. Pendant tout le repas, l'homme ne dit pas trois mots, se contentant de mastiquer en silence. C'est Madame qui se chargea de la conversation, en fait un interminable monologue. Elle se plut à énumérer les défauts des enfants qui lui avaient été confiés précédemment, cela pour conclure que tous, sans exception, étaient repartis vivre auprès de leurs parents beaucoup mieux élevés et plus gentils que le jour où on les avait amenés à Vobrebos... Pendant ce panégyrique de ses qualités d'éducatrice pour tout-petits, Monsieur Raoul n'avait pas cessé d'observer l'invitée blonde qui se sentait assez gênée par ce regard où la méfiance se mêlait au désir. Aussi est-ce avec soulagement qu'elle monta dans un autre taxi, appelé par téléphone, qui la ramena à la gare de La Souterraine. Pendant ce trajet et celui, beaucoup plus long, entre La Souterraine et Paris, elle eut tout loisir de réfléchir.

Devait-elle confier Jacques à la garde de ces gens-là? Quelle avait été leur profession avant qu'ils viennent s'installer dans ce village perdu? Et pourquoi s'y étaient-ils réfugiés? Pour se cacher? Dans ce cas, ce n'était pas mauvais pour Jacques... Ils n'avaient pas non plus posé trop de questions et avaient paru plutôt satisfaits de savoir que la mère de leur nouveau pensionnaire faisait commerce de ses charmes. Les quatre garçons placés précédemment chez eux étaient-ils, eux aussi, des enfants de prostituées? Mme Rotto et ce monsieur tenaient-ils cette profession pour la plus sûre, donnant toutes garanties de paiement régulier?... Ce flot de questions sans réponse n'était pas sans inquiéter Hilda. Pourtant, se disait-elle, cette maison isolée ne constituait-elle pas la meilleure cachette pour abriter le fruit de l'admirable larcin qu'elle s'apprêtait à faire? Car elle y était décidée. Jamais, se persuadait-elle, elle ne trouverait un fils aussi beau et qui lui ressemblât autant que ce petit Daniel. Il fallait même agir dans les plus brefs délais. « Je vous amènerai l'enfant dans un mois », avait-elle affirmé à Mme Rotto. Un mois, c'était bien court pour tout organiser, trouver une situation qui lui permettrait de tout financer, dénicher un logement qui lui tiendrait lieu d'adresse légale vis-à-vis de ses futurs employeurs et où elle pourrait se terrer après avoir mis l'enfant en sûreté à Vobrebos. Comme la police la ferait sûrement rechercher après le vol, elle ne pourrait pas prendre ce domicile à son nom : il devait être loué par quelqu'un d'autre qui le lui « prêterait » moyennant une rétribution occulte. A qui s'adresser pour obtenir ce service? Il n'y avait qu'Irma... Toujours Irma, la compatriote, la chic fille... « Oui, dès ce soir, se dit Hilda, à l'arrivée du train, j'irai la trouver à Pigalle. » Une fois en possession de ce logement, elle y transporterait petit à petit ses vêtements avant de s'enfuir avec Jacques du domicile des Vorel. Puis il faudrait se mettre en quête d'une situation. Laquelle? Nurse? C'était maintenant exclu pour elle : depuis qu'elle avait fixé son choix sur « son » propre enfant, elle n'avait plus la moindre envie de s'occuper de ceux des autres. Réceptionniste dans un hôtel? Ce serait un peu risqué après son départ de chez les Perrot auxquels elle avait dit qu'elle retournait en Allemagne... Pourquoi pas interprète? Et brutalement, pendant que le train la ramenait vers Paris, elle eut une sorte d'illumination : la bonne, l'excellente idée... Oui, demain matin – puisqu'elle avait demandé quarante-huit heures de congé aux Vorel pour son prétendu voyage à Lausanne –, elle se présenterait à une agence de voyages. La belle saison se rapprochant, ces officines devaient rechercher des guides-hôtesses. Une fille comme elle, présentant bien et parlant parfaitement trois langues, que demander de mieux? Très satisfaite, elle décida, une fois réglé avec Irma le problème du logement, de se mettre en campagne.

A vingt-trois heures, elle était à nouveau assise en compagnie de la prostituée sur un tabouret du bar et devant une bouteille de champagne.

– Je suis allée voir Mme Rotto, dit-elle. Vous aviez raison : j'ai l'impression qu'elle conviendra très bien pour s'occuper de mon enfant. Mais comment l'avez-vous connue?

– Personnellement je ne l'ai jamais rencontrée, je vous l'ai expliqué. C'est mon ami qui m'a parlé d'elle.

– Un ami de son ami à elle, c'est bien cela?

– Oui.

Un silence s'établit.

– Maintenant que je sais où caser ma fille, dit enfin Hilda, il va falloir que je me trouve un logement ici, à Paris, où j'habiterai pendant qu'elle sera là-bas.

– Actuellement, où vivez-vous toutes les deux?

– Justement dans un endroit qui ne nous convient

ni à elle ni à moi... Vous ne connaîtriez pas un studio à louer dans un quartier pas trop excentrique?

– J'ai le mien. Je n'y vais plus jamais depuis que je vis avec mon ami.

– Comment s'appelle-t-il, cet ami?

– Gino. Il est italien... Si vous saviez comme il est beau!

– Les Allemandes et les Italiens, ou l'inverse, ça va souvent très bien ensemble.

– Pas mieux que les Allemandes et les Français!

– C'est vous qui le dites! Alors, ce studio?

– Bien situé dans le VIIIe. Mais je vous préviens : même si vous y résidez, je le garde à mon nom. Il pourrait toujours me servir au cas où Gino me laisserait tomber! Et je veux être payée en espèces.

– D'accord. Et combien en voulez-vous?

– Pour vous je ferai un prix. Entre Berlinoises... Cinq cents francs par mois, ça ira? Plus les charges qui ne vont pas loin... Vous avez, en plus d'une petite cuisine bien aménagée, une salle d'eau avec une baignoire-sabot : étant donné votre taille, vous ne vous y sentirez peut-être pas très à l'aise mais enfin vous pourrez toujours y faire trempette! Il y a aussi beaucoup de placards.

– Quand me le faites-vous visiter?

– Demain après-midi. Vous pourrez vous y installer immédiatement.

– Je vous paierai le premier mois d'avance mais je ne viendrai y vivre qu'après avoir conduit ma fille chez Mme Rotto.

– C'est d'accord.

Le problème du logement se trouvant résolu, elle passa le restant de la nuit dans une chambre d'hôtel sans prétention, puis se présenta dès le lendemain matin à l'agence Parisrama, située à proximité de la

Madeleine et spécialisée dans l'organisation des tours en autocar aussi bien de jour que de nuit. La direction n'étant pas tellement exigeante sur le choix de ses hôtesses à condition qu'elles soient jolies et au moins bilingues, Hilda fut engagée sans avoir à présenter trop de papiers et sous le nom d'Ingrid Wartz – c'était celui de la propriétaire du Fremden Hotel –, étudiante allemande faisant un stage à Paris pour se perfectionner en français. Elle devait débuter un mois plus tard avec un contrat d'essai de trente jours. Si elle donnait satisfaction, ce contrat serait prolongé pour toute la durée de la saison touristique, c'est-à-dire jusqu'à la mi-octobre. Six mois de travail assuré, c'était le rêve. En plus, elle avait réussi à imposer ses deux jours de congé par semaine, le samedi et le dimanche, pour aller voir son Jacques. Bien entendu, elle ne parla de lui à personne dans l'agence, mieux valait rester aux yeux de tous une jeune fille sans problèmes... Les appointements étaient tout juste corrects, mais on lui fit comprendre qu'elle se rattraperait royalement avec les pourboires que les touristes – surtout les hommes – glisseraient immanquablement dans la main d'une aussi charmante hôtesse quand le tour prendrait fin. Pourboires en toutes monnaies : on ne résiste pas à la beauté.

Ces deux questions primordiales étant réglées, elle put se consacrer aux minutieux préparatifs de l'enlèvement. Pas une fois elle ne pensa à l'angoisse et au désespoir des parents de Daniel après sa disparition. Cela ne la concernait pas. Le seul point important pour elle était de remplacer ce fils dont elle s'était débarrassée après trois mois de grossesse. N'est-ce pas une loi de la nature que, dans la vie d'une femme, lorsqu'un enfant disparaît un autre doit lui succéder? De plus, ce couple d'écervelés qu'étaient Florence et

Xavier ne méritait pas de garder égoïstement un pareil enfant. La très jeune mère n'avait-elle pas confié à la nurse que, s'il lui fallait choisir un jour entre son mari et son fils, elle n'hésiterait pas : elle sacrifierait ce dernier?

Le plus grand tort de Hilda était d'oublier qu'elle-même n'avait pas attendu longtemps avant de se défaire de son propre enfant alors que rien ne l'y obligeait réellement. Sa conduite ne s'était-elle pas révélée pire que celle d'un couple de gamins assoiffés de plaisirs? Mais elle ne voulait même pas penser à cela, persuadée que les gamins en question oublieraient vite le petit disparu! D'ailleurs, qui les empêcherait de faire un autre enfant, tandis qu'elle, Hilda, mutilée par l'avortement difficile, ne connaîtrait jamais plus cette joie?... Finalement, ce rapt était juste et équitable. Le sentiment de refoulement maternel avait atteint chez la jeune Allemande un tel degré d'intensité qu'elle en arrivait à se demander si la Providence elle-même, dans son infinie mansuétude, prenant en pitié sa solitude de femme, n'avait pas placé sur sa route cet enfant miraculeux?

Maintenant que le train l'emmenait pour la deuxième fois vers La Souterraine en compagnie du fardeau d'amour qui continuait à dormir, elle commençait à entrevoir l'avenir avec plus de sérénité. Elle souriait même dans le compartiment en regardant Jacques et elle bâtissait pour lui de grands projets comme elle l'avait déjà fait deux années plus tôt dans un autre train – celui qui l'amenait de Berlin à Paris – pour l'enfant qu'elle portait en elle... Parce qu'elle le désirait intensément, « son » Jacques serait plus tard un garçon exceptionnel! Ceci grâce à elle, car elle lui insufflerait dès sa plus tendre enfance la volonté et la force de caractère. Quelle serait sa profession? On verrait bien. En tout cas, il serait un homme digne de ce nom, honnête et droit, et dont la conduite à l'égard des femmes ne serait jamais celle d'un lâche comme cet André de Rematier.

La grande difficulté, pour l'instant, résidait dans le fait que, n'étant pas déclaré, Jacques ne possédait pas de nationalité. Il faudrait lui en trouver une. Peut-être même, faute d'une autre solution et malgré sa répugnance, Hilda devrait-elle se résigner à se faire épouser par le premier homme qui consentirait à donner son nom à l'enfant. Elle lui raconterait que, l'ayant eu d'un Français qui l'avait abandonnée, elle n'avait pas osé, par crainte des représailles de sa famille, déclarer officiellement sa naissance. Bien entendu, ce père adoptif ne pourrait être que français.

Dans moins d'un quart d'heure le train s'arrêterait à La Souterraine où l'attendrait un autre taxi commandé par Mme Rotto, prévenue de l'arrivée de ses « clients ». En fin de compte, se disait Hilda, cette dame semblait avoir les qualités requises pour s'occuper de son fils : elle était calme, soignée, méthodique et avait acquis l'expérience des enfants en bas âge avec ses précédents pensionnaires. Peut-être n'était-elle pas débordante d'affection? Mais ce n'était pas grave du moment qu'elle-même viendrait, chaque fin de semaine, déverser sur le petit Jacques d'inépuisables réserves de tendresse et d'amour. Elle ne tenait d'ailleurs nullement à ce que ce dernier lui préférât une autre femme : il ne devait aimer qu'elle.

Quarante-cinq minutes plus tard, « la mère » et « le fils » étaient dans la maison qui semblait donner le plus de garanties pour abriter et surtout pour cacher un bonheur encore immensément fragile. Quand les recherches policières se déclencheraient à la demande des parents de Jacques, qui se douterait que celui-ci se trouvait dans ce village perdu? Et déjà quarante-huit heures auraient passé puisque l'alerte ne serait donnée que le lundi, jour où le couple d'écervelés rentrerait de son week-end.

Mme Rotto se répandit en exclamations émerveillées sur la beauté de l'enfant blond aux yeux bleus. « C'est tout votre portrait! Vous ne pouvez pas le renier », dit-elle, et la phrase fit un immense plaisir à celle qui se sentait de plus en plus une vraie mère. Après quoi, Hilda et Jacques se retrouvèrent dans leur chambre. Prétextant que son fils était fatigué par le voyage, la jeune femme avait déclaré à ses hôtes qu'elle préférait ne pas descendre dîner avec eux et rester auprès de lui. Vite déshabillée et couchée, elle le prit contre elle. C'est ce qu'elle faisait, du temps qu'elle était nurse, chaque fois que les Vorel s'absentaient pour quelques jours. Cette fois-ci, ce fut du délire! Comme tous les enfants, Jacques débordait de joie lorsqu'il se trouvait auprès de « sa » mère dans le grand lit : sans doute avait-il l'impression d'être devenu « un grand » lui aussi. Quant à Hilda, elle pensa qu'il n'existait pas sur terre de jouissance plus sublime! Et elle s'endormit, convaincue que personne ne saurait mieux qu'elle protéger à l'avenir ce petit être placé par le destin sur sa route de femme solitaire.

Le lendemain, en fin d'après-midi, au moment de se séparer de lui, elle se contenta d'un baiser rapide pour éviter de trop s'attendrir, prodigua à Mme Rotto ses dernières recommandations puis monta dans le taxi qui la ramènerait à La Souterraine. Elle se sentait le cœur gros. Elle avait l'impression de laisser dans la cachette de Vobrebos une moitié d'elle-même.

Sa première nuit dans le studio sous-loué à Irma fut difficile. Ecrasée par sa solitude, elle dormit mal, attendant avec hâte le lendemain où elle allait prendre ses fonctions de guide-interprète.

C'est à seize heures que la pseudo-étudiante Ingrid Wartz se présenta à son travail. L'autocar la ramena à son point de départ, avec le lot de touristes, à deux heures du matin seulement, après la tournée du « Gai Paris ». Absorbée par sa tâche épuisante, elle n'eut même pas la possibilité d'écouter les informations du soir où aurait pu être mentionné l'enlèvement de l'enfant. A tout hasard, elle acheta à un camelot vers une heure trente, à la sortie du dernier cabaret où avait été voituré son groupe de touristes, la première édition d'un journal du matin pour voir si l'on n'y parlait pas du rapt. Il n'en était rien, pas plus qu'il n'en fut question, ni à la radio ni dans les journaux, pendant les jours qui suivirent. C'était aussi ahurissant qu'inquiétant. Pourquoi ce silence? Peut-être la police avait-elle conseillé aux jeunes parents de ne pas ébruiter l'affaire pour lui permettre d'agir avec plus d'efficacité? A moins que les Vorel, se sachant riches, n'aient jugé plus sage d'attendre une demande de rançon avant d'alerter la police, cela dans l'intérêt de l'enfant. Une rançon... Comme si la ravisseuse avait songé à en réclamer une! Au contraire, elle se délectait à la pensée de tout ce que lui coûterait cet enfant. Car il coûterait cher. Mais, pour une femme seule, se sentir l'unique responsable de tout, se dire que grâce à soi un enfant pourrait être élevé et que, plus tard, il n'aurait de reconnaissance qu'à son égard, n'était-ce pas fantastique? Voilà pourquoi elle prévoyait de travailler dur, sa vie durant s'il le fallait.

En attendant, les randonnées dans les autocars qui

suivaient toujours les mêmes itinéraires, les visites du Louvre, du musée de l'Homme, des égouts et des Catacombes, les pèlerinages à Notre-Dame et au Sacré-Cœur de Montmartre, les promenades en bateau-mouche et l'ascension de la tour Eiffel, les dîners servis dans des restaurants spécialisés, les spectacles ingurgités aux Folies-Bergère, au bal du Moulin-Rouge ou parfois au Lido, les « fins de tour » passées dans des cabarets à strip-tease, tout cela était d'un ennui à pleurer! Et la conversation avec les touristes! Il y avait quelques Allemands parmi eux. Il ne déplaisait pas à la nouvelle hôtesse de s'entendre interroger dans sa langue natale mais, chaque fois que ses compatriotes lui demandaient dans quelle ville d'Allemagne elle était née, la fausse Ingrid Wartz indiquait une ville différente; jamais Berlin qui, pour elle, resterait toujours sacré.

Le plus fascinant était la stupidité des questions qu'on lui posait. A se demander si seuls les gens ignares avaient le goût des voyages en groupes. Mais elle savait quand même répondre avec gentillesse, trouvant la force de conserver son calme grâce à la pensée revigorante qu'en fin de semaine elle reverrait son Jacques. Pour elle, c'était la seule joie, la vraie fête, la raison de vivre qui lui permettait de tout supporter, d'endurer même les plaisanteries plus ou moins lourdes des hommes, leurs œillades enamourées, leurs compliments pleins de sous-entendus. Le supplice s'étendait parfois, en fin de tournée, à des demandes de prolongation dans l'intimité. Elle les refusait systématiquement avec un sourire désarmant. Un peu dépité mais quand même flatté d'avoir eu droit à un si beau sourire, le quémandeur lui glissait alors dans la main un billet qu'elle se hâtait de faire disparaître dans son sac. Tous les bénéfices étaient bons! On le lui avait dit le jour où elle avait été agréée comme hôtesse : ce n'est pas tellement le salaire fixe qui rapporte mais les suppléments sous forme de pourboires ou même de ristournes offertes en cachette par la direction des restaurants et les tenanciers des boîtes où la caravane faisait escale... Après avoir écouté les autres hôtesses chevronnées et rompues à toutes les roueries d'une mendicité indirecte, Hilda les imitait, mettant une ardeur féroce à ramasser le plus d'argent possible. Cela sans le moindre scrupule puisque tous ces gains supplémentaires serviraient à accroître le bien-être de « son » fils, ce petit Jacques qui dormait à côté d'elle tous les samedis et qu'elle trouvait de plus en plus beau, de plus en plus adorable, chaque fois qu'elle le revoyait dans la maison de Mme Rotto...

Cette Mme Rotto, depuis trois mois qu'elle avait l'enfant en pension, s'était révélée une excellente mère nourricière. Si, au début, Hilda avait ressenti quelques réticences à l'égard du couple, elle était maintenant tout à fait satisfaite : Jacques était bien soigné et paraissait heureux. En plus, Mme Rotto ne semblait pas chercher à détourner à son profit l'affection de l'enfant. Au contraire, à chacune des visites de Hilda, elle ne cessait de dire au bambin : « Eh bien, Jacques, qu'est-ce que tu attends pour faire un sourire à maman qui travaille tellement pour t'assurer une existence douillette? Sais-tu que tu as beaucoup de chance, petit gredin, d'avoir une maman pareille? » Et l'enfant tendait les bras vers cette maman si belle et si courageuse.

Pour celle-ci, ces quarante-huit heures passées dans la Creuse constituaient de fabuleuses vacances. Mais, quand elle remontait dans le taxi pour rejoindre la gare de La Souterraine, elle avait le cœur serré. Quand pourrait-elle vivre complètement avec « son » enfant? Et où se sentirait-elle définitivement tranquille auprès de lui?

Car, tranquille, elle ne l'était pas. Le silence des parents de Jacques devenait même pour elle une inquiétude grandissante. Depuis trois mois déjà qu'elle lisait attentivement les journaux pour voir si l'on n'y parlait pas enfin de la disparition du petit Daniel Vorel, aucune mention n'en avait été faite. A peine croyable! Même des parents aussi écervelés que Florence et Xavier ne pouvaient pas se désintéresser ainsi de son sort! A moins que... Mais cela paraissait tellement improbable, tellement fou qu'elle se refusait à le croire... Et, pourtant, ne serait-ce pas la seule explication?

Ne pouvant plus supporter cette angoisse, qui devenait terreur, d'une arrestation qui à tout instant pouvait fondre sur elle et la séparer à jamais de Jacques, elle décida de téléphoner un matin à la concierge de l'immeuble où habitaient les Vorel. Elle prit la précaution de déguiser sa voix car elle avait souvent parlé avec cette gardienne qui ne manquait pas de s'extasier, comme tout le monde, sur la beauté de l'enfant.

« – Allô! dit-elle. C'est de la part de la maison Bauman... Nous devons faire livrer des fleurs à Mme Vorel. Est-elle bien à Paris en ce moment?

Silence au bout du fil. Enfin parvint une voix apparemment suffoquée :

« – Mais... Mme Vorel est morte! Elle s'est tuée avec son mari dans un accident de voiture, le 12 avril dernier, alors qu'ils revenaient de week-end.

« – Le 12 avril? répéta Hilda, pétrifiée.

« – Vous ne le saviez pas?

« – Non.

« – Alors les fleurs doivent être plutôt pour le cimetière.

« – Oui... C'est ça.

« – Vous savez où ils sont enterrés?

« – N... Non.

« – Au cimetière de Passy où se trouve le caveau de la famille de Monsieur.

« – Merci, madame, pour le renseignement. »

Elle raccrocha, hébétée. Le 12 avril... C'était le lundi où, en rentrant chez eux, les parents de Daniel auraient dû découvrir l'enlèvement de leur fils par cette nurse parfaite en qui ils avaient une telle confiance! Ainsi ils ne sauraient jamais. C'était bien la seule explication possible de leur silence : Hilda avait vu juste.

Qui pouvait maintenant faire rechercher ou même avoir intérêt à ce que l'on retrouvât l'enfant disparu? Il n'y avait plus ni parents, ni grands-parents, ni oncles, ni tantes. Pas de frères, ni de sœurs non plus. Certes, le notaire chargé de la succession pouvait s'inquiéter de cette disparition. Mais, en admettant qu'il restât quelques vagues cousins ou cousines, ceux-ci ne choisiraient-ils pas – puisqu'une grosse fortune se trouvait en jeu – une attente circonspecte jusqu'à ce que le délai de prescription succédant à la présomption d'absence joue en leur faveur? Ce qu'il resterait de la fortune leur reviendrait... Hilda avait même entendu plusieurs fois les parents de Daniel dire devant elle : « Cet enfant n'a que nous au monde! Si nous disparaissions, ce serait terrible! Que deviendrait-il? »

Il deviendrait, maintenant que cette disparition était une réalité, l'enfant de l'admirable nurse qui l'avait toujours surveillé, protégé et cajolé quand ses parents l'abandonnaient pendant des nuits entières ou des week-ends prolongés. Des parents indignes! Hilda n'était pas loin de voir dans cet accident de voiture le châtiment du destin ou plutôt la main de Dieu qui ne pouvait tolérer qu'un couple – auquel il avait tout accordé : beauté, fortune, santé – pût se désintéresser à ce point du don le plus précieux qui soit, un enfant! La justice immanente avait tranché, châtiant les coupables et récompensant la femme dévouée en lui laissant pour toujours l'exclusivité de l'enfant qui, grâce à sa présence, ne serait pas un orphelin. Car ce petit être, finalement, avait beaucoup de chance! Si elle ne l'avait pas enlevé pour le mettre à l'abri, que serait-il devenu, comme le disaient eux-mêmes ses parents? L'un des lointains cousins aurait été nommé tuteur, ou bien le ministère de la Justice aurait désigné un administrateur qui l'aurait fait placer Dieu sait où en nourrice et élever tant bien que mal!

Et la fortune? Cette fortune dont avaient hérité les jeunes parents et dont Hilda avait entendu dire qu'elle était considérable, qu'allait-elle devenir? L'unique héritier était Daniel. Il fallait donc absolument que tout cet argent lui revienne! Mais comment agir? Faire savoir que Daniel était toujours vivant, ce serait le perdre et se perdre aussi : on la jetterait en prison, on la condamnerait... Non, l'idée d'être séparée de ce « fils » qu'elle avait choisi et pour qui elle se sentait prête à tout était insupportable. Plutôt mourir et même tuer l'enfant!

Au fait, si le Ciel avait débarrassé brutalement Daniel de ses parents inutiles pour le lui confier à elle, Hilda, cela prouvait que Dieu lui pardonnait la terrible faute qu'elle avait commise. Et, pour lui montrer qu'il acceptait son repentir, le Créateur lui confiait maintenant un fils de remplacement. On n'a pas le droit d'aller contre la volonté divine... Elle garderait donc Daniel et l'élèverait courageusement avec les seuls moyens que la Providence voudrait bien lui allouer. La fortune des parents disparus attendrait, gérée par un administrateur de biens ou par un notaire. Le jour où Jacques deviendrait majeur ou qu'elle-même disparaîtrait, les choses pourraient peut-être s'arranger et l'argent revenir alors à son légitime propriétaire. Mais, de toute façon, ce serait dans longtemps, très longtemps! Hilda, qui se sentait d'autant plus forte qu'elle se savait maintenant seule maîtresse de l'avenir de « son » fils, voulait vivre très âgée pour profiter le plus possible du grand bonheur d'être mère...

Au bout de six mois, le flot de touristes diminua sensiblement et le contrat avec Parisrama prit fin. Hilda en profita pour aller passer chez Mme Rotto une semaine complète auprès de son fils : une escale reposante avant d'aborder à Paris une tout autre activité qui, si elle s'annonçait infiniment plus lucrative, présenterait aussi quelques risques.

L'idée était venue de l'un des chauffeurs d'autocar qui, lui aussi, allait se retrouver sans travail pendant la période d'hiver... Il s'appelait Max et était tombé amoureux de la Berlinoise. Ebloui et sûr de son charme, qu'il croyait irrésistible et dont il avait déjà pu mesurer maintes fois les effets dévastateurs auprès d'autres hôtesses, le beau Max n'avait pas tardé à faire des avances qui avaient été gentiment mais fermement repoussées. Et, peu à peu, le désir s'était transformé chez lui en une admiration sans limites pour la splendide blonde qui s'exprimait avec une telle facilité en français, en allemand et en anglais. Un mois avant l'expiration de leurs contrats, il lui demanda :

– Qu'est-ce que vous allez faire après?

– Je ne sais pas... Et cela m'ennuie beaucoup parce que j'ai impérativement besoin d'argent.

– Avec votre classe et les trois langues que vous connaissez, ça devrait pouvoir s'arranger. Oui, j'ai pensé pour vous à un travail. Il y faut avant tout de la distinction et de la réserve et vous en avez à revendre! Ecoutez-moi...

Malgré son étrangeté, l'idée de Max offrait de sérieux avantages. Premièrement, Hilda n'était pas contrainte de se prostituer, ce qu'elle redoutait plus que tout au monde. Deuxièmement, elle n'aurait nul besoin de présenter ses papiers, tous falsifiés, ni de se plier à des horaires fixes dans un emploi de bureau, ce qu'elle détestait à l'avance. Le seul point noir, et qui aurait pu l'empêcher d'acquiescer au projet, était la certitude d'accomplir une chose généralement proscrite par la morale et tout spécialement par ce sens de l'honneur ancré chez les Sturmm depuis des générations. Mais, pour peu qu'elle y réfléchît, pourquoi faire preuve là de plus de scrupules qu'elle n'en avait eu avant d'enlever l'enfant des Vorel? Et puis, dans la situation délicate où elle se trouvait maintenant, elle n'avait plus tellement le choix! Le troisième avantage enfin – que Max lui fit bien comprendre – serait le rendement financier, très supérieur à celui des pourboires glissés par les touristes énamourés en fin de randonnée. Des gains tout à fait occultes aussi, et cela comptait. Il s'agissait tout simplement de voler...

Mais pas de voler de n'importe quelle façon ni comme le premier monte-en-l'air venu! Max avait trouvé une excellente méthode : il suffisait de la mettre en pratique. Bien sûr, l'idée venant de lui et sa présence étant indispensable pour réussir les coups, il aurait droit à un pourcentage sur les bénéfices. Mais, comme il était amoureux, il déclara à son éventuelle complice qu'il se contenterait d'un modeste vingt pour cent. Ainsi tous les deux pourraient-ils passer le cap des mois difficiles et attendre avec une relative sérénité le retour du printemps qui marquerait celui des touristes et la reprise de l'activité de Parisrama. Car l'un et l'autre savaient déjà que l'agence ne demandait qu'à les reprendre pour une nouvelle saison.

Sa semaine de vacances terminée auprès de Jacques, dans la maison accueillante de Mme Rotto, Hilda se mit au travail. Pour sa nouvelle activité, elle avait décidé de modifier encore une fois son nom. Elle serait désormais anglaise et s'appellerait Elisabeth Ederton. On ne peut pas être tout le temps allemande, ni française, surtout quand on change complètement de profession! Quant à celle-ci, très vite – pratiquement dès le premier jour, ce qui prouvait que Max avait visé juste –, elle se révéla d'un prodigieux rendement.

La méthode était simple. Encore fallait-il l'avoir inventée.

– Il n'y aura aucun risque, avait expliqué Max à Hilda d'abord suffoquée puis de plus en plus attentive, si vous observez exactement le processus suivant... Vous vous rendez entre treize heures trente et seize heures dans un square ou dans un jardin public, de préférence quand le temps est serein sinon il n'y aura pas grand monde sur les lieux, et vous repérez un touriste... Jamais une femme! Toujours un homme... C'est fou ce qu'il y a d'étrangers, même en hiver, à déambuler ou à flâner dans nos jardins parisiens, à condition que ceux-ci soient situés au cœur de la capitale : le jardin des Tuileries, celui du Luxembourg, le bas des Champs-Elysées entre le rond-point et la place de la Concorde, le square Louis-XVI où se trouve la Chapelle expiatoire beaucoup plus visitée par les touristes que par les Parisiens qui l'ignorent, le square Louvois à proximité de la Bibliothèque nationale, les jardins du Palais-Royal, la place des Vosges sont des endroits rêvés pour opérer... Quand vous avez bien choisi votre « sujet » – de préférence un homme d'une cinquantaine d'années ayant l'allure « touriste » et l'appareil photographique en bandoulière –, vous vous approchez de lui le plus naturellement du monde pour lui demander du feu soit en anglais, soit en allemand, et le moins possible en français. Il sera à la fois surpris et ravi de rendre service à une aussi jolie femme et de découvrir qu'elle parle sa langue. Vous engagerez aussitôt la conversation sur la joie qu'on éprouve à prendre des photos...

– Mais je n'en ai jamais fait de ma vie et cela ne m'intéresse pas!

– Aucune importance! Parlez comme si l'art de la photographie vous passionnait autant que lui : la conversation n'en deviendra que plus amicale... Et, comme l'heure du déjeuner sera passée, vous proposerez à ce monsieur très respectable d'aller chercher deux tasses de café au bistrot le plus proche et de les rapporter pour que vous puissiez consommer tous les deux sur place... Pourquoi voudriez-vous qu'il refuse? N'est-ce pas merveilleux pour ce solitaire de tomber ainsi sur une fée blonde qui sait faire preuve d'autant de sollicitude pour sa solitude d'étranger? Il accepte... Et, s'il refusait, ce serait l'indication qu'il n'est qu'un mufle! Vous en seriez quitte pour en chercher un autre : ce ne sont pas les gogos qui manquent, surtout parmi les touristes! Ah! un détail important : avant de pénétrer dans le square ou dans le jardin pour y « travailler », n'oubliez pas de repérer un café qui soit ouvert à proximité et où vous pourrez trouver le breuvage, les tasses et, si possible, le plateau. Vous vous les ferez prêter moyennant pourboire et avec promesse de les rapporter. Ne manquez surtout pas de le faire une fois le travail terminé, sinon vous risqueriez d'être repérée au cas où vous auriez à revenir dans le même café.

– Vous croyez qu'on me fera confiance?

– Avec des yeux aussi clairs et d'une telle candeur, on vous confierait n'importe quoi! Maintenant écoutez-moi bien : nous arrivons au point crucial de l'opération. Avant qu'elle ne commence, je vous remettrai des comprimés d'un puissant somnifère qui ne présente aucun danger quand on l'absorbe à dose raisonnable. Vous dissoudrez trois comprimés dans la tasse destinée au touriste. Ne vous trompez pas de tasse, l'autre étant pour vous... Car il faudra bien que vous buviez en même temps que lui pour inspirer confiance et ça vous réchauffera, surtout si le temps est un peu frais... Le mieux serait qu'avant de partir chercher les breuvages vous conseilliez au gentleman de s'asseoir sur un banc du square ou du jardin pour vous y attendre. Ce qu'il fera : ainsi vous boirez tous les deux assis. C'est très important pour la suite. Après avoir bu sans la moindre méfiance, votre admirateur commencera par connaître un moment de bien-être suivi d'une vive hilarité : vous vous forcerez pour rire aussi fort que lui. Ce sera très gai... Ensuite il tombera brusquement dans un profond sommeil : c'est pour cela qu'il faut qu'il soit assis. Debout, il s'étalerait dans l'allée et ça risquerait d'attirer l'attention... Dès qu'il sera endormi sur le banc, vous ne perdrez pas une seconde pour vous emparer de son portefeuille, de sa montre et de l'appareil photographique... Ne vous inquiétez pas! Vous pourrez agir en toute tranquillité :

je serai là, me promenant à quelques mètres et surveillant les alentours pour vous éviter des ennuis... Ensuite vous rapporterez en vitesse les tasses et le plateau au bistrot. Je vous y retrouverai et nous filerons à l'anglaise en laissant le « sujet » dormir profondément. Quand il se réveillera ou lorsqu'on le réveillera, nous serons déjà loin! Vous voyez, c'est tout simple.

Ils choisirent pour premier terrain d'opération le jardin des Tuileries qu'ils connaissaient bien : ils s'y étaient souvent promenés pendant les mois de printemps et d'été en attendant le départ de l'autocar stationné rue de Rivoli. Ils étaient aussi les familiers d'un bistrot situé sous les arcades où ils n'auraient aucun mal à se faire prêter le matériel. Son premier client repéré, Hilda fut quelque peu hésitante et surtout inquiète en l'abordant. Pendant quelques secondes même, elle faillit s'enfuir avant de quémander du feu. Finalement la pensée qu'elle n'agissait que pour assurer le bonheur de Jacques lui redonna du courage. Et puis, se dit-elle, ce qu'elle faisait n'était pas tellement mal puisque c'était pour le plus grand bien d'un enfant... Depuis le jour où elle avait décidé de s'approprier Daniel, son esprit s'était singulièrement faussé et la moralité rigoriste des Sturmm n'avait plus force de loi.

Tout se passa bien et le butin fut appréciable : le partage de l'argent liquide se fit selon les pourcentages prévus. Pour les bijoux – une chevalière, un très beau porte-cigarettes et une montre en or –, Max se chargea de les porter ainsi que l'appareil photographique chez un receleur de ses amis qui lui achèterait le tout, disait-il, dans les meilleures conditions. En effet, le lendemain, il remit à sa complice la part lui revenant. La somme, finalement, était assez coquette.

Le deuxième rendez-vous eut lieu place Edmond-Rostand, devant l'une des entrées du jardin du Luxembourg. Un autre grand principe de la méthode de Max était qu'il ne fallait jamais opérer deux jours de suite dans le même secteur pour ne pas se faire repérer. Si la victime du vol précédent portait plainte – ce qui était à peu près certain –, cette plainte irait en premier lieu au commissariat du quartier. C'est plus tard, avec l'accumulation des plaintes convergeant vers le Quai des Orfèvres et signalant notamment que la responsable de tous ces vols au somnifère était une grande blonde aux yeux bleus, que la troisième division de police judiciaire se mettrait en mouvement. A ce moment-là, mieux vaudrait se retirer du circuit pendant un mois ou deux, quitte à reprendre de l'activité par la suite, quand ces messieurs auraient d'autres chats à fouetter.

Les choses se déroulèrent très bien au Luxembourg, à cette différence près que, si le client des Tuileries était américain, celui-ci fut anglais. Et il en alla ainsi cinq jours par semaine, les deux autres restant réservés aux visites à l'enfant dont elle avait pris soin de ne parler à personne. Un jour où Max lui demandait pourquoi elle se refusait à « travailler » le samedi, elle avait répondu : « Il faut bien que je garde un jour pour mes courses personnelles! » Il n'avait pas insisté. Cependant, s'il comprenait très bien, avait-il dit, qu'elle se reposât le dimanche, jour du Seigneur réservé aux badauds et aux bourgeois qui encombrent Paris, il n'était pas d'accord pour le samedi qui, selon lui, était un jour « rentable » parce que les touristes viennent surtout pour le week-end. Au bout de quatre mois, tous les squares ou jardins valables avaient été écumés sans anicroche. La fausse Elisabeth Ederton avait gagné trois fois plus d'argent qu'au cours des six mois passés dans les autocars de Parisrama à faire admirer aux touristes les beautés de la capitale. Ce qui prouve que le profit serait plus grand, pour les hôtesses au chômage, à faire découvrir à ces mêmes touristes les inconvénients qu'il y a à se promener dans la Ville Lumière avec un appareil photo en bandoulière...

Après cette période de pleine réussite, une question se posait pour la fine équipe : devait-elle recommencer le fructueux périple en revenant aux Tuileries, puis le lendemain au Luxembourg, etc.? Le matin même du jour où, la décision ayant été prise, le cycle allait reprendre, Hilda fut réveillée de très bonne heure, dans le studio sous-loué à Irma, par une série de coups de sonnette à sa porte. C'était Max.

– On est repérés, chuchota-t-il, comme s'il craignait que les voisins de palier ne soient à l'écoute. Il faut vous planquer en vitesse pendant quelque temps! Moi aussi.

– Repérés? Comment cela?

– Vous surtout, pas moi... Bâtie comme vous l'êtes, c'était à prévoir... C'est pour cela d'ailleurs que le boulot avait aussi bien marché! Seulement la beauté c'est parfois plus gênant que la laideur... Vous avez un lieu de retraite en vue?

– Peut-être.

– Moi je pars tout à l'heure chez mes vieux qui ont une ferme dans le Jura: j'y resterai tranquille en attendant que l'orage passe. Si je ne vous avais pas prévenue, ils vous auraient sûrement piquée cet après-midi : leur dispositif est déjà en place aux Tuileries.

– Je vais me mettre au vert. Croyez-vous qu'ils nous aient identifiés?

– Sûrement pas, sinon nous serions déjà en cabane!

Un point important : si par hasard l'un de nous deux se faisait prendre – ce que je ne pense pas –, naturellement il n'est pas au courant de l'activité de l'autre. Nous ne nous sommes rencontrés que pendant les mois où nous avons travaillé à Parisrama. Après, ni vu ni connu! Je peux compter sur vous?

– Absolument!

– Alors, au revoir et bonne chance!

– Pour vous aussi.

– N'empêche, c'est bien dommage que la police ait été mise au parfum! C'était d'un bon rapport pour nous sans être le moins du monde dangereux pour la santé des touristes : ils en étaient quittes pour un petit somme, et peut-être pour un rhume... Enfin, avec ce que vous avez mis de côté, vous allez pouvoir laisser venir les événements jusqu'à la belle saison.

– Auriez-vous l'intention de reprendre du service chez Parisrama?

– Après cette alerte, je crois qu'il vaudrait mieux pas!

– Je ferai comme vous! Nous nous reverrons peut-être un jour, qui sait?

Ils ne se revirent jamais, ce qui arrangea très bien les affaires de la fausse Anglaise.

Le soir même, elle débarquait chez Mme Rotto. Elle l'avait avisée, le matin, par téléphone, qu'ayant décidé de se mettre au vert quelques semaines elle comptait les passer, moyennant une pension supplémentaire, en compagnie de son fils. Sa voix était joyeuse au bout du fil, mais la logeuse, quand elle la vit descendre du taxi, ne lui trouva pas la mine tellement réjouie.

Les retrouvailles avec l'enfant furent des plus tendres et celui-ci prit l'habitude de partager, la nuit, le grand lit de sa maman, le petit étant réservé à la sieste. Hilda prit celle de partager ses repas avec le couple Eugénie Rotto – Monsieur Raoul. Ce qui lui permit de faire plus ample connaissance avec eux.

Sans qu'ils l'aient expressément dit – ils se montraient très discrets sur leur passé –, elle comprit qu'avant d'échouer dans cette semi-retraite ils avaient longtemps vécu dans une grande ville du Sud-Ouest – peut-être Toulouse? peut-être Montpellier? – où Madame tenait un hôtel. Hilda se garda bien de révéler qu'elle aussi venait du monde hôtelier, d'autant plus que la différence paraissait extrême entre le Métropole familial et l'établissement de Mme Rotto, lequel avait tout l'air d'un hôtel de passe. Tout dans la conversation, chaque fois que le couple en parlait avec une évidente nostalgie, le laissait entendre : il n'était question que du nombre de clients journalier, de numéros de chambres, du prix exorbitant du blanchissage et de la surveillance dont une pièce du rez-de-chaussée, qu'ils appelaient le P.C., servait de centre. Madame paraissait connaître à fond la musique... Et Monsieur?

Monsieur Raoul, c'était autre chose. D'abord il parlait peu, se contentant de répondre par des grognements qui servaient de ponctuation aux phrases interminables de Madame et parfois aussi par des « Tu crois? », des « C'est possible » ou des « C'était le bon temps... » Que pouvait bien faire Monsieur Raoul dans la grande ville quand Madame gérait l'hôtel? De toute façon, il n'avait jamais dû être très actif, pas plus qu'il ne l'était à Vobrebos où il passait le plus clair de son temps à jardiner dans le fond du parc pendant que Madame vaquait aux soins de la maison. Le plus étrange, pour Hilda, c'était que, malgré l'ennui qui se dégageait d'une existence aussi monotone sous un ciel souvent pluvieux et presque toujours gris, le couple donnait l'impression d'avoir trouvé une sorte de bonheur! Ils ne se disputaient jamais et si, par hasard, un commencement de discussion s'élevait entre eux, Madame y coupait court en lançant un sec « Tais-toi, tu n'y connais rien » après lequel l'homme ne soufflait plus mot.

Assez vite Hilda pensa qu'un bonheur aussi paisible devait trouver ses sources dans l'argent. Elle ne savait trop pourquoi mais elle avait la conviction que cette Mme Rotto et son Monsieur Raoul détenaient le secret qui apporte l'opulence. Et pourtant! L'ameublement, la décoration et l'installation générale de la demeure ne présentaient pas le moindre signe extérieur de richesse! Il y avait un certain confort mais rien de plus. Sans doute étaient-ils pingres – ce qui est le cas de beaucoup de gens riches – car ils ne dépensaient rien, ne voyaient ni ne recevaient aucun voisin, et ne possédaient pas de voiture. Madame appelait par téléphone un taxi à La Souterraine quand elle devait s'y rendre. Monsieur Raoul n'abandonnait jamais son jardin.

Au bout de trois semaines de séjour auprès d'eux, Hilda remarqua que Madame s'absentait régulièrement le mercredi. Etait-ce pour vérifier des comptes ou pour toucher dans une banque le montant de coupons d'actions? Mais avaient-ils seulement un compte bancaire? Les commandes faites aux commerçants qui passaient en camionnette pour livrer à domicile étaient toujours réglées en espèces. On n'écoutait pas la radio, on se couchait et on se levait tôt. Tout cela était bien étrange.

Mais Hilda ne se plaignait pas : plus elle se sentait isolée, loin du monde et de sa famille, seule avec

Jacques – pour elle le couple de logeurs ne comptait même pas –, et plus elle était heureuse. Son fils lui suffisait. Il est vrai qu'en grandissant il devenait de plus en plus attachant : c'était un petit démon qui riait, courait partout, qui se flanquait par terre sans jamais pleurer, qui parlait tout le temps, inventant des mots à lui ou répétant – en les déformant – ceux qu'il ne parvenait pas encore à dire, répandant autour de lui, du réveil au coucher, une joie que « sa » mère n'avait jamais connue... Ce qui enchantait également Hilda était qu'aucune nouvelle ne lui parvenait de Paris, ni sur l'enlèvement du petit Daniel ni sur l'activité assez spéciale qu'elle avait exercée dans les jardins et les squares parisiens... « Tout finit par s'oublier », avait prophétisé Max. Il avait raison.

Quand les giboulées de mars eurent pris fin, on fêta le deuxième anniversaire de Jacques. Il remplit d'une joie folle le cœur de Hilda. La promesse qu'elle s'était faite une année plus tôt se réalisait : sur le gâteau, écrit en lettres de sucre, figurait le prénom *Jacques. Daniel* n'existait plus. Cette fois, il y avait deux belles bougies bleues torsadées que l'enfant éteignit en soufflant de toutes ses forces, sous le regard émerveillé du couple Rotto-Raoul... Plus Hilda les observait, plus elle acquérait la conviction que ces deux personnages – quel qu'ait été leur passé dont elle n'avait pas à se mêler – n'étaient pas de mauvaises gens. Ils avaient leurs secrets mais ils aimaient l'enfant. Que pouvait-elle leur demander de plus? Peut-être même avaient-ils pour elle un peu de tendresse?

Malgré la joie de l'anniversaire, Mme Rotto avait remarqué que le visage de la jeune mère n'était pas aussi radieux qu'il aurait dû l'être. Au moment où celle-ci se disposait à monter dans sa chambre pour y coucher l'enfant, elle l'arrêta :

– Dès qu'il dormira, dit-elle, revenez prendre le café avec moi. Selon son habitude, Monsieur Raoul sera retourné dans le jardin et nous serons seules : nous pourrons bavarder.

La conversation qui suivit fut surprenante. Elle permit à Hilda de découvrir sa logeuse et, par voie de conséquence, Monsieur Raoul sous un jour insoupçonné.

– Mon enfant, commença Mme Rotto... Vous me permettez, j'espère, de vous appeler ainsi puisque je pourrais être votre mère... et je dois avouer que je serais fière d'avoir une fille aussi belle que vous.

En voilà encore une, pensa Hilda, qui, comme les Perrot, rêve de m'avoir pour fille. Décidément la vie est bien mal faite !

– Mon enfant, reprit Mme Rotto, quelque chose ne va pas en ce moment chez vous. Cela dure depuis un certain temps. Malgré la présence de votre petit Jacques à vos côtés, je ne vous sens pas vraiment heureuse. Que se passe-t-il ? Vous me donnez l'impression d'être inquiète. Je me trompe ?

– Non. Je le suis en effet. Je me demande comment je vais pouvoir m'en tirer et continuer à vous payer la pension de mon fils !

– Mais je croyais, d'après ce que nous a dit l'ami d'Irma, que vous vous débrouilliez assez bien ? Vous connaissant maintenant, le contraire, d'ailleurs, me surprendrait. Il me paraît difficile de trouver une fille qui soit mieux armée que vous pour ce genre de travail... Alors qu'est-ce qui ne va plus ? Et pourquoi avoir pris un aussi long repos si vous avez besoin d'argent ? Vous n'allez tout de même pas me dire que vous avez du mal à vous faire des relations ! Je ne vous croirais pas.

– C'est pourtant un peu cela. Les hommes sont si

bizarres! Au fond, une femme qui n'est ni trop laide ni trop bête leur fait peur. Il leur faut des filles moyennes, un peu vicieuses en plus. Et ça, je ne peux pas! Ce n'est pas mon genre!

– Vous, votre charme tient à la distinction. C'est un autre genre dont certains raffolent. Pourquoi alors ne pas vous spécialiser dans ce type d'hommes? L'une de mes cousines, qui habite Paris, pourrait peut-être vous trouver ça... Seulement, pour mettre la main sur un pareil commanditaire, généralement un monsieur sérieux, il faut du temps... J'en ai fait l'expérience quand je dirigeais mon hôtel, mais ça c'est une vieille histoire qui n'offre aucun intérêt pour vous! Ce à quoi nous devons penser maintenant, c'est au présent immédiat qui régira votre avenir... Et, en attendant que vous dénichiez « la bonne affaire », je me demande si un travail intérimaire ne serait pas bon pour vous. Il vous permettrait de ne pas trop vous presser dans votre choix tout en vous faisant gagner un confortable magot. Pour ce travail, Monsieur Raoul et moi-même pourrions vous conseiller utilement... Mais, avant de vous orienter dans cette voie, j'aimerais savoir pourquoi vous avez décidé aussi précipitamment de vous mettre quelque temps au vert.

– J'ai failli avoir de gros ennuis.

– A cause d'un client?

– Si l'on peut appeler ce genre d'homme un client...

– Disons un micheton?

– Ce serait plus exact. Mais finalement tout s'est bien passé. Je pense pouvoir retourner bientôt à Paris.

– Et aller y rendre visite à ma cousine. Je lui téléphonerai pour annoncer votre venue. C'est une femme de grande expérience... Maintenant, si cela ne vous ennuie pas, nous allons faire un tour au fond du parc, dans le domaine réservé de Monsieur Raoul... Venez.

Pendant qu'elles se dirigeaient vers l'endroit, sinon interdit du moins sacré, Eugénie Rotto poursuivit :

– Vous êtes-vous jamais demandé ce que Monsieur Raoul pouvait bien cultiver dans ce champ qui, comme tout le parc, est clôturé de hauts murs, ce qui évite que des gens trop curieux – et Dieu sait s'il y en a aux alentours! – ne se mêlent de ce qui ne les concerne pas?... Eh bien, regardez-le, Monsieur Raoul, en train de se pencher avec une attention extrême sur ses plantations. A votre avis, quelles peuvent bien être ces feuilles jaunâtres qui ont tendance à brunir?

– Je l'ignore. Je suis nulle en jardinage autant qu'en agriculture. Ces choses-là ne m'ont jamais passionnée.

– Vous avez eu tort! Certaines plantes, telles celles-ci, peuvent être d'un intérêt considérable... Selon vous, serait-ce du tabac?

– J'ai vu dans un magazine des photographies de plantations de tabac : les feuilles, me semble-t-il, sont moins foncées et plus larges.

– Bravo, ma petite Hilda! Tout ce champ est planté de guimauve et d'orties cannabines... Ça vous surprend? Qu'est-ce que Monsieur Raoul, vous dites-vous, peut bien en faire? Eh bien, après avoir coupé ces feuilles en temps voulu et les avoir laissées sécher, il les emmagasine dans la serre que vous voyez adossée là-bas contre le mur. Là, il leur fait subir un traitement assez simple qui va les transformer en un produit relativement facile à transporter. Cela se présente sous forme de petits paquets qui se vendent à un bon prix. Vous êtes trop jeune pour en avoir entendu parler.

En fait, il s'agit d'une drogue, et il y a des amateurs pour fumer ça. La mode a tendance à s'en répandre. D'ailleurs, nous y veillerons...

– Qu'attendez-vous de moi?

– Supposons qu'ayant fabriqué des plaquettes de cannabis en vue de leur commercialisation Monsieur Raoul et moi-même consentions à vous en confier quelques échantillons pour que vous les écouliez sur le marché. Vous n'avez pas idée des bénéfices que vous pourriez faire à titre d'intermédiaire! Ça pourrait aller jusqu'à deux cents pour cent, ce qui, vous le reconnaîtrez, mérite réflexion... Bien sûr, vous me direz que ce n'est pas très moral de pousser les gens à se droguer. Mais les meilleures distractions vont souvent à l'encontre de la morale. C'est ce qui en fait le prix...

– Je n'aimerais pas m'adonner à ce genre de passe-temps.

– Cela prouve que vous êtes une jeune femme raisonnable et je vous en félicite. Pourquoi s'abîmer la santé? En plus, l'abus de toutes les drogues, quelles qu'elles soient, est ruineux. Leur vente, par contre, rapporte beaucoup... Si je vous parle de tout cela, ma chère Hilda, c'est parce que nous avons, Monsieur Raoul et moi-même, la plus entière confiance en vous. Au cours de ces derniers mois, et à l'occasion de vos charmantes visites, nous avons pu nous rendre compte que vous n'étiez pas bavarde. Je dirai même plus : nous avons eu l'impression que vous aussi, comme nous, vous aviez besoin d'une grande discrétion autour de vous et de vos activités. Sommes-nous dans l'erreur?

– Non.

– C'est pourquoi nous avons pensé qu'entre gens

contraints à un certain silence on doit pouvoir s'associer un jour ou l'autre pour le plus grand profit de chacun... Nous pouvons donc compter sur votre mutisme absolu, même si notre offre ne vous intéresse pas?

– Je saurai faire preuve de la même discrétion que celle que vous avez montrée jusqu'à présent dans la garde de mon enfant.

– Voilà qui est parler en mère! Maintenant vous allez être très intéressée... Vous vous êtes certainement demandé ce que Monsieur Raoul pouvait faire dans la vie. Eh bien, cela va vous surprendre. Je sais : il ne parle pas beaucoup mais cela ne l'empêche pas de penser. Apprenez que, sous ses apparences modestes et même un peu rudes, c'est l'un des plus éminents chimistes que nous ayons en France. S'il s'est exilé dans cette région perdue, c'est pour éviter que ses travaux exceptionnels ne soient divulgués. C'est un précurseur qui risquerait de n'être pas compris.

Elle appela l'homme qui continuait à inspecter ses plantations sans paraître se soucier le moins du monde de la présence des deux femmes :

– Raoul! Selon ce que nous avions décidé, toi et moi, je viens de mettre notre gentille Hilda au courant de ce que nous pourrions appeler notre activité parallèle. Mais comme elle hésite encore un peu, ce qui est compréhensible, avant de se joindre à nous, j'aimerais que tu lui expliques rapidement le merveilleux travail que tu accomplis dans ta serre. Tu sais que je suis nulle en technique!

Puis, se retournant vers Hilda :

– Je me suis réservé la partie commerciale de l'affaire. Si vous acceptez de travailler avec nous, c'est à moi que vous aurez toujours affaire : entre femmes on se comprend tellement mieux!

Monsieur Raoul, toujours silencieux, prit la direction de la serre.

– Vous allez constater, continua Mme Rotto, comme si elle était une hôtesse de Parisrama s'apprêtant à faire visiter un musée, que ce n'est pas une serre tout à fait comme les autres. Remarquez d'abord que les vitres en sont opaques. Ainsi, même en plein jour, on ne voit rien de ce qui se passe à l'intérieur. Plutôt qu'une serre, disons que c'est un laboratoire.

Lorsqu'ils furent tous trois à l'intérieur de la bâtisse, Monsieur Raoul enfin commença à parler, ce qui laissa Hilda abasourdie. Jamais elle ne l'avait entendu prononcer autant de mots! Encore que son discours fût beaucoup plus concis que ceux de Mme Rotto.

– La cannabine, ou haschinine, dit-il, posté devant un alignement de cuves d'où se dégageait une odeur nauséabonde, est une résine vénéneuse que j'extrais du chanvre indien réparti dans mon jardin sous forme de guimauve et d'orties. Pour cela j'épuise par l'alcool la partie broyée après que la plus grande partie de la matière colorante brune a été enlevée par digestion. Celle-ci se fait en deux temps : d'abord dans de l'eau tiède, ensuite dans une solution de carbonate de sodium. Les liqueurs alcooliques sont ensuite débarrassées de la chlorophylle au moyen de chaux, puis décolorées par le charbon animal et enfin évaporées. Il reste alors une substance brillante, légèrement brune, qui devient glutineuse et ductile. Elle fond à 68° centigrades et brûle avec une flamme brillante, mêlée de fumée. Elle se dissout dans l'alcool, dans l'éther et faiblement aussi dans les acides. Quand tout est refroidi, le résidu est découpé en plaquettes plus ou moins volumineuses selon les besoins et surtout les possibilités de la répartition. Il est évident que plus ces plaquettes sont petites et mieux elles passent de main en main jusqu'au consommateur qui n'a plus qu'à rouler quelques brindilles dans une feuille de papier à cigarette ordinaire. Il trouve à les fumer une griserie dont il ne peut, généralement, bientôt plus se passer. Du fait de cette accoutumance, le marché risque de devenir florissant. Il suffira de l'alimenter.

Tout cela avait été débité d'une voix sèche et monotone, un peu comme si Monsieur Raoul récitait le catéchisme de la fabrication de l'une des drogues les plus nocives qui soient, précisément parce que, quand on la fume, on a l'impression de s'offrir une banale cigarette.

– Tu as été très brillant, dit Mme Rotto. N'est-ce pas, Hilda, qu'il est passionnant quand il le veut? Il est probablement comme tous les grands savants; il n'y a que son métier qui l'intéresse.

Pendant qu'elles revenaient vers la maison, elle poursuivit :

– Maintenant que vous êtes dans « notre » secret, réfléchissez et nous reparlerons toutes les deux de ces choses dès que vous le désirerez. Mais, sincèrement – je vous dis ça parce que vous savez à quel point je vous estime –, j'ai la conviction que c'est dans ce commerce, n'offrant pratiquement que des risques infimes, que vous trouverez le moyen d'élever enfin votre adorable petit Jacques comme je sens que vous le souhaitez de toute votre âme : dans le luxe, dans l'amour et surtout loin de tous les soucis!

– Puis-je vous poser une question?

– Je vous en prie.

– Pourquoi, après avoir monté avec Monsieur Raoul une telle organisation qui procure – vous-même l'avez dit – de substantiels bénéfices, avez-vous éprouvé le besoin de prendre aussi chez vous des enfants en nourrice ?

– Voilà ce que j'appelle une question pertinente. Pourquoi, ma petite Hilda ? Mais il fallait bien, notre principale activité étant en principe interdite, que Monsieur Raoul et moi en trouvions une autre qui nous servirait de couverture ! En connaissez-vous une meilleure que celle qui consiste à élever des enfants en bas âge dont les parents ne peuvent pas s'occuper ? C'est pourquoi également nous prenons de préférence des enfants de filles telles que vous. Avec elles on est plus tranquilles : elles ont toujours quelque chose à se reprocher...

Hilda prit quarante-huit heures pour réfléchir. A quel moment, se demandait-elle, l'étrange couple de Vobrebos s'était-il reconverti dans la fabrication et l'exportation de cannabis ? L'exploitation d'un hôtel de passe dans une grande ville du Sud-Ouest était-elle devenue trop dangereuse ? Mais cette nouvelle activité n'était-elle pas beaucoup plus risquée ? Il semblait que non, selon les dires de la femme... Sans doute devaient-ils opérer sur une échelle réduite, n'avoir que de très lointains rapports avec les gens du milieu sans cesse surveillés par la police, et n'utiliser pour intermédiaires ou vendeurs que des personnes dont ils étaient absolument sûrs, c'est-à-dire des hommes ou des femmes qu'ils savaient tenir par certains côtés. Si par hasard ceux-ci se risquaient à quelque irrégularité dans les tractations, on saurait leur faire comprendre qu'on n'hésiterait pas à « lâcher le morceau », les plaçant ainsi dans une situation impossible vis-à-vis de la police ou de la société. Il fallait s'attendre à tout de la part d'individus tels qu'Eugénie Rotto et Monsieur Raoul.

Mais pourquoi lui avaient-ils fait confiance à ce point, à elle Hilda, en lui révélant ce qu'elle n'aurait sans doute jamais soupçonné tant elle s'intéressait peu aux « travaux » de ce Raoul? A cela elle ne voyait qu'une explication possible: ils devaient savoir ou bien se douter que Jacques était un enfant volé. Comment l'avaient-ils appris? Mystère. Elle n'en avait jamais parlé à qui que ce soit. A moins que la dame Rotto, vieille routière du plus vieux métier du monde, n'ait ces antennes spéciales que possèdent souvent les femmes de sa profession? De toute façon, tant que l'enfant serait chez elle, mieux valait pour la fausse mère continuer à jouer celle qui ne se doute pas que l'on sait. Après, quand elle aurait retiré Jacques de cet endroit – au fond pas tellement indiqué : malgré les précautions prises par le couple, il était fort possible qu'un jour des enquêteurs, alertés par les voisins, viennent jeter un œil sur l'étrange laboratoire –, elle saurait se défendre au cas où ces gens plus que douteux s'aviseraient de révéler qu'elle n'était pas la maman de l'enfant. Comment? Elle l'ignorait encore. Mais sa vengeance serait terrible... Seulement, pour le moment, il était plus adroit de ne pas bouger. Il ne se passerait peut-être rien, Mme Rotto donnant de plus en plus l'impression de chérir l'enfant. Elle s'occupait très bien de lui quand Hilda n'était pas là et, après tout, ni elle ni son amant ne soupçonnaient peut-être la vérité sur l'origine de Jacques. Quand on est une mère trop attentive, on se fait toujours de ces idées...

Après ces deux jours de réflexion, Hilda, assez tentée par l'offre qu'on lui avait faite, se décida à demander des précisions.

– Ah! je vois que ça vous intéresse, dit Mme Rotto.

– Oui. Mais j'aimerais savoir comment les choses se passeraient de façon pratique.

– Rien de plus simple. A chacune de vos visites de fin de semaine, je vous remettrai une certaine quantité de plaquettes que vous emporterez dans le fond de votre valise. Cette quantité variera selon les débouchés. Nous commencerons par de petites doses et, au fur et à mesure que votre réseau s'étendra, nous augmenterons les livraisons. Arrivée à Paris, vous cacherez soigneusement la marchandise chez vous, dans un placard, sous du linge par exemple, et chaque fois que vous aurez une commande vous porterez au demandeur juste le nombre de plaquettes réclamé. Pas une de plus! Vous ne les remettrez, bien entendu, que contre espèces sonnantes et paiement intégral. Dans ce genre de transactions, il existe deux principes absolus : toujours se faire payer en liquide et ne jamais faire crédit. Le prix de l'unité, c'est-à-dire de la plaquette, peut varier d'une semaine à l'autre selon un cours que je vous indiquerai chaque fois que vous viendrez ici vous réapprovisionner.

– Mais comment s'établira le contact entre les utilisateurs et moi?

– Il n'y en aura pas! Jamais! Les utilisateurs ne doivent pas vous connaître. Vous n'êtes qu'une intermédiaire entre la production, c'est-à-dire nous, et la vente, c'est-à-dire les revendeurs dont je vous indiquerai les coordonnées au fur et à mesure des besoins. Nous avons les noms et adresses de ces gens : tous des spécialistes. Ce sont eux qui ont affaire à la clientèle individuelle. Ils nous paient le prix que nous avons fixé et revendent la camelote au prix qu'ils veulent. Cela ne nous regarde pas. S'ils peuvent obtenir plus que ça ne vaut, tant mieux pour eux et tant pis pour les demandeurs qu'ils grugent! Leur marge bénéficiaire dépend de cette différence de prix : l'éternelle loi de l'offre et de la demande... En ce qui vous concerne, vous n'aurez pas à majorer pour le revendeur le prix que j'aurai établi. Votre bénéfice, puisque vous serez notre agent direct, viendra du pourcentage que Monsieur Raoul et moi vous accorderons. Comme je vous l'ai dit, celui-ci peut monter très haut, surtout si, vendant beaucoup, vous nous faites réaliser de bonnes affaires... Vous m'avez comprise?

– Ce n'est pas sorcier.

– Exactement ce que je vous disais.

– Mais, pour pouvoir me fournir régulièrement, vous avez des stocks prêts à l'avance? A part les récipients et les bassines, je n'ai rien vu dans la serre.

– Chut! Tout est prévu pour une exploitation future à grande échelle. Dès que la marchandise est prête et découpée en plaquettes, nous l'entassons dans la cave. Nous y avons une pièce spéciale dont l'ouverture, pratiquée derrière des casiers de bouteilles poussiéreuses et anodines, bénéficie d'une porte blindée. Avant qu'on puisse la découvrir et ensuite l'ouvrir, l'eau pourra continuer à couler sous les ponts... Si cela vous amuse, je dirai à Monsieur Raoul de vous la faire visiter comme son laboratoire.

– Ce n'est vraiment pas la peine : je vous fais entière confiance... Puis-je vous poser une autre question?

– C'est votre rôle et c'est le mien de vous répondre si c'est possible! Parlez.

– Je me doute bien que vous n'avez pas attendu mon arrivée avec mon fils à Vobrebos pour vendre votre marchandise...

– Et c'est heureux, ma chérie! Voilà plusieurs années déjà que notre organisation fonctionne sans le plus petit incident.

– Mais alors, ces autres femmes dont vous avez eu

les enfants en garde avant le mien vous servaient, elles aussi, d'intermédiaires?

– Jamais de la vie! Nous ne sommes pas fous! Vous êtes la première jeune femme à laquelle nous pensons pour ce travail. Les mères qui vous ont précédée n'avaient pas le sérieux, l'allure, la compréhension, et je dirais même la « moralité » prise dans un certain sens, que nous exigeons de nos collaborateurs. C'est pour cela qu'à l'exception de vous, qui allez peut-être travailler pour nous, nous n'utilisons que des hommes.

– Ils viennent ici? Ils n'ont pourtant pas d'enfant à visiter?

– Ils ne viennent jamais et ne connaissent même pas notre adresse. Vous êtes une privilégiée! Non, ils se rendent soit à Guéret, soit à Aubusson, soit à Limoges et jamais ensemble ni à la même heure parce qu'ils ne doivent pas se connaître entre eux! Dans notre métier, le cloisonnement entre les services est la base de la réussite. Nous avons dans ces villes des grossistes qui nous sont très dévoués. Ce sont eux qui ravitaillent les représentants. Moi-même, je vais en taxi tous les mercredis à La Souterraine : j'y apporte la marchandise aux grossistes qui viennent m'y retrouver. Je vérifie aussi les comptes et j'encaisse les recettes. Pendant ces dernières semaines, vous n'avez pas été sans remarquer mon manège. Sans doute pensiez-vous que j'allais en ville pour surveiller mes coupons d'actions dans une quelconque succursale de banque... Eh bien, « ma » banque n'a pas pignon sur rue et pourrait s'appeler la « Banque du cannabis »! Avouez que ce serait plutôt drôle.

– J'avoue.

– Vous m'amusez beaucoup, ma petite Hilda.

– Et ces hommes?

– Ils vont et ils viennent... Arrivés avec l'argent, ils repartent avec les plaquettes mais aucun d'eux n'opère à Paris. Notre réseau de distribution est principalement axé sur le Sud-Ouest... Un autre de nos principes est qu'il ne faut jamais mettre deux agents sur le même secteur : cela risquerait de créer une concurrence dangereuse, susceptible de faire descendre les prix! Grâce à cette tactique, tous gagnent admirablement leur vie. Vous aussi, si vous acceptez... Si j'en reviens à vous, c'est que nous avons pris la décision de tenter une percée à Paris. Mais, attention! Une percée très discrète. C'est pourquoi il nous faut quelqu'un dans votre genre ayant du chic et de la conversation, sachant porter la toilette, possédant surtout une belle prestance. En vous voyant, qui penserait qu'une pareille femme peut exercer une activité prohibée? C'est là que résidera le secret de votre réussite. Par voie d'association, elle sera également la nôtre.

– Vous n'avez pas peur que je répète à d'autres ce que je viens d'apprendre?

– Absolument pas! Dès le premier jour où je vous ai vue débarquer ici, j'ai dit à Monsieur Raoul : « Cette beauté-là serait rêvée pour nous permettre de jeter les premiers jalons vers Paris... »

– Je ne suis pourtant pas parisienne!

– Je sais. Vous êtes berlinoise comme Irma. Eh bien, c'est parfait, une Berlinoise. D'abord, ça parle allemand – ce qui peut toujours servir –, ensuite, tout le monde le sait depuis longtemps, les Parisiennes les plus réussies sont rarement nées à Paris! Elles viennent de province ou de l'étranger mais, quand on les voit passer, on se dit : « Fichtre! Cette femme-là ne peut être qu'une Parisienne. »

– C'est pour moi un charmant compliment... Je reviens à ce que je vous disais tout à l'heure : vous n'avez pas peur, par exemple, que je ne sois qu'une auxiliaire de la police envoyée spécialement ici pour vous espionner?

– Sûrement pas. Et pour deux raisons. La première, c'est qu'une femme flic ne placerait jamais son enfant en pension chez des gens qu'elle est chargée de surveiller.

– Et la deuxième?

– Vous-même redoutez trop que la police ne s'intéresse à vous pour vous permettre de vous mêler des affaires des autres.

– Qu'est-ce qui vous fait penser cela?

– Une idée comme ça... Je me trompe?

Hilda ne répondit pas. Mme Rotto continua, désinvolte, comme si cette dernière question n'avait pas été posée :

– Notez bien que, quand je parle de Paris comme pouvant être pour vous un secteur opérationnel, je ferais mieux de dire le « Grand Paris » – une expression chère à vos compatriotes lorsqu'ils nous occupaient! – parce que Paris c'est à la fois tout et rien. Son principal avantage est qu'on peut y faire beaucoup de rencontres. Et les rencontres permettent d'élargir les voies de communication... Je m'explique : admettons que, nous étant mis d'accord, vous acceptiez de jouer votre nouveau rôle et que vous retourniez à Paris. Vous ne pourrez pas entrer tout de suite dans la danse, c'est-à-dire faire vos livraisons de camelote aux correspondants que nous vous aurons indiqués, sans avoir un paravent. Comme moi ici qui suis censée, aux yeux des imbéciles, m'être spécialisée dans la garde des enfants! Jusqu'à présent vous teniez le coup à Paris en vous débrouillant comme Irma. Puis, vous me l'avez dit récemment, vous avez connu certains ennuis de ce côté-là. C'est ce qui vous a contrainte à vous éloigner pendant quelque temps de la capitale. N'est-ce pas?

– C'est exact.

– C'est donc, si vous rentrez à Paris, que vous ne tenez plus à exercer cette profession?

– C'est également vrai.

– Il vous faut alors une autre activité officielle que nous pourrions appeler une « profession de façade ». Mais laquelle? A l'exception de la galanterie, dans laquelle vous vous êtes certainement révélée très experte, et de votre aptitude à faire un magnifique enfant, je ne pense pas que vous ayez tellement de cordes à votre arc. Ah, j'oubliais : vous parlez allemand. Mais l'anglais?

– Je peux me débrouiller.

– C'est déjà ça, mais ce n'est pas tout! Ça pourrait pourtant vous aider dans la situation que ne manquera pas de vous proposer cette vieille cousine que j'ai à Paris et dont je vous ai parlé... Je vous ai dit aussi que je lui téléphonerais avant votre départ pour lui annoncer votre visite imminente. Dès votre retour à Paris, la première chose à faire sera de vous rendre chez la cousine! Elle s'appelle Berthe Vilna et habite dans un quartier tout ce qu'il y a de plus huppé : le XVIIe.

En entendant ce numéro d'arrondissement, Hilda revit aussitôt l'immeuble vétuste où habitait la comtesse de Rematier, l'escalier sombre aux marches grinçantes, les fenêtres du salon donnant sur le parc Monceau, la servante revêche, la vieille dame peu loquace, la photographie sur le piano... Et elle frissonna, enveloppée à nouveau de tristesse et de dégoût.

– Ma cousine n'est plus toute jeune, continuait l'autre sans remarquer la soudaine détresse de Hilda. C'est sans doute pourquoi elle possède une prodigieuse expérience de la vie! Toutes les femmes un peu désemparées comme vous, jeunes et même moins jeunes, que je lui ai envoyées n'ont eu qu'à se louer de ses services.

– Qu'est-ce qu'elle fait ?

– Marieuse.

– Quoi ?

– Oui, elle est, à notre époque de veulerie et d'égoïsme, l'une des dernières bienfaitrices de l'humanité, la sauvegarde des esseulés.

– Je ne suis pas seule puisque j'ai un fils et je n'ai nullement l'intention de me marier !

– Un vrai cri du cœur ! Vous l'avez lancé avec une force et une fougue qui vous conviennent très bien... Mais qui vous a donc fait croire que l'on va rendre visite à une marieuse uniquement parce qu'on cherche à se marier ? C'est faux, archifaux ! La plupart des gens qui consultent une marieuse ne le font qu'avec l'intention secrète de faire une rencontre agréable. Hommes et femmes, ce sont des victimes de la solitude. Ils ont besoin, sinon d'une compagne ou d'un compagnon permanent, au moins d'une amitié, d'un soupçon de tendresse, du confident aussi auquel on peut tout dire et raconter ses quelques joies ou ses petites peines... Eh bien, c'est ce genre d'homme-là que ma cousine va vous trouver !

– Mais je n'ai pas besoin de ce confident !

– C'est lui qui aura besoin de vous et, quand votre présence même épisodique dans sa vie lui sera devenue indispensable, vous donnerez aux autres l'impression de ne pas être une femme seule – donc une aventurière – mais la très belle créature qui remplit la vie d'un homme. Dès qu'il en est ainsi, on parvient vite à se faire entretenir sans qu'il soit même besoin de coucher avec le monsieur : il est tellement flatté de vous sortir et de se montrer partout en votre compagnie dans les grands restaurants, aux premières théâtrales, aux vernissages, aux galas de bienfaisance, dans tous ces endroits où l'on rencontre des gens inutiles qui se croient importants. Et, qui sait? peut-être pourrez-vous dénicher dans cette faune aussi aisée que pourrie des clients pour le cannabis! Mais n'allons pas si vite. Il s'agit là d'un troisième stade que nous envisagerons plus tard. Le premier consiste à trouver le monsieur sérieux, célibataire ou non, qui a besoin d'une très belle amie en titre : avec votre physique, vous pouvez devenir rapidement l'une des femmes les plus élégantes de Paris.

– Mais s'il veut coucher avec moi?

– Il ne couchera pas! Vous êtes capable de vous défendre, nom d'un chien! Montrez que vous êtes une bonne tacticienne en le laissant se bercer d'illusions. Tant que vous ne vous donnerez pas à lui, il vous gâtera de plus en plus! Et quand vous vous sentirez solidement installée dans la place, tout en ayant pris soin de conserver votre indépendance, c'est-à-dire de continuer à habiter chez vous... A ce propos, vous avez conservé votre logement à Paris?

– Le studio que j'ai sous-loué à Irma? Bien sûr!

– Parfait. Vous y avez le téléphone?

– Oui.

– Encore mieux. Ainsi le monsieur pourra vous appeler quand il aura envie de vous voir ou même simplement – surtout s'il est marié avec une femme odieuse – d'entendre au bout du fil le son de votre voix réconfortante. Il faut que moi aussi je puisse vous téléphoner pour les nécessités de notre commerce, mais rassurez-vous : je saurai me montrer discrète. Je n'appellerai que dans les cas d'urgence. Vous aussi en sens inverse. Mais je m'égare! Revenons à ce que je vous disais... Dès que vous sentirez que votre situation d'égérie commence à s'affirmer, vous reviendrez nous voir... D'ailleurs, vous ne pouvez pas ne pas le faire à cause de votre petit Jacques.

– J'ai bien l'intention d'être ici toutes les fins de semaine comme je l'ai toujours fait.

– Un détail qui peut avoir son importance : évitez de parler au monsieur de l'existence de votre enfant. Les hommes sont si égoïstes que cela pourrait refréner ses aspirations à votre égard... Pour lui, vous devez être une belle Allemande tout à fait libre dont l'unique famille est constituée par une vieille parente française habitant dans le Centre et à laquelle elle va rendre visite chaque week-end parce que c'est une cousine à héritage. Vous comprenez? La cousine c'est moi... Enchaînons : quand je vous saurai enfin parée sur le plan officiel, alors je commencerai à vous remettre la marchandise. Vous la livrerez ensuite aux revendeurs que je vous indiquerai. Mais il faudra apprendre par cœur leurs adresses et éventuellement leurs numéros de téléphone! Pas de bout de papier ni de calepin compromettant sur lesquels on inscrit tout cela! Rien dans le sac et tout dans la tête! Il faut s'entourer de discrétion : c'est essentiel dans ce genre d'activité. Ça ne vous plaît pas? N'est-ce pas excitant pour une jeune femme de mener ainsi une double existence?

– Je ne sais pas. Rien d'autre ne compte pour moi que mon fils.

– Mais c'est justement pour lui que vous allez faire tout cela...

– En supposant que votre fameuse cousine déniche pour moi l'oiseau rare, ce dont je doute. Mon expérience du « métier » m'a prouvé que la seule chose que les hommes recherchent vraiment dans une femme est de faire l'amour avec elle! Ensuite, quand ils ont obtenu satisfaction, ils la laissent tomber.

– Rien de plus normal s'ils savent qu'ils ont affaire à une professionnelle. Mais ma cousine, elle, ne met en rapport que des hommes du monde avec des femmes du monde ou, à la rigueur, du demi-monde. Vous serez cette femme-là! D'ailleurs, cette étiquette vous convient beaucoup mieux. Disons que vous n'avez été – cela dans le louable souci d'élever correctement votre enfant – qu'une professionnelle d'occasion! Maintenant, tout ça, c'est bien fini.

– Que devrai-je répondre au monsieur, le jour où l'on nous présentera, s'il me demande quelle est ma profession?

– Ne vous inquiétez pas : Berthe Vilna vous en trouvera une! C'est une fine mouche. Avez-vous une autre question à me poser?

– Je ne vois pas.

– Nous avons à peu près fait le tour du problème. Réfléchissez encore une semaine ou deux avant de prendre la décision mais, en mon âme et conscience, je ne vois pas de meilleure solution pour vous sortir du pétrin où vous êtes. Sachez aussi que, quoi qu'il arrive et même si au début, pendant ce que j'appellerais la « période d'incubation » face au monsieur, quelques petits problèmes financiers vous empêchaient de régler la pension de Jacques, ce ne serait pas grave. Je vous ferai crédit jusqu'au moment où votre activité secondaire commencera à s'exercer. A partir de cet instant, comme vous gagnerez pas mal d'argent, vous me rembourserez les semaines de pension que vous n'auriez pas pu payer. Je tiendrai le décompte... Ce cher petit Jacques! Nous n'allons tout de même pas le laisser dans le dénuement, n'est-ce pas?

Quinze jours plus tard, Hilda repartait pour Paris en emportant pour tout viatique les baisers de Jacques. Le lendemain, à seize heures, elle se trouvait en présence de Berthe Vilna.

Une impression de confort se dégageait de la personnalité de la marieuse – sensiblement plus âgée que sa cousine Rotto – aussi bien que de l'ameublement de son appartement : tout était douillet en elle et chez elle. Les yeux, pas très grands, pétillaient de malice. La bouche restait imprégnée d'un sourire apparemment complice de tout, le visage ovale était auréolé par une chevelure dont la blancheur répandait une certaine douceur sur la physionomie. La voix enfin se révéla tellement discrète qu'on aurait pu la croire créée pour les confidences :

– Chère mademoiselle, ma cousine Rotto n'a nullement exagéré dans tout ce qu'elle m'a dit d'élogieux sur votre compte, d'abord au téléphone puis dans sa lettre.

– Elle vous a même écrit?

– Un geste très rare de sa part, je vous assure. Elle n'écrit pratiquement jamais. Si elle l'a fait, c'est signe qu'elle a pour vous non seulement de l'estime mais une réelle affection. C'est assez exceptionnel chez elle : la connaissant bien, je vous garantis qu'elle n'est pas précisément ce qu'on peut appeler une tendre.

– J'ai cru comprendre qu'elle serait plutôt une femme d'affaires.

– Voilà une définition qui lui convient admirablement! Le seul reproche que je pourrais lui adresser est d'avoir été au-dessous de la vérité. Elle m'a dit et écrit que vous étiez ravissante. Le mot n'est pas exact. Vous êtes belle. Les yeux, le visage, le cou, les attaches des poignets, les mains, les chevilles, les jambes, le buste, la taille, l'allure, tout est parfait en vous. A mon avis, vous êtes destinée à connaître une réussite exceptionnelle!

Pendant l'énumération, Hilda s'était sentie détaillée de la tête aux pieds, comme une marchandise qu'on jauge afin de la proposer au plus offrant.

– Je sais aussi, continua la marieuse, que, tout en n'ayant aucune attache familiale ou autre – à cette seconde, Hilda fut reconnaissante à Mme Rotto de n'avoir touché mot à sa cousine de l'existence de Jacques –, vous êtes farouchement décidée à rester sage. C'est votre droit le plus absolu et cela vous grandit encore dans mon esprit... Ma tâche consiste donc à trouver un partenaire qui soit digne de vous et qui comprenne ces choses. Ce n'est pas courant mais ça existe... Depuis que j'ai reçu la lettre d'Eugénie et dans l'attente de votre visite, j'ai eu tout loisir de consulter mes fiches. Je pense avoir trouvé.

– Vous avez des fiches? demanda Hilda, inquiète.

– C'est indispensable sinon je m'y perdrais avec la multiplicité et la variété de la clientèle! Ces fiches précisent les coordonnées et les désirs de chaque postulant ou postulante. Elles sont généralement accompagnées de photographies qui, je peux l'avouer à vous qui êtes très belle, sont immanquablement plus attirantes que les modèles! Mais n'est-ce pas un peu normal? Ne doit-on pas appâter si l'on veut que le poisson morde?

– Je vais être obligée de vous laisser une photographie? dit Hilda, de plus en plus méfiante. Je n'en ai pas!

– Pour vous ce ne sera pas nécessaire puisqu'il n'est pas question que je vous galvaude. Ici, c'est un peu comme chez le bijoutier: quand on tient une pierre rarissime, on ne l'expose pas en vitrine! Ce serait d'autant plus maladroit que je suis à peu près certaine d'avoir l'homme qu'il vous faut.

– Quel âge?

– L'âge de rêve : trente-trois ans. Et avec ça bel homme : plus grand que vous – vous ne pouvez pas, avec votre taille, vous exhiber auprès d'un nabot! –, un sourire plein de charme qui laisse voir de fort belles dents – à mon avis, c'est capital! –, des yeux et des cheveux d'un très beau noir – à vous deux vous présenterez un contraste saisissant! –, une réelle élégance naturelle et de la distinction – exactement ce qui vous convient! Enfin, ce qui ne gâte rien, il est aussi libre que vous et a une belle situation.

– Que fait-il exactement?

– Je ne sais pas au juste mais l'un de ses amis, qui me l'a amené un jour ici et qui est l'un de mes clients, m'a dit confidentiellement qu'il était très riche... Et, comme cet ami n'est nullement sur la paille, j'ai tout de suite compris ce que cela voulait dire!

– Ce monsieur que vous prétendez pouvoir me convenir est également l'un de vos clients?

– Vous ne voudriez pas que je vous présente à un cheval de retour! N'oubliez pas non plus que vous m'êtes spécialement recommandée par ma cousine, ce qui modifie tout... Je n'ai vu ce monsieur qu'une fois, le jour où il a accompagné son ami ici, il y a environ trois mois. Je me souviens même de notre conversation d'alors qui fut assez étonnante... « *Je vous amène mon ami X...* » Vous ne m'en voudrez pas, chère mademoiselle, de ne pas vous dire le nom : je l'ignore moi-même, vous saurez tout à l'heure pourquoi... « *Mon ami X... est un type épatant qui a du vague à l'âme. Après quelques bonnes aventures, il estime avoir maintenant l'âge de se marier et il ne trouve pas!* » Je ne pus m'empêcher de répondre parce que je le pensais réellement : « *Un monsieur aussi bien? Cela m'étonnerait! Si votre ami n'a pas encore trouvé, c'est qu'il n'a pas voulu vraiment chercher. Je ne vois pas d'autre explication.* » « *Toujours charmante cette Berthe* », répondit notre ami commun, « *mais sachez qu'il en est pourtant ainsi : il n'en peut plus des femmes dites du monde, il ne veut pas convoler avec une putain, il déteste le style mannequin, il exècre le genre bourgeois, il se méfie des actrices de cinéma et il n'a jamais aimé les midinettes... Vous voyez qu'il ne lui reste pas grand-chose!* » « *Et que diriez-vous, cher monsieur, d'une étrangère?* » J'avais lancé cette question tout à fait au hasard. C'est le candidat qui, parlant pour la première fois, répondit lui-même : « *Ça ne me déplairait pas à condition qu'elle soit très belle, grande, de type nordique, avec des cheveux blonds et des yeux bleus.* » « *Auriez-vous une préférence pour un pays : Suède, Norvège, Danemark, Allemagne, Pologne?* » « *Cela m'est égal mais, de toute façon, pas de Slave!* » « *Eliminons les Slaves, cher monsieur. Faut-il qu'elle parle français?* » « *C'est évident! Sinon comment pourrions-nous nous comprendre? D'autant plus que je veux une épouse qui ait quelque chose à dire. Je sais bien que je parle un peu l'anglais mais ça ne va pas loin!* » « *Comme tous les Français, cher monsieur! Et l'accent? Redoutez-vous un accent?* » « *Pas du tout! Au contraire, ça pourrait même ajouter du piment à nos entretiens.* » Après quelques secondes de réflexion, je déclarai : « *Eh bien, cher monsieur, je vois exactement ce qu'il vous faut et je vais me mettre en campagne.* » « *Cela demandera combien de temps, chère madame?* » « *En toute franchise, je suis incapable de vous le dire : cela peut aller très vite comme ça peut être long. Vous pensez bien que, pour un homme de votre qualité qui êtes en plus l'ami de l'un de mes bons clients, je veux du premier choix... Il vous faut une très belle étrangère qui soit aussi spectaculaire que digne de vous. Si vous voulez bien me laisser votre adresse ou un numéro de téléphone, je vous préviendrai dès que j'aurai quelqu'un en vue.* » Savez-vous ce qu'il m'a répondu et qui, au fond, m'a prouvé qu'il devait être un monsieur sérieux : « *Il n'est pas question pour le moment de vous laisser mes coordonnées ni mon nom. Si vous avez une communication à me faire, vous vous adresserez à mon ami. Il saura où me joindre. Au revoir, madame.* » Depuis, je ne l'ai jamais revu pour la bonne raison que je n'ai rien trouvé qui aurait été susceptible de lui convenir. Une longue pratique de mon métier m'a prouvé que je me trompe rarement sur les véritables goûts de ceux ou de celles qui veulent bien venir me consulter. Voilà, chère mademoiselle, comment j'ai connu ce monsieur ! Vous voyez que je suis franche avec vous : je vous dis tout... Ensuite, malgré deux visites de son ami venu s'informer de l'état des choses, j'allais classer définitivement cette affaire lorsque, patatras ! je reçois le coup de fil et la lettre de ma cousine à votre sujet ! Avouez que cela tient du miracle ! J'estime que ce monsieur est exactement celui qui vous convient et que vous êtes la compagne qu'il lui faut.

– Mais Mme Rotto vous l'a certainement expliqué : je ne veux pas coucher avec ce monsieur et j'accepterais encore moins de l'épouser ! Tout ce que je pourrais admettre serait de sortir avec lui, s'il aime se faire remarquer avec une jolie femme.

– ... qu'on croira être sa maîtresse ?

– Si cela peut lui faire plaisir, ça ne me gêne pas.

– Ça doit pouvoir s'arranger avec le temps. Mais, si vous ne vous sentez pas trop de répulsion pour lui et si vous pensez qu'une certaine harmonie de convenance peut s'établir entre vous, il faudra éviter que dès le début il ait l'impression d'une hostilité de votre part à tout contact physique, sinon il ne poursuivra pas l'expérience! Quand on est fine comme vous l'êtes, on est capable de biaiser. Bercez-le d'illusions! Laissez-le espérer. Il doit rêver sans cesse de vous, même quand vous n'êtes pas auprès de lui. Imaginez ce qui se passerait si une autre, moins prude et subodorant la réalité de vos rapports, se mêlait de vous remplacer! Vous perdriez tous les avantages d'une brillante situation qui vous permettra de mener à bien, dans le secret, vos autres occupations.

– Mme Rotto vous a donc mise au courant?

– Elle ne me cache rien. Nous sommes parentes... Depuis toujours je connais ses véritables activités ainsi que celles de son amant, ce Monsieur Raoul. Entre nous, c'est peut-être un chimiste de génie mais je l'apprécie beaucoup moins que ma cousine : pour moi c'est un rustre... Il fallait bien aussi qu'Eugénie m'affranchisse à votre sujet pour que je puisse trouver la bonne couverture dont vous allez avoir besoin. Avec ce monsieur je pense que nous l'avons : elle est épaisse.

– Supposons que lui et moi nous ne nous entendions pas trop mal... Comment devrai-je m'y prendre puisque, aux yeux de tous, je serai censée être sa maîtresse? La maîtresse d'un homme pareil, ça s'entretient... Il faudra donc que je lui demande de l'argent. Mais ça, je me connais, je ne pourrai pas!

– Toutes les jeunes filles ou femmes bien disent la même chose au début et puis, l'argent commençant à affluer entre leurs mains, elles finissent par trouver que c'est assez pratique... On s'habitue à tout, vous savez, même à la fortune! Cependant, dans votre cas précis et étant donné que vous allez gagner confortablement votre vie par d'autres moyens, il serait préférable, selon moi, que vous ne lui demandiez jamais d'argent liquide. Un homme auquel ce genre d'appel est fait se pose presque toujours la question de savoir s'il n'est vraiment aimé que pour lui-même. Il serait bon aussi que ce monsieur soit persuadé que vous avez des sources personnelles de revenus... Je ne sais pas, moi, mais, puisque vous êtes allemande, vous pouvez très bien recevoir régulièrement des subsides de votre famille. Qui ira vérifier? Certainement pas ce monsieur qui, comme tout homme bien élevé ou se croyant tel, sera enchanté que vous ne lui parliez pas de questions de gros sous : ça fausse tout. En revanche, n'ayez aucun scrupule à recevoir des cadeaux en nature. Courez même au-devant d'eux! Jamais les robes de prix, les fourrures, les bijoux et au besoin une belle voiture n'ont encombré une jolie femme! Ce sont des domaines où les hommes aiment assez se montrer brillants à l'égard de la dame de leurs pensées : n'est-ce pas la preuve, vis-à-vis de tous les jaloux qui les observent, qu'ils sont aussi fortunés que généreux? Si vous acceptez les cadeaux de ce monsieur, il vous en sera de plus en plus reconnaissant. Si vous les refusez, il ne vous le pardonnera jamais!

Perdue dans une sorte de ravissement, Hilda avait laissé parler la voix douce de la marieuse aux cheveux blancs. Il lui semblait que l'assemblage de ces mots : robes, fourrures, bijoux, voiture, constituait une symphonie qu'elle n'avait encore jamais entendue ni chez les Sturmm, ni dans le Berlin dévasté, ni dans la bouche de son unique amant : André... Le luxe, elle ne connaissait pas, mis à part quelques intermèdes tels que le manteau de renard argenté et le breitschwanz subtilisés à sa mère le temps d'une soirée, le temps d'un dîner avec le Français! Oui, cette vieille entremetteuse avait raison : elle se ferait offrir le plus de cadeaux possible par le monsieur! Ce seraient les seules choses dont elle profiterait pour elle-même. Le reste, tout le reste, c'est-à-dire les sommes fabuleuses qu'elle allait gagner avec le trafic de cannabis, serait réservé à l'éducation de Jacques. Quant au surplus, elle le mettrait soigneusement de côté, le placerait au besoin avec, pourquoi pas? les judicieux conseils d'une Mme Rotto ou d'une Berthe Vilna qui devaient s'y connaître pour faire fructifier l'argent! Ainsi assurerait-elle le capital futur de son fils qui, bien sûr, ne saurait jamais comment « sa mère » l'avait amassé.

Elle n'avait plus de questions à poser : tout était clair. Mme Rotto avait eu raison : sa cousine était une femme d'expérience. Les relations, tout amicales, avec le monsieur choisi ne pourraient être qu'excellentes.

– A quand les présentations? demanda Hilda.

– Il me faut d'abord joindre l'ami qui doit assurer la liaison. Je n'ai pas d'autre moyen de contacter votre futur soupirant. Par contre, vous, vous allez me donner votre numéro de téléphone. A quelle heure peut-on vous joindre de préférence?

– Je n'ai pas grand-chose à faire en ce moment, donc pratiquement tout le temps, à l'exception des samedis et dimanches où je m'absente.

– Vous n'allez pas me dire que vous avez un petit ami? Ça ne vous irait pas du tout!

– Je passe tous mes week-ends chez Mme Rotto.

– Sans doute pour préparer la campagne de vente?

– J'ai encore beaucoup à apprendre... Combien vous dois-je, madame, pour cette... consultation?

– Absolument rien! Vous n'aurez jamais à me payer. Pour moi, vous n'êtes pas une cliente mais une protégée de ma cousine. Si l'on ne se rendait pas service en famille... A bientôt, j'espère! Je vais essayer d'agir le plus vite possible. Nous sommes bien d'accord : je fais savoir au monsieur par notre intermédiaire que vous êtes allemande, jeune fille de très bonne famille, parlant admirablement l'anglais et le français... Continuez...

– ... venue en France pour se perfectionner dans votre belle langue mais qui s'ennuie beaucoup et qui rêve de trouver l'âme sœur...

– C'est parfait. Continuez...

– ... l'âme sœur qui serait celle d'un monsieur aisé, bien sous tous les rapports, non marié, veuf à la rigueur mais sans enfant, et n'ayant pas dépassé la quarantaine.

– C'est très bien de savoir ainsi exactement ce que l'on veut, ma chère Hilda... C'est ma cousine qui m'a indiqué votre prénom dans sa lettre, mais le nom? Il faut bien que vous ayez un nom pour ce monsieur.

– Hilda Sturmm.

Pourquoi ne pas donner cette fois son vrai nom puisqu'il ne s'agissait plus de se placer comme nurse ou comme interprète? Au contraire, n'étant pas obligée d'utiliser de faux papiers vis-à-vis de cet homme, cela lui faciliterait les choses : elle serait Hilda Sturmm, fille d'honorables Berlinois et, bien sûr, sans enfant à charge, Jacques restant le grand secret. La marieuse répéta :

– Hilda Sturmm, ça se retient bien : c'est facile à dire.

– Et le nom du monsieur, vous ne le savez vraiment pas?

– Non. D'ailleurs, dans le cas contraire, je ne pourrais rien dire puisque j'ignore encore s'il viendra. Il est fort possible, depuis trois mois, qu'il ait changé d'avis... Mais je serai renseigné le jour où je vous appellerai au téléphone pour vous confirmer que le rendez-vous est pris. Maintenant sauvez-vous... Ah! Un dernier point important : si tout se passe bien, le jour où je vous convoquerai, faites-vous très chic.

– Ne le suis-je donc pas?

– Ce n'est pas ce que je veux dire... Je vois bien que vous êtes une femme élégante mais n'oubliez pas que ce monsieur cherche une compagne – pardonnez-moi l'expression qui va vous paraître sans doute un peu vulgaire – qui « jette du jus ». Vous m'avez comprise?

– Très bien.

Huit jours plus tard, les « pourparlers s'étant bien passés » selon une autre expression de la marieuse, Hilda se retrouvait en sa présence. Elle avait appris au bout du fil que le monsieur en question se nommait Renaud Fortier. Et, pour « faire chic », elle s'était contentée de revêtir ce tailleur bleu marine choisi naguère pour les retrouvailles avec André. Depuis, elle ne l'avait jamais porté. Le rendez-vous d'alors avait été manqué... Peut-être serait-ce cette fois une réussite.

– « On » est arrivé, susurra de sa voix de confessionnal Berthe Vilna en désignant une porte fermée. « On » est dans la pièce à côté et « on » vous attend avec impatience...

– En êtes-vous sûre? J'espère au moins que l'« on » est seul?

– Evidemment!

– Je craignais que l'ami...

– L'amitié s'efface devant l'amour! Avant votre arrivée, j'ai eu le temps de répéter mot pour mot ce dont nous étions convenues toutes les deux, sauf, évidemment, que s'il avait l'intention de faire l'amour avec vous il lui faudrait attendre un certain temps... Il paraît enchanté à l'idée que vous êtes allemande, grande et blonde aux yeux bleus... Nous le faisons entrer?

– Les dés sont jetés...

Elle n'avait jamais assisté à une course de taureaux mais elle en avait vu au cinéma. C'est ainsi, pensa-t-elle, que la bête se présente quand on ouvre les portes du toril. La marieuse tenait la clef et son salon était l'arène. Il entra...

Grande fut la surprise de Hilda. Et aussi sa déception. Car, contrairement à ce qu'avait laissé entendre la marieuse, il n'était pas beau. Grand, brun, assez svelte mais pas beau du tout! A quelques détails près, le visage aurait presque pu paraître laid. Ce qui le sauvait était une expression d'intelligence qui parvenait à rendre sa laideur intéressante. De toute façon, et cela une femme l'éprouve immédiatement, la Berlinoise se sentait incapable de tomber amoureuse de cet homme comme elle l'avait été d'André dès qu'elle l'avait vu, un matin, dans une chambre du Fremden Hotel. Cela confirmait sa résolution de ne jamais avoir de contact physique avec ce monsieur. La seule chose gracieuse en lui était son prénom, le nom étant quelconque. S'il s'était appelé Renaud de Rematier, sans doute aurait-il paru plus attirant mais ce n'était pas sûr!

Cependant, outre l'intelligence, cet homme possédait, dans son apparence, une qualité : tout en regardant les choses essentielles de la vie avec une certaine prudence, il ne devait pas se prendre tellement au sérieux. Bien sûr, on était loin de la fantaisie d'André... Fantaisie d'André? se répéta mentalement Hilda. Muflerie plutôt! Et elle tendit aussitôt la main à ce soupirant si différent de l'autre.

– Hilda Sturmm.

– Renaud Fortier.

Si la conversation s'était arrêtée à cet instant, la question aurait été réglée : ils ne se seraient jamais revus. Inquiète, la marieuse les observait. « Mon Dieu, se disait-elle, pourvu que ça marche! Sinon la chère cousine Rotto ne me le pardonnera pas et ne m'enverra plus aucune femme! » Le silence lui parut interminable mais, brusquement, il fut rompu par deux éclats de rire simultanés. « Je suis sauvée, pensa Berthe Vilna, puisqu'ils rient. » En fait, l'entrevue venait de se transformer en réussite! Du moment qu'ils se rendaient compte, l'un et l'autre, du ridicule de la situation – cette présentation insensée chez une marieuse –, cela voulait dire qu'un sentiment essentiel venait de naître en eux : la joie de rire à deux. Tout le reste ne serait que du détail... Et la conversation entre eux reprit, rapide, gaie, enjouée, comme s'ils étaient seuls dans la pièce. La dame aux cheveux blancs ne comptait plus. A se demander même à quoi elle servait et pourquoi elle restait là.

– Vous êtes allemande?

– Berlinoise... Vous, parisien?

– Cent pour cent... Qu'est-ce que vous aimez?

– Tout ce qui est agréable.

– Gourmande?

– Follement!

– Paresseuse?

– Je n'en ai pas eu le temps mais je crois que j'aimerais assez l'être.

– Ambitieuse?

– Qui ne l'est pas?

– Rêveuse?

– En Allemagne, nous serions plutôt romantiques.

– Avez-vous été amoureuse?

– Je l'ai oublié.

– Alors, nous allons peut-être pouvoir nous entendre?

– C'est à voir.

– De toute façon, ce soir je vous emmène dîner.

– Où cela?

– Chez moi.

– Organisé à ce point?

– J'ai surtout un bon cuisinier : autant l'utiliser. Il va être ravi de savoir que j'ai une invitée : il se surpassera!

– Quand vous êtes seul, vous prenez vos repas chez vous?

– Le moins possible : je m'ennuie à table, seul.

– Moi aussi!

– Je sais que vous n'êtes pas mariée.

– Comme vous.

– Pourquoi se presser de se mettre la corde au cou puisqu'on a le temps?

– C'est bien mon avis.

– Nous partons?

C'était un charmant petit hôtel particulier de Neuilly. Il était gai et sa décoration, de bon goût, était réellement conçue pour les temps modernes sans être agressive. Entre cette demeure accueillante et la tristesse de l'appartement du parc Monceau, c'était le jour et la nuit. Ainsi pensa tout de suite Hilda. Comme la maison de Mme Rotto, celle-ci était entourée d'un jardin. Il était cependant moins vaste, les allées en étaient bien ratissées et des rosiers remplaçaient la plantation de cannabis. Sur la droite du jardin se trouvait le garage prévu pour deux voitures : une grosse cylindrée faite pour dévorer les kilomètres, et une petite pour circuler en ville. Au-dessus du garage, un appartement avait été aménagé pour loger un couple de serviteurs qui tenaient lieu également de gardiens en cas d'absence du maître de maison. L'homme, prénommé Arsène, était l'excellent cuisinier, chargé en outre de s'occuper des rosiers. Son épouse, Adrienne, était la femme de chambre; elle servait aussi à table quand Monsieur recevait : ce qui était rare. Il n'accueillait jamais de femmes – par prudence sans doute? – mais des amis hommes. C'est du moins ce qu'il venait d'expliquer à son invitée en lui faisant faire le tour du propriétaire. Elle en fut enchantée. Même si elle existait, on ne trouvait pas de mère abusive installée à domicile. Pas de concubine non plus, ni d'épouse puisque le propriétaire n'avait jamais été marié, pas de frères ou sœurs envahissants, pas de cousins ou cousines encombrants! L'homme, manifestement, n'avait rien à cacher en ce domaine. « Au fond, pensa-t-elle, il serait la proie idéale pour une aventurière... Malheureusement pour moi, je n'en suis pas une! Si j'ai volé un enfant, c'est parce qu'il m'en fallait absolument un. Ensuite, quand j'ai volé des touristes dans des jardins municipaux, c'était pour payer la pension de cet enfant. Bientôt je me lancerai dans le trafic des stupéfiants, mais ce sera encore pour mon fils. Non, sincèrement, je ne me sens pas du tout l'âme d'une aventurière! Ce genre de femme ne vit que pour elle! Evidemment, il y aura les cadeaux que risque de me faire cet homme et qui seront destinés à moi seule. Mais n'est-il pas normal qu'il accomplisse quelque chose pour moi puisque, de mon côté, je vais le faire bénéficier de ma présence? Ne vais-je pas le rendre heureux d'une certaine manière? Il donne l'impression de l'être... Il suffit de le regarder en ce moment : sa joie est grande à l'idée qu'il va dîner avec moi, face à face, et que nous serons servis par la femme de chambre qui m'observera, intriguée. »

Ils s'installèrent dans la bibliothèque afin de déguster un porto.

– Maintenant que je vous ai fait découvrir quelques bribes de mon existence quotidienne, dit-il, je peux vous avouer que jusqu'à présent je n'ai toujours vécu qu'en vieux garçon! C'est pourquoi je commence à trouver le temps un peu long. Je sais : il y a mon travail, les affaires, les sorties chez des amis, les virées avec de bons camarades, mais on ne peut pas faire tout le temps des affaires ni passer sa vie avec des amis! Ce serait le meilleur moyen de les perdre... Et vous? Je sais que vous êtes encore très jeune mais la solitude ne commence-t-elle pas quand même à vous peser?

– Si ce n'était pas le cas, je n'aurais jamais eu recours aux bons offices d'une Berthe Vilna et nous ne nous serions pas rencontrés.

– Quel dommage c'eût été pour moi!

Peut-être espérait-il, en retour, la même déclaration. Il n'en fut rien : elle resta silencieuse. Il enchaîna :

– Mais votre famille, qui est à Berlin, ne vous manque pas?

– Si vous voulez qu'on se revoie après ce dîner, ne me parlez plus de ma famille! Vous m'entendez : plus jamais! Je ne suis venue en France que pour rompre les ponts avec elle. Définitivement. Considérez qu'elle n'existe plus pour moi.

– J'ai compris. Si nous passions à table?

Le repas fut exquis. Le maître de maison n'avait nullement exagéré : son cuisinier-jardinier était un artiste.

Ils revinrent dans la bibliothèque où elle put constater que ce Renaud était beaucoup moins bavard qu'André. C'est elle qui dut poser des questions. Il y répondit calmement et sans jamais chercher à se mettre en valeur. En fin de soirée, elle acquit une certitude : malgré sa fortune, son confort et une certaine forme de réussite, cet homme était au fond un grand timide. Voilà pourquoi, probablement, il s'était adressé – en plus, par l'intermédiaire d'un ami – à une marieuse pour qu'elle lui trouvât une compagne. La timidité est une qualité qui plaît aux femmes.

Ils échangèrent leurs numéros de téléphone. Après quoi il lui offrit de la ramener chez elle. Elle refusa, demandant qu'il appelât un taxi. Se faire reconduire à son studio dès le premier soir eût été une erreur. Sur ce point, la marieuse ne lui avait donné aucun conseil, mais c'était inutile : Hilda avait été bien placée pour savoir qu'il ne faut jamais hâter les choses. Si elle avait agi de même avec André, il serait reparti pour la France sans qu'elle se soit donnée à lui. Elle n'aurait pas eu alors à se faire avorter dans d'aussi déplorables conditions, ni connu, par conséquent, l'envie irraisonnée de voler un enfant.

Dans le taxi qui la ramenait chez elle, elle revivait la soirée. L'homme avait certainement des qualités, beaucoup plus qu'André, mais elle ne pouvait se résoudre à envisager des rapports sexuels entre eux. Ce Renaud ne serait jamais pour elle qu'un ami capable d'une grande gentillesse, de prévenances inattendues et même d'un certain dévouement. Rien d'autre... Mais s'en contenterait-il? Berthe Vilna lui avait bien fait comprendre qu'il faudrait biaiser. Or, maintenant, l'idée lui déplaisait : se moque-t-on d'un honnête homme?... Car c'était exactement ce qu'il était, ce Renaud Fortier : un honnête homme! Malgré toutes les erreurs commises, le vieux fond de probité et de rigidité des Sturmm remontait en Hilda. Malheureusement, il lui fallait trouver de l'argent, de n'importe quelle façon, pour élever son enfant! Si elle ne suivait pas la double ligne de conduite tracée par Mme Rotto, celle-ci lui rendrait Jacques. Et où Hilda le cacherait-elle, alors qu'il était tellement bien là-bas, en province? En tout cas, ce n'est pas elle qui prendrait l'initiative de téléphoner à cet homme : elle ne voulait pas se reprocher plus tard, s'ils devenaient réellement des amis, d'avoir fait les premiers pas. Elle attendrait qu'il l'appelât, mais le ferait-il? Elle en était rien moins que certaine.

Il appela dès le lendemain. Et elle accepta de dîner à nouveau, cette fois chez Maxim's. De dîner en dîner, de sortie en sortie, ils devinrent amis au sens qu'elle avait souhaité. A son grand étonnement, pas une fois son compagnon n'essaya de franchir les limites de l'amitié. Il ne tentait même pas de monter dans son studio lorsqu'il venait la chercher ou quand il la ramenait tard dans la nuit. Dans le premier cas, il l'attendait dans sa voiture; dans le second, il la quittait sur le seuil de l'immeuble après lui avoir baisé la main avec un respect qui la fascinait. Les cadeaux dont avait parlé la marieuse se mirent à tomber sans qu'elle eût même à les demander. L'homme semblait tenir pour tout à fait normal, puisqu'elle s'affichait partout avec lui, qu'elle fût non seulement la plus jolie femme mais aussi la mieux habillée. Et, comme elle était très femme, elle n'avait « plus rien à se mettre » chaque fois qu'ils devaient se rendre à une nouvelle soirée. Il le comprenait si bien qu'il ne discutait jamais pour une facture.

Paris, qui est friand de nouveautés, ne parla bientôt

plus que de cette beauté germanique qui s'était installée dans l'existence jusque-là assez libre de Renaud Fortier. Hilda fut satisfaite de l'envie évidente qu'elle suscitait mais elle n'était pas sans s'interroger sur l'avenir de cette liaison toute platonique. Après quelques semaines, elle trouva deux explications à la réserve de Renaud, qui ne passait pas pour un inverti ou un impuissant : soit qu'il ne tînt pas, par souci de tranquillité, à ce que leur amitié grandissante se transformât en besoin physique, soit qu'il fût dévoré par une passion secrète que sa timidité naturelle l'empêchait d'avouer. Et il cachait ses véritables sentiments sous l'apparence du monsieur qui n'est pas pressé de faire l'amour... Si la première réponse était la vraie, tant mieux : ainsi les choses risqueraient de durer éternellement entre eux, ce qui serait merveilleux! Si c'était la seconde, Hilda avait de quoi se tourmenter : ne parvenant toujours pas à l'aimer, elle avait, en même temps, de moins en moins envie de lui faire de la peine.

Chaque semaine était marquée par la pause des samedi et dimanche, réservés à la visite, en province, chez « la vieille cousine, son unique parente française ». Elle se moquait éperdument, durant ces absences, de la façon dont Renaud pouvait utiliser ses week-ends, et elle ne lui posait jamais de question à ce sujet. Mais le fait certain est que le lundi soir, quand ils se retrouvaient ensemble pour dîner, elle se sentait heureuse.

Dans la Creuse, la présence de l'enfant était aussi une source de joie mais, hélas, quelque peu empoisonnée par les questions qu'Eugénie Rotto ne cessait de poser :

– Alors, ma petite Hilda, où en sommes-nous depuis

que ma cousine m'a informée que tout s'était admirablement passé le jour des présentations?... D'abord est-il gentil?

– Très bien élevé.

– C'est déjà un excellent point pour lui. Bel homme avec cela?

– Distingué.

– C'est mieux que la beauté et, surtout, ça dure plus longtemps! Il faut vous acharner pour que votre situation officielle se stabilise de plus en plus. Ensuite nous agirons.

Au fur et à mesure que les semaines passaient, c'était cela surtout que Hilda redoutait : le moment où il faudrait agir, c'est-à-dire emporter les plaquettes à Paris et les répartir entre les destinataires indiqués par cette gare régulatrice qu'était la maison anodine de Vobrebos!

De semaine en semaine, Mme Rotto se faisait plus pressante :

– Je constate que l'on vous a gâtée : ce manteau de castor est superbe! Je crois que nous allons bientôt pouvoir commencer... N'est-ce pas votre avis?

Hilda essayait de reculer le plus possible l'échéance. Quelque chose, qu'elle était incapable d'analyser, lui faisait pressentir que, le jour où pour elle, simple rouage, la machine à distribuer du cannabis se mettrait à fonctionner, elle ne s'arrêterait plus! Ce jour marquerait aussi la fin de l'amitié avec Renaud. Or, de cette amitié elle aurait du mal à se passer : c'était son antidrogue.

Un dimanche après-midi, Mme Rotto demanda :

– Qu'est-ce que vous avez? J'ai l'impression que ce magnifique enthousiasme dont vous aviez fait preuve quand je vous ai envoyée chez la chère Berthe n'est plus le même? Déçue?

– Par qui?

– Par le monsieur qui vous a été présenté. Pourtant, jusque-là, chaque fois que vous nous êtes revenue, vous m'avez fait son éloge. Il correspondait exactement, me disiez-vous, au genre de protecteur qu'il vous fallait.

– C'est justement parce qu'il est aussi bien que j'ai des scrupules à lui jouer la comédie.

– Quelle comédie puisque vous ne couchez pas ensemble?

– La comédie de l'amitié... C'est encore plus grave que l'autre, la comédie sexuelle, surtout quand on a affaire à un homme qui vous fait entière confiance... Comprenez-moi, madame Rotto... Je sais que vous êtes une femme sensible : vous me l'avez prouvé en vous occupant admirablement de mon fils. Si vous étiez à ma place, aimeriez-vous mêler un homme qui ne vous a fait aucun mal, qui ne demande même qu'à se montrer plus que gentil à votre égard, à une sordide affaire de trafic?

– D'abord, aucun commerce n'est sordide puisqu'il est régi par la loi de l'offre et de la demande. Ensuite, pourquoi voudriez-vous que ce monsieur soit mêlé à vos affaires? Il faut au contraire qu'il les ignore! C'est de cette façon, sans même qu'il puisse s'en douter, qu'il vous protégera. Comment voulez-vous qu'on puisse soupçonner sa maîtresse?...

– Je préférerais que vous disiez sa pseudo-maîtresse parce que je ne suis pas sa maîtresse et je ne le serai jamais!

– Ne vous fâchez pas. Puisque cela vous fait plaisir, disons que la « pseudo-maîtresse » d'un homme pareil ne peut pas appartenir à une organisation telle que la nôtre! Pour tout le monde, et surtout pour la police, c'est impensable!

– Sauf si celle-ci se mêle brusquement de s'occuper de vous! Qu'est-ce qui se passera?

– Il ne s'est jamais rien passé depuis des années; il n'y a donc aucune raison pour que ça commence... A moins que vous ne nous dénonciez? Ce qui m'étonnerait de votre part : je vous tiens pour une jeune femme réfléchie et digne de confiance... Ce ne serait pas non plus votre intérêt. Si vous commettiez une telle vilenie, vous nous mettriez dans l'obligation, Monsieur Raoul et moi, de lâcher le morceau à votre sujet.

– Quel morceau?

– Mon Dieu, chère Hilda, il y a une question que nous nous sommes souvent posée depuis le premier jour où vous êtes venue nous trouver et à laquelle, malgré toute la confiance que nous avons en vous, nous n'avons pas encore trouvé de réponse... Cet adorable petit Jacques est-il réellement votre fils?

Pendant quelques secondes, Hilda la regarda, interloquée, et elle dut faire un gros effort pour demander à son tour :

– Qu'est-ce qui vous fait parler ainsi?

– Je m'empresse de vous le dire : rien de précis... Plutôt des petits riens... Par exemple, quand vous prenez cet enfant dans vos bras, vous le serrez contre vous avec une telle frénésie qu'on croirait que vous avez peur qu'il ne vous soit retiré.

– Je l'embrasse comme toute mère qui aime son enfant!

– Vous risquez de l'étouffer... Et pourquoi votre compatriote Irma nous a-t-elle fait savoir que vous aviez une petite fille alors que vous nous êtes arrivée avec un garçon?

– Parce que cette fille, qui n'a jamais vu mon enfant, dit n'importe quoi!

– Cette fille! Il ne faut pas appeler comme ça votre

amie Irma... Elle est très gentille, Irma, elle a cherché à vous rendre service et enfin... vous faisiez le même métier, non?... Autre chose dont vous ne vous êtes certainement pas rendu compte : lorsque vous faites des câlins à cet enfant et que vous lui dites des petits mots d'amour, il vous arrive de l'appeler Daniel.

– Ce n'est pas possible!

– C'est vrai. Alors mettez-vous à la place de Monsieur Raoul et de moi : nous en venons à nous demander quel est le véritable prénom de cet enfant : Jacques ou Daniel?

Affolée, la fausse mère balbutia :

– Je peux très bien avoir envie parfois, dans mes crises de passion maternelle, d'appeler mon fils autrement!

– C'est tout ce qu'il y a de plus naturel. Ne donne-t-on pas plusieurs prénoms à un enfant, ne serait-ce que pour faire plaisir au parrain ou à la marraine?... Troisième chose : cet enfant n'a ni papiers ni nom de famille. Vous-même m'avez dit, avant de nous le confier, que vous n'aviez pas encore pu le reconnaître... Il y a déjà plus d'un an de cela. Mais peut-être l'avez-vous fait depuis?

– Ça n'a pas encore été possible.

– Je ne vous reproche rien! Ça ne me regarde pas. C'est votre affaire... Seulement imaginez ce qui se passerait si, par exemple – heureusement ce n'est pas le cas! –, une épidémie quelconque se déclenchait dans le département. Je serais tenue de faire vacciner l'enfant et donc de le déclarer. Sous quel nom l'inscrirais-je? Le vôtre? Sturmm? A-t-il le droit de le porter? Et, même si nous parvenions à l'abriter provisoirement sous cette appellation, vous voyez les complications que cela pourrait créer plus tard quand il faudrait lui redonner son vrai nom de famille, s'il en a un?

– Jacques n'a qu'un nom : c'est Sturmm, et il restera Sturmm parce qu'il est mon fils et parce que je le veux!

– Je n'insiste pas. Mais admettez, comme vous sembliez l'envisager tout à l'heure, que notre activité nous crée quelques ennuis et qu'on vienne ici faire une enquête. La première question qu'on ne manquerait pas de me poser serait : « Qui est cet enfant? » Vous aimeriez que je réponde : « Le mien »?

Ce fut le silence. Les pensées de Hilda tournaient dans sa tête à une vitesse vertigineuse. Inscrire « son » Jacques sous le nom de cette femme monstrueuse? Non, impossible. Et cependant... Si un coup dur se présentait, c'était peut-être la seule façon de le sauver et d'éviter qu'il ne soit confié à l'Assistance publique, ce qui serait pire que tout et marquerait l'écroulement définitif du grand rêve de maternité qu'elle vivait déjà depuis plus d'un an... Une autre solution se présentait : elle pouvait emporter immédiatement l'enfant pour l'arracher au couple maudit et à son odieux chantage. Car elle voyait très bien où ils voulaient en venir : si elle se pliait à toutes leurs exigences pour faciliter leur trafic, ils continueraient à se taire et ne révéleraient rien sur la situation illégale de l'enfant. Sinon...

En fait, essayait de se persuader Hilda, cette mère Rotto bluffait. Elle ne pouvait pas savoir, ni personne au monde! Habituée à impressionner les filles de son hôtel de passe, elle avait lancé au hasard le ballon du doute sur la naissance de Jacques avec l'espoir d'une fructueuse retombée pour ses nouveaux projets de vente de cannabis. Mais Hilda ne serait pas dupe : le piège était trop gros. Simplement, il allait falloir se tenir sur ses gardes : c'était une question de vie heureuse ou d'horrible abandon pour l'enfant... Mais pourquoi diable l'avait-elle appelé Daniel en présence de cette femme? C'était de la démence! Une folie qui aurait pu lui coûter cher... D'autant plus qu'elle détestait ce prénom. Comment cela avait-il pu se produire? Peut-être un relent des premiers jours où elle n'était encore que la nurse de Daniel?... « Il vous faudra biaiser », avait dit Berthe Vilna à propos de Renaud Fortier. Biaiser. A l'égard de Renaud, l'idée en était déplaisante. Pas ici. Pas avec cette femme. C'était même le seul moyen de se sortir de ces nouvelles difficultés. Ah! ni la trafiquante, ni son maquereau, ni la marieuse ne pouvaient se douter de la force de caractère et de l'esprit de lutte d'une Prussienne! Ils allaient voir!

Très calme, elle répondit à la dernière question posée :

– Si quelque chose arrivait, vous n'auriez qu'à donner aux enquêteurs le nom de la femme qui a placé cet enfant en nourrice chez vous, c'est-à-dire le mien. Je saurai prendre toutes mes responsabilités.

– Je n'en attendais pas moins de vous, ma chérie. Une fois de plus, vous prouvez que vous êtes une fille courageuse... Bon, revenons à ce monsieur auquel vous ne voulez pas qu'il arrive des ennuis. Dites-moi : ne seriez-vous pas un peu amoureuse de lui, vous qui m'avez pourtant dit et redit que vous ne pouviez plus supporter les hommes?

– Je n'aime pas cet homme, je ne l'aimerai jamais, lui pas plus qu'aucun autre! J'ai seulement de l'estime pour lui. Le seul homme que j'adore et que j'adorerai toujours est mon fils... Ah! au fait, j'ai omis de vous dire que ce monsieur m'a récemment offert de m'emmener à Monte-Carlo pour le week-end. Naturellement, j'ai refusé. Ça m'était impossible, lui ai-je expliqué. Je ne pouvais priver de ma visite ma vieille cousine qui, toute la semaine, attendait cette joie.

– La vieille cousine, toujours moi! soupira Eugénie Rotto. J'aurais préféré qu'en parlant à ce monsieur vous n'ayez pas utilisé ce qualificatif de vieille... Sincèrement, vous trouvez que je fais tellement âgée?

– Vous, madame Rotto? Vous paraissez avoir vingt années de moins que votre cousine Berthe.

– Voilà qui me rassure... D'autant plus que, dans la réalité, la « vieille cousine » c'est ce chérubin que nous adorons toutes les deux!

– J'ai bien fait, n'est-ce pas, de répondre ainsi à ce monsieur?

– Evidemment puisque c'est l'amour maternel qui vous a guidée. C'est un amour qui ne se trompe jamais! Seulement, il faut penser que cette petite évasion permettrait peut-être d'affermir votre situation mondaine. Alors, nous pourrions trouver un arrangement... Vous allez rentrer ce soir à Paris et vous reverrez le monsieur demain. C'est bien cela?

– Oui.

– Pourquoi ne pas lui dire que vous avez réfléchi et qu'au lieu de rendre visite à votre vieille cousine à la fin de la semaine prochaine, vous retournerez la voir mercredi et jeudi, ce qui vous rendrait libre pour le week-end à Monte-Carlo? Il serait ravi!... Vous voyez que je suis gentille: je vous accorde encore une semaine de loisir pour que vous puissiez profiter de ce week-end ensoleillé... Connaissez-vous Monte-Carlo?

– Je n'y suis jamais allée, pas plus que sur la Côte d'Azur.

– Comment est-ce possible? Une aussi belle femme que vous? Mais c'est là une lacune qu'il faut combler immédiatement! Monte-Carlo... Vous verrez et, quand vous aurez vu, vous vous demanderez comment on peut vivre à Berlin et à Paris – je ne parle pas de la Creuse – lorsqu'un Monte-Carlo existe! Je ne vous retiens plus, mon enfant... Allez embrasser Jacques et partez vite!

L'indulgence de Mme Rotto la laissa songeuse et alimenta une partie de ses réflexions lors du voyage de retour à Paris. En fait, il ne fallait pas se leurrer : il ne s'agissait pas d'indulgence et encore moins de magnanimité. Si la trafiquante acceptait de patienter encore un peu avant de rendre Hilda opérationnelle, c'était pour laisser à celle-ci le temps de parachever la conquête amicale de Renaud Fortier. Peut-être même avait-elle derrière la tête une autre raison, pas du tout philanthropique...

Il n'empêche que cette escapade à Monte-Carlo ne déplaisait pas à la jeune Allemande. Renaud la lui avait déjà proposée par deux fois. Si, jusque-là, elle avait refusé, c'était, bien sûr, à cause des visites régulières à son fils, devenues pour elle un rite, mais aussi parce que, toujours méfiante depuis qu'elle avait été échaudée, elle redoutait que Renaud, malgré sa loyauté, ne profitât d'un pareil week-end, au cours duquel ils cohabiteraient pour la première fois, pour tenter d'infléchir sa résistance physique. Depuis quelque temps, cependant, elle avait un peu changé, ayant tendance à faire entière confiance à celui qu'elle considérait maintenant comme son meilleur ami. Ce petit voyage, se disait-elle, pourrait resserrer les liens entre eux. Elle décida donc d'annoncer, dès le lendemain, à Renaud Fortier son acceptation.

Sa pensée revint alors à Vobrebos et au problème de la garde de l'enfant. La menace déguisée d'Eugénie Rotto continuait à l'inquiéter. N'était-ce pas folie de laisser Jacques dans cette maison où tout pouvait arriver du fait de l'étrange mentalité de ses habitants, assurément pas aussi tranquilles qu'ils l'affirmaient? Car, Hilda l'avait constaté, c'est armé jusqu'aux dents – fusil de chasse en bandoulière et revolver à la ceinture – que Monsieur Raoul faisait chaque soir, à la tombée de la nuit, sa ronde de surveillance en compagnie des deux molosses Balthazar et Hannibal. Portes et volets de la maison étaient dotés de barres de fer. Dans le tiroir du petit secrétaire qui se trouvait dans le salon, elle avait vu, un jour, un revolver. Bref, une vraie forteresse. C'était donc de l'aberration de ne pas arracher l'enfant à ces gens-là. Mais la même question, celle qu'elle s'était posée cent fois avant de trouver la solution Rotto, revenait lancinante : où le cacher?

Renaud se montra enchanté d'apprendre que son offre était acceptée et il fut décidé qu'ils prendraient l'avion pour Nice vendredi en début d'après-midi. Ils arriveraient quelques heures plus tard à Monte-Carlo, à l'Hôtel de Paris où il avait fait réserver un appartement. Ils prolongeraient le week-end jusqu'au mercredi matin. Ce serait l'euphorie.

Le mercredi précédant le départ, Hilda reprit le train pour La Souterraine et Vobrebos. La maîtresse de maison l'y accueillit avec un large sourire :

– Vous voyez que mon idée était excellente! Vous allez faire un homme heureux.

– Espérons que tout ira bien.

– Tout se passera à merveille! Allez jouer avec votre fils qui est dans sa chambre ou profitez de ce qu'il fait encore jour pour le faire courir un peu dans le jardin. Ce soir après dîner, quand Monsieur Raoul sera monté se coucher – vous savez que c'est un couche-tôt! –, nous parlerons toutes les deux ici, dans ce salon : j'ai à vous dire des choses qui, je crois, vont vous passionner.

Hilda fut moins passionnée qu'affolée par cette conversation.

– Après avoir beaucoup réfléchi pendant ces dernières quarante-huit heures, dit Eugénie Rotto, Monsieur Raoul et moi sommes arrivés à une double conclusion : il est grand temps maintenant que vous commenciez votre travail et gagniez enfin cet argent dont vous avez tant besoin; ensuite nous avons décidé de vous mettre à l'essai non pas à Paris, mais sur la Côte d'Azur... Puisque vous partez vendredi pour Monte-Carlo, c'est l'occasion inespérée! Rien de plus facile, pour vous qui serez l'invitée d'un monsieur au-dessus de tout soupçon, que de transporter dans vos bagages un peu de cannabis... Je dis un peu parce qu'il est plus sage de ne confier à une débutante que quelques plaquettes. En réalité, elles sont destinées à amorcer un autre réseau que nous avons l'intention de créer entre Menton et Saint-Raphaël. On vous y attend : hier nous avons fait prévenir ceux qui vont être nos correspondants là-bas que les premières livraisons allaient leur parvenir et qu'ils devaient se tenir prêts à recevoir incessamment des nouvelles de notre envoyé spécial. Nous avons fait très attention de ne pas indiquer qu'il s'agissait d'une femme : par prudence d'une part et, d'autre part, pour que vous profitiez le plus possible de votre séjour enchanteur en compagnie de votre admirateur. Voici comment les choses se passeront : étant devenue très élégante grâce aux largesses de votre ami, vous devez avoir pas mal de bagages, de très beaux bagages même ?

– J'avais déjà des valises très correctes quand je suis arrivée d'Allemagne.

– Comprenez-moi : il ne s'agit pas d'avoir des valises « correctes » comme vous dites mais des bagages somptueux que l'on remarque. Il faut que les autres voyageurs, les employés d'hôtel, d'aéroport et surtout les douaniers se disent : « Fichtre ! Voilà une jolie femme somptueusement entretenue... Manteau de fourrure, bagages chers... » Cette première impression engendre la confiance : une femme pareille n'a nul besoin de faire le moindre trafic puisqu'elle a déjà tout ce qu'il lui faut ! Si vos valises sont du genre de celles que vous avez l'habitude de prendre quand vous venez nous voir ici, alors n'hésitez pas ! Dès demain matin, précipitez-vous chez Vuitton, Lancel ou n'importe quel maroquinier de luxe pour acheter ce qui fait de l'effet. Vous laisserez payer la facture par votre commanditaire puisqu'il a, paraît-il, la bonne habitude de le faire.

– Qui vous l'a dit ?

– Ma cousine. Elle sait tout et elle a pour principe de continuer à s'intéresser discrètement à ceux qu'elle a mis en présence, ne serait-ce que pour savoir s'ils sont heureux... Pour justifier cette dépense supplémentaire, vous n'aurez qu'à dire à votre monsieur : « Cher ami, voyageant avec un homme de votre classe, je veux lui faire honneur. Je ne peux pas arriver à l'Hôtel de Paris – qui est, m'a-t-on dit, l'un des plus élégants du monde – avec des valises minables ! » Il comprendra très bien... Au fond de l'une de ces belles valises, enfouies sous vos ravissantes combinaisons en satin, vos exquises petites culottes et vos soutiens-gorge légers, se trouveront les plaquettes. Nous vous les confierons demain et vous les aurez rapportées au préalable chez vous, à Paris, dans la valise anodine que vous avez ici et que vous prendrez bien soin de ne pas perdre de vue pendant le trajet entre La Souterraine et la capitale!

– Ce sera lourd?

– Le tout pèsera à peine deux kilos. Cette fois, vous n'aurez d'ailleurs que deux livraisons à faire, réparties à égalité. Il ne faut jamais créer de jalousie entre les revendeurs, toujours enclins à se faire de la concurrence... Demain, au moment de votre départ, vous apprendrez par cœur deux numéros de téléphone. Vous pourrez les appeler, une fois arrivée à Monte-Carlo, à n'importe quelle heure du jour ou de la nuit, dès que vous parviendrez à vous libérer pour quelques minutes de la présence de votre protecteur. Vous n'aurez qu'à dire à l'appareil : « J'ai fait bon voyage. » C'est le code prévu. Il signifiera que vous êtes bien arrivée à destination avec la marchandise. A l'autre bout du fil, une voix d'homme vous répondra : « Tant mieux! » C'est la suite du code de reconnaissance. Après un court temps d'intervalle, la même voix reprendra : « Je vous attends à... » puis elle indiquera une heure précise qui suivra de cent vingt minutes votre appel pour vous permettre de vous organiser. Si l'heure indiquée vous convient, vous ne répondrez rien; si vous aviez par hasard un empêchement, vous énoncerez sans aucune phrase d'explication une autre heure. On vous indiquera alors le nom d'un établissement ou d'un lieu, par exemple café de Paris, bar de l'Hermitage, bar du Casino. De toute façon, ce sera toujours un endroit proche de votre hôtel afin que votre déplacement n'excède pas un quart d'heure. Il ne vous restera qu'à expliquer au monsieur que vous avez une petite course à faire. Quelle est la femme qui n'a pas quelques emplettes en vue quand elle est à Monte-Carlo ? Vous vous rendrez à l'endroit fixé en emportant cinquante pour cent des plaquettes dans votre sac. Il vous faudra un grand sac !

– J'en ai un en crocodile offert par le monsieur.

– Il a bien fait : pour ce genre de transfert le crocodile est tout indiqué. C'est solide et ça fait riche... Faites très attention d'espacer vos appels téléphoniques pour que les deux rendez-vous ne vous soient pas fixés à la même heure, ou à la suite l'un de l'autre. Vous auriez un peu de difficulté à emporter la totalité des plaquettes dans votre sac, aussi grand soit-il, et il est toujours préférable de diviser pour régner ! Au besoin même, puisque vous allez rester là-bas quatre bons jours et, j'espère, cinq excellentes nuits, n'hésitez pas à laisser passer vingt-quatre heures entre chaque appel.

– Mais ces revendeurs, comment les reconnaîtrai-je dans le lieu où ils m'attendront ?

– Ils ne se ressembleront sûrement pas, je ne les connais pas personnellement et je n'ai nulle envie de les connaître en fonction de la règle primordiale du cloisonnement qui, je crois vous l'avoir dit, est indispensable dans notre organisation. Seulement je sais qu'ils existent et qu'ils vous attendent puisqu'on nous l'a confirmé hier par téléphone. Vous ne pourrez pas ne pas les reconnaître : chacun d'eux sera plongé dans la lecture attentive d'un ouvrage de Jules Verne.

– Qui est-ce ?

– Vous ne connaissez pas Jules Verne ? Ah ! j'oubliais : vous êtes allemande... Tenez : voici un exemplaire de ses *Aventures extraordinaires*. Vous le garderez précieusement pour votre fils. Il le lira quand il sera un peu plus grand : ça le passionnera ! Tous les livres de la collection ayant la même reliure, vous ne pourrez pas ne pas remarquer les exemplaires qui seront entre les mains des deux hommes qui vous auront donné rendez-vous. Enfin, ce n'est pas tellement fréquent un adulte qui lit du Jules Verne, particulièrement à Monte-Carlo où les gens ont une foule d'autres distractions!

– Mais ces hommes ne me connaissent pas!

– Soyez tout à fait rassurée sur ce point : vous n'êtes pas une jeune femme qui passe inaperçue et votre signalement a été transmis par nos soins.

– Mon signalement? Mais c'est effrayant pour moi!

– Rien n'est effrayant quand on fait bien son travail. Ce qui va être votre cas... Autre chose : une fois vos livraisons faites et encaissé le montant dû, que nous vous préciserons également demain, vous me passerez de là-bas un petit coup de fil où vous direz simplement, même s'il pleut à verse : « Le temps est superbe. » Cela voudra dire que les affaires sont au beau fixe. Je ne pense pas qu'il puisse y avoir un incident – les correspondants qui vous attendent sur place sont des hommes très sûrs – mais enfin il faut tout prévoir... Si c'était le cas, dites-moi au téléphone : « Le temps s'est gâté. » Et n'ajoutez aucun détail! Quand vous serez de retour à Paris avec le monsieur, vous m'appellerez à nouveau pour me donner quelques précisions mais, là encore, vous devrez vous montrer excessivement prudente. Les grandes explications seront pour le samedi suivant, lorsque vous reviendrez ici voir Jacques. Ce jour-là d'ailleurs, comme vous aurez certainement réussi votre galop d'essai, je vous donnerai à emporter une quantité sensiblement plus importante de marchandise. Celle-là, vous la livrerez aux revendeurs parisiens dont je vous ai déjà parlé et dont je vous indiquerai les numéros de téléphone. Pour le reste, ça se passera avec eux exactement comme à Monte-Carlo, avec petits codes à l'appui... Je crois que nous nous sommes tout dit. Maintenant allons nous coucher. Je vous souhaite de faire de beaux rêves à côté de votre petit ange.

– J'en fais toujours quand il est dans mon lit.

– Cette nuit, votre rêve sera merveilleux. Vous vous verrez revenant dans quelques mois à Monte-Carlo, au même hôtel, non plus en compagnie de ce monsieur qui vous indiffère mais avec Jacques. Vous irez lui faire prendre ses premiers bains de mer sous un soleil éclatant qui vous brunira tous les deux. Il n'y a rien de plus joli que des blonds ou des blondes qui brunissent bien. Le Tout-Monte-Carlo enviera cette splendide maman et ce magnifique enfant... Bonsoir. A demain.

Dans ce lieu de rêve qu'est Monte-Carlo, où ils étaient arrivés le vendredi soir, jamais Hilda n'avait connu d'heures plus délicieuses. Renaud se montrait le plus charmant des compagnons, se préoccupant sans cesse de ce qui pouvait lui plaire, la couvrant d'attentions, pensant toujours à elle avant de penser à lui. En plus, étant fort cultivé, il lui apprenait mille et une choses et, comme il ne manquait pas d'esprit, il savait aussi la faire rire. Il y avait bien longtemps qu'elle n'avait pas ri de si bon cœur! A tel point que, plus les heures passaient ainsi, plus elle se demandait s'il pouvait exister un autre homme aussi agréable que ce Renaud Fortier; à tel point aussi qu'elle s'en voulait presque de ne pas parvenir à l'aimer. Quelle est donc cette barrière, se disait-elle, qui fait qu'une femme, tout en étant prête à partager l'existence d'un homme, se refuse obstinément à se donner à lui?

Se refuser? Ce n'était pas le terme exact puisque Renaud persistait à ne pas faire la moindre tentative d'approche dans ce sens. Elle savait pourtant qu'il avait connu beaucoup d'aventures avant elle et depuis peu on l'avait informée que, malgré leur rencontre « amoureuse », il continuait à entretenir régulièrement des relations intimes avec une autre femme, française celle-là, qu'il connaissait depuis longtemps. La révélation, faite à Hilda par un de leurs amis communs – il n'y a que « les amis » pour se livrer à de telles confidences! –, peut-être dans le but de la détacher de Renaud et de se l'approprier, ne lui avait causé aucune peine. Au contraire, elle avait éprouvé une sorte de sentiment de délivrance à la pensée que son soupirant officiel trouvait quelque consolation ailleurs. Elle se sentait moins coupable de ne pas s'abandonner à lui et se rassurait en pensant que Renaud Fortier faisait peut-être partie de ces hommes bien organisés pour lesquels il existe deux catégories de femmes : celles qu'ils exhibent parce qu'elles savent admirablement tenir leur rôle de maîtresses en titre et les autres, souvent moins éclatantes, qu'ils ne montrent à personne mais qui leur permettent d'assouvir leurs désirs. Une telle situation, si elle durait, avait de quoi la satisfaire. Après tout, cet homme bien élevé n'avait-il pas été choisi par l'association diabolique d'Eugénie Rotto et de Berthe Vilna pour servir uniquement de paravent à l'activité secrète de la jeune Allemande, désormais considérée par ces dames comme leur employée?

Pour le moment, l'employée en question ne se pressait guère d'agir. Il y avait la douceur de vivre sur la Côte, l'agréable impression d'être bien loin de l'existence dangereuse qu'elle avait menée depuis le vol de l'enfant et surtout la gentillesse exquise de

Renaud... Bref, un jour et demi après l'arrivée à Monte-Carlo et alors qu'ils en étaient déjà presque à la moitié de leur séjour, la porteuse de cannabis n'avait pas encore trouvé le temps de téléphoner aux deux numéros indiqués par Mme Rotto... L'avait-elle seulement cherché?

En effet, cette journée et demie de vie commune, en lui permettant d'apprécier davantage encore les qualités de Renaud, lui avait retiré toute envie de mettre à exécution le projet préparé par les trafiquants. Moralement elle se sentait coupable à l'égard de celui qui n'avait fait preuve que de bonté pour elle. Elle ne pensait même plus au bénéfice qu'elle pourrait retirer de l'opération, à ce maudit argent dont elle avait si grand besoin pour assurer l'avenir de Jacques. C'était un peu comme si l'euphorie du séjour monégasque l'amenait à croire que maintenant la vie serait toujours facile pour elle et qu'elle avait bien tort de se faire du souci! Sans doute serait-elle rentrée le mercredi à Paris avec Renaud sans avoir donné signe de vie aux revendeurs si un incident ne s'était pas produit.

Au moment de quitter Paris, Renaud lui avait annoncé qu'il aurait à rendre visite à un vieil oncle retiré depuis longtemps à Cannes. Il le lui rappela le dimanche matin et décida de s'y rendre l'après-midi même. Sachant que ce serait pour elle une corvée de l'accompagner, il lui conseilla de rester tranquillement à l'hôtel. Lui-même serait de retour avant le dîner grâce à la voiture qu'il louerait pour faire le trajet. Elle lui fut reconnaissante de ce qu'il ne commençait pas à lui imposer des visites de famille dont elle n'avait que faire!

Le dimanche, à midi, alors qu'ils déjeunaient dans la salle à manger Empire de l'hôtel, un chasseur s'approcha de leur table :

– On demande Madame au téléphone.

– Madame? répondit Hilda, surprise. Vous vous trompez sûrement de table : ce ne peut pas être moi.

– Non, madame. On a bien précisé Mme Renaud Fortier.

– Ça, c'est un peu fort! s'exclama Hilda.

– Moi, je trouve que c'est très bien, dit Renaud en souriant. Cela prouve que l'on vous a prise pour ma femme. Ça me flatte beaucoup! Et vous?

Négligeant de lui répondre, elle s'adressa au chasseur :

– On vous a bien dit Mme Fortier?

– Oui, madame.

– C'est insensé! Vraiment, Renaud, les gens ont un de ces toupets...

– Laissez faire! Monte-Carlo n'est-il pas l'un des endroits du monde où l'on fabule le plus? Il faut bien que les gens s'y occupent... Alors que décidez-vous? Vous allez répondre au téléphone ou vous restez ici?

– Mais qui m'appelle? reprit Hilda à l'intention du chasseur. On vous a bien dit un nom?

– On a simplement dit que c'était strictement personnel.

– De mieux en mieux! C'était une voix d'homme ou de femme?

– D'homme.

– Je ne connais personne et surtout pas d'homme à qui j'aie fait savoir que j'étais ici! C'est sûrement une erreur ou une farce de mauvais goût... Répondez simplement que Mme Fortier n'est pas là. Ce qui est d'ailleurs la vérité, n'est-ce pas, Renaud? Il n'y a pas de Mme Fortier!

– Savez-vous que je commence à le regretter?

– C'est très gentil de votre part... Et maintenant continuons à déjeuner tranquillement.

Mais elle était loin de se sentir tranquille. Que pouvait bien signifier un pareil appel?

Peu après, le chasseur revint.

– C'est fait, madame.

– On n'a rien dit?

– Si. Le monsieur a répondu qu'il rappellerait sans faute dans une heure.

– C'est de plus en plus incroyable! Quel mufle!

Le repas se poursuivit, silencieux. De plus en plus inquiète et faisant un gros effort pour paraître calme, Hilda gardait les yeux rivés sur son assiette. Elle voulait éviter à tout prix de croiser le regard de Renaud. Si cela s'était produit, elle aurait été assez surprise de constater que son vis-à-vis conservait cette sérénité qui n'était pas le moindre de ses charmes.

Après le repas, alors que Renaud s'apprêtait à partir pour Cannes, elle dit brusquement :

– J'ai réfléchi au sujet de cet appel pour le moins bizarre... Peut-être me prévient-on de la Creuse que ma vieille cousine est sérieusement souffrante? Comme elle n'a pas le téléphone chez elle, ce doit être l'un de ses voisins qui s'est chargé de m'avertir. Elle m'avait pourtant semblé en bonne santé il y a trois jours. Il est vrai qu'à son âge on peut s'attendre à tout!

– C'est en effet possible. Puisque l'on doit vous rappeler tout à l'heure, vous verrez bien... De toute façon, si vous aviez une décision urgente à prendre, j'inscris au dos de cette carte de visite le nom et le numéro de téléphone de mon oncle à Cannes. Je serai là-bas dans une heure tout au plus : vous pourrez m'y appeler et je reviendrai aussitôt. Si vous n'avez pas d'autre appel, cela prouvera qu'il venait d'un jaloux, peut-être même de quelqu'un de l'hôtel qui, constatant que nous avons l'air très heureux, a voulu nous faire une farce d'un goût discutable. A tout de suite et reposez-vous. Prenez des forces. Ce soir, nous passerons une nuit blanche : après le gala du Sporting, nous irons danser à la boîte du casino.

– Je remonte dans l'appartement et n'en bougerai pas. Soyez prudent, Renaud! Vous ne vous doutez peut-être pas que je commence à tenir à vous.

Dans l'ascenseur, elle jeta instinctivement un regard sur le bristol où il avait écrit le nom de l'oncle : Paul Fortier. Elle préférait Renaud... Cet oncle était probablement un frère de son père. Et puis elle s'en moquait. La seule chose qui la tourmentait était l'appel téléphonique... Puisque c'était une voix d'homme, il ne pouvait venir que de l'un des deux revendeurs qu'elle devait contacter. Sans doute s'impatientait-il de n'avoir encore reçu aucun signe de vie. Le plus grave était que ce personnage inconnu d'elle, qui, selon les explications de Mme Rotto, devait attendre qu'on l'appelât sans savoir si l'intermédiaire serait un homme ou une femme, semblait parfaitement au courant de son identité et même de celle du monsieur qui l'accompagnait. Or, seules la trafiquante ou sa cousine la marieuse, qui ne valait guère mieux, pouvaient l'avoir renseigné. Ce qui prouvait deux choses : d'une part, il ne fallait pas se fier aux paroles de ces femmes; d'autre part, on faisait surveiller Hilda en permanence. C'était odieux, inquiétant aussi pour Renaud. Une pareille bande de vauriens n'hésiterait sûrement pas à créer des ennuis à ce grand ami si cela facilitait ses affaires. Donc le premier impératif, même si elle-même devait en pâtir, était de le sortir de ce guêpier. Sans perdre une minute.

Que faire?

A l'instant où elle se posait cette question, la sonnerie du téléphone retentit. Pendant un court moment, elle fut tentée de ne pas décrocher. Elle regarda sa montre : une heure s'était écoulée depuis l'appel précédent. L'homme faisait donc exactement ce qu'il avait annoncé... Finalement, elle jugea préférable de répondre, au moins pour savoir qui l'appelait. Une voix d'homme, dont le ton oscillait entre la fausse civilité et la menace, demanda :

« – Madame Fortier?

« – Que voulez-vous?

« – Simplement vous rappeler que vous avez omis de me téléphoner pour me dire : *J'ai fait bon voyage...* »

Les mots mêmes du code qu'Eugénie Rotto lui avait indiqué. Elle répondit vivement :

« – Si je ne l'ai pas encore fait, c'est que je n'en ai pas eu la possibilité. Mais elle se présentera sûrement avant mon départ pour Paris.

« – Souhaitons-le pour que je puisse vous répondre : *Tant mieux.* »

On raccrocha. Pendant quelques secondes, elle resta hébétée, le récepteur en main. Mais très vite, comme cela se produisait toujours chez elle quand la situation ne lui était pas favorable, elle se ressaisit. Une demi-heure plus tard, ayant fait appeler un taxi, elle quittait l'hôtel avec ses valises. Auparavant, elle avait pris soin de remettre à la réception une enveloppe fermée au nom de Renaud Fortier.

– Vous la donnerez à Monsieur quand il rentrera ce soir vers l'heure du dîner, dit-elle. Si par hasard il téléphonait dans le courant de l'après-midi pour avoir de mes nouvelles, prévenez le standard qu'on lui réponde que tout va bien et que je suis sortie pour faire une promenade. Rien de plus.

Le pourboire joint aux instructions lui donna l'assurance que le message serait transmis sans autres explications. Ainsi rassuré, Renaud ne reviendrait qu'en fin de soirée à l'hôtel... pour y trouver la lettre.

« *Cher ami,* avait-elle écrit, *on vient de me rappeler au téléphone. J'avais vu juste tout à l'heure : ma cousine est gravement malade. Je dois partir d'urgence pour m'occuper d'elle. Je resterai sans doute absente pendant quelques jours. Dès que je rentrerai à Paris, je ne manquerai pas de vous passer un coup de fil. Ne m'en veuillez pas, mais je suis sûre que vous, qui venez de rendre visite à votre vieil oncle, me comprendrez. J'espère au moins que vous l'avez trouvé en bonne santé. Croyez bien que je suis navrée d'avoir à écourter ce merveilleux séjour et merci pour tout ce que vous avez fait pour moi. Votre grande amie Hilda.* »

Quand il lirait le message, elle serait déjà loin. Elle avait combiné de rentrer aussitôt à Paris, puis, dès le lendemain, de prendre un train pour Clermont-Ferrand d'où elle sauterait dans un taxi, direction Vobrebos. Par précaution, elle paierait d'avance l'aller et retour.

« L'attente là-bas, expliquerait-elle au chauffeur, durera tout au plus une demi-heure. Je vais chercher mon fils que je ramènerai ici avec moi. »

C'est intentionnellement qu'elle avait choisi cet itinéraire. Il n'était pas des plus directs, mais c'était le plus pratique pour elle. Elle désirait surtout éviter de prendre un taxi à Guéret, ou à Aubusson, ou à Limoges, ou, pire, à La Souterraine. Décidée à récupérer l'enfant, elle voulait que son passage laissât le moins de traces possible. Qui pourrait supposer qu'elle était venue de Clermont-Ferrand? De là, une fois revenue avec Jacques, elle monterait dans le premier train pour Paris. Elle savait maintenant dans quelle nouvelle cachette elle se réfugierait avec son trésor. Car, bien entendu, il n'était pas question de s'installer dans le studio sous-loué à Irma. Elle y retournerait plus tard, Jacques étant à l'abri, et uniquement pour y reprendre la garde-robe qu'elle avait réussi à se constituer grâce à la générosité de Renaud. Avec Irma, les choses devraient pouvoir s'arranger facilement.

Le lundi, dans la soirée, le taxi s'arrêtait devant la maison de Mme Rotto. Laissant les valises dans la voiture et ne prenant avec elle que son « grand sac » dans lequel elle avait enfourné les plaquettes de cannabis, Hilda descendit du véhicule et sonna à la grille. Il faisait nuit. Ce qui facilitait les choses : personne dans la bourgade, où la majorité des gens s'étaient déjà calfeutrés chez eux, ne remarquerait la présence de ce taxi stationné devant la maison solitaire ni ne verrait son numéro minéralogique indiquant qu'il était immatriculé dans le Puy-de-Dôme.

Comme cela se produisait immanquablement dès que retentissait la sonnette d'entrée, Hannibal et Balthazar, enfermés dans leur chenil derrière la maison, aboyèrent, mais la voix rude de Monsieur Raoul les fit taire. Celui-ci s'approchait de l'entrée, une lampe électrique à la main.

– C'est vous, mademoiselle Hilda? Qu'est-ce qui se passe? Après ce que vous aviez dit à Mme Rotto jeudi dernier, on ne vous attendait pas si tôt... Ça ne fait rien : entrez quand même. Eugénie est sûrement dans le salon. Moi, il faut que je retourne à la serre où j'ai encore pas mal de travail à faire ce soir. Dame! les affaires sont les affaires... Et vous, ça a marché?

– Je vais raconter cela à votre femme.

– Ça lui fera plaisir. Pas besoin que je vous montre le chemin : depuis le temps vous le connaissez!

– Et mon fils?

– Le petit? Qu'est-ce que vous voulez qu'il fasse à cette heure-ci? Il dort.

L'accueil de Monsieur Raoul avait été banal. Celui d'Eugénie Rotto le fut moins. En robe de chambre et en bigoudis, elle était en train de faire des comptes.

– Vous? s'exclama-t-elle. Mais... qu'est-ce que cela veut dire? Vous arrivez d'où?

– De Monte-Carlo.

– Comme ça! Un lundi!... Et à une heure pareille?

– Il n'est pas tellement tard : vingt heures.

– Quel train avez-vous donc pris?

– J'ai fait un crochet par Paris. Il n'y a pas de train entre Monte-Carlo et Vobrebos!

– Si vous êtes là aujourd'hui sans avoir pu me prévenir, c'est que vous avez eu des ennuis.

– Pas le moindre!

– Alors?

– Alors, madame Rotto, je vous rapporte ça...

Elle vida sur la table du salon le contenu du sac.

– Vous pouvez les compter : il n'en manque pas une.

– Vous n'avez pas pu joindre nos correspondants?

– Je n'ai même pas essayé. Mais l'un a eu l'audace de me téléphoner deux fois à l'hôtel en m'appelant du nom du monsieur qui était avec moi! Comment l'aurait-il su si vous ou votre satanée cousine n'aviez communiqué à ces gens-là des renseignements qui ne les concernaient pas? Ça, je ne peux pas l'admettre! Ça ne s'accorde pas non plus avec cette fameuse discrétion dont le mot vous revient sans cesse à la bouche! Comme je ne voulais pas que ce monsieur ait des ennuis à cause de moi et de tout votre trafic, j'ai décidé de m'enfuir en le laissant seul là-bas.

– Vous avez fait cela?

– Je ne suis pas mariée avec lui! Je ne veux pas non plus travailler avec vous... C'est pourquoi j'ai préféré tout laisser tomber avant d'avoir commencé. Vous n'aurez pas de mal à me trouver une remplaçante. Adressez-vous donc à l'agence de Mme Vilna : elle a du choix... Je suis revenue ici pour deux raisons : d'abord pour vous rendre la marchandise que vous m'aviez confiée, ensuite pour reprendre mon fils. Je vais l'emmener immédiatement avec moi. J'estime ne rien vous devoir : je vous ai payé tous les mois de pension et même, mercredi dernier, celui qui vient de commencer. Nous sommes quittes. Je monte chercher Jacques, je prépare ses affaires et vous serez débarrassée de notre présence d'ici à vingt-cinq minutes.

– Vous croyez ça?

– Parfaitement!

– Je crains, ma petite bonne femme...

– Vous ne m'appelez plus « ma petite Hilda »?

– Je vous appelle comme vous le méritez en ce moment... Vous ne pourrez pas emmener votre enfant – et, quand je dis « votre », je suis très gentille! – parce que je ne vous le rendrai pas!

– Quoi?

– Cet enfant n'est pas plus à vous qu'à moi!

– Cet enfant n'est qu'à moi parce que je suis la seule personne au monde à avoir su l'aimer. Vous, ce qui vous intéresse en lui, outre le profit que vous en tirez, c'est qu'il vous sert de « couverture » – vous l'avez dit vous-même – pour cacher votre vilain commerce! Moi, sa mère, j'estime que sa place n'est pas ici et je vous garantis que, si je m'étais doutée de votre véritable activité, jamais je ne vous l'aurais confié!

– Parce que vous estimez maintenant que cet enfant a été malheureux ici?

– Je n'ai pas dit cela : je reconnais même que vous vous êtes bien occupée de lui et je vous en suis infiniment reconnaissante. C'est pourquoi nous allons nous séparer en bons termes.

– Vous n'aurez pas cet enfant !

– Vous voudriez sans doute me le voler ?

– Chacune son tour !

– Pourquoi dites-vous cela ?

– Vous ne regardez pas les journaux, ma petite. Il y a plusieurs mois, j'ai lu un entrefilet sur une étrange affaire : un jeune couple mort accidentellement et dont le bébé – un petit Daniel – aurait disparu avec sa nurse, une grande fille blonde...

Hilda resta muette de saisissement.

– Si vous voulez revoir celui que vous appelez votre fils, insista l'autre, il faudra donc que vous me juriez sur sa tête que vous allez travailler avec nous... Vous n'avez pas compris, grande dinde, que c'est également votre intérêt ?

– Jamais je ne ferai ce genre de travail ! s'écria la jeune Allemande, maîtrisant son émoi.

– Qu'est-ce qui vous arrive ? Une vague de respectabilité ? Ça me surprendrait de votre part... A moins que vous ne soyez devenue tellement amoureuse du galant homme que vous ne voulez lui faire aucune peine, même légère ?

– Non, je ne l'aime pas ! Je vous l'ai dit. Je l'estime : ce qui suffit pour justifier mon comportement.

– Plus de projets mirifiques pour l'héritier ? Comment allez-vous vivre ?

– Je me suis bien débrouillée avant de vous connaître, je continuerai... Maintenant ça suffit : laissez-moi passer. Je monte.

– Non ! hurla Eugénie Rotto en se précipitant vers le petit secrétaire placé derrière elle.

Elle en sortit le revolver qu'elle braqua dans la direction de Hilda.

– Vous ne monterez pas à cause de ça... Vous tenez à ce que cet enfant soit à nouveau orphelin? Reculez!

La jeune Allemande commença à reculer lentement.

– C'est bien, continua la virago, on devient raisonnable... Notez que ce serait assez tentant pour moi d'appuyer sur la détente. Avez-vous remarqué que cette arme, comme toutes celles qui se trouvent ici, est pourvue d'un silencieux? C'est là une des grandes théories de Monsieur Raoul : moins on fait de bruit quand on règle ses comptes, mieux c'est! Il va d'ailleurs venir, Monsieur Raoul... Vous voyez cette sonnette placée près de la porte donnant sur le vestibule? Elle est reliée à la serre où notre savant travaille. Dès que j'aurai appuyé, il ne sera pas long à rappliquer parce que – c'est prévu depuis longtemps entre nous – cet appel correspond pour lui à une alerte générale. Et croyez-moi, ma beauté, quand il sera là, vous serez matée d'une telle façon que vous vous en souviendrez toute votre vie! Monsieur Raoul sait aussi être un artiste...

Elle eut à peine le temps de prononcer ces derniers mots. Hilda, qui la dominait de toute sa taille, avait bondi sur elle avant qu'elle pût atteindre la sonnette et l'avait terrassée. L'arme alla voltiger à trois mètres sur le tapis. Hilda tenait Eugénie Rotto à la gorge. Etait-ce le sang des Sturmm qui affluait avec une force décuplée par la haine? Les longues mains, fines et racées, de la Prussienne serraient, serraient. Elles ne relâchèrent leur étreinte que quand un dernier râle s'exhala. La trafiquante gisait, inerte, le visage hideux à voir, les yeux grands ouverts fixant un monde inconnu.

Sans perdre une seconde mais sans précipitation

non plus, avec toute la méthode dont elle était capable, la Berlinoise ramassa le revolver, s'approcha du corps, et, comme si elle avait vu ce geste maintes fois répété pendant les derniers jours de Berlin, appliquant le canon de l'arme contre la tempe, elle tira. Selon la prédiction de Mme Rotto, le silencieux fit merveille : un claquement sourd se fit entendre. Une seule balle avait suffi pour faire éclater le crâne. C'était le coup de grâce.

Puis, toujours sans hâte, elle sortit de la maison et se dirigea, revolver en main, vers la serre. Puisque Mme Rotto avait eu l'idée d'appeler son complice à l'aide pour qu'il fasse une mauvaise besogne, il suffisait de poursuivre cette idée mais en l'inversant : Hilda irait retrouver le chimiste dans son antre et lui donnerait cette leçon qui initialement devait lui être appliquée à elle... Le clair de lune était splendide. Les chiens – l'ayant sans doute reconnue quand elle passa à proximité du chenil – n'aboyèrent pas, et aucun bruit ne parvenait des alentours. Le seul signe de vie était le faible éclairage provenant de la serre mais que tamisaient les verres dépolis.

L'homme était là, penché sur ses cuves, en train d'œuvrer pour soulager la pauvre humanité en manque de drogue. Quand elle ouvrit la porte, il n'eut même pas le temps de se retourner. Ce fut aussi vite fait que pour sa compagne. Un seul coup et le « génie » s'écroula devant l'une de ses cuves pestilentielles. Constatant qu'il respirait encore, sa visiteuse le gratifia, lui aussi, d'une balle dans la tempe. Après quoi, toujours calme, elle éteignit la lumière, referma la porte et s'éloigna avec son arme. Si Hannibal et Balthazar avaient hurlé quand elle repassa devant le chenil, ils auraient été abattus comme leurs maîtres mais ils eurent l'intelligence de se taire. L'Allemande s'en félicita : elle détestait faire du mal aux animaux.

Rentrée dans la maison, elle jeta un rapide coup d'œil dans le salon pour vérifier que tout allait bien : dormant de son dernier sommeil, Mme Rotto n'y donnerait plus jamais de conseils aux jeunes mères sur les moyens de trouver de l'argent afin d'élever décemment leurs enfants. Son corps et celui de son amant ne seraient certainement pas découverts avant quarante-huit heures : le couple n'ayant pratiquement de rapports avec aucun voisin, nul ne s'étonnerait du silence complet régnant dans la propriété; seuls peut-être les chiens, poussés par la faim, finiraient par hurler, mais la bourgade s'était habituée depuis longtemps à leur présence bruyante... Deux jours. Alors Hilda et Jacques seraient loin. Et qui pourrait la soupçonner puisque personne ne la connaissait ? On trouverait, étalée sur la table, à côté des plaquettes de cannabis, la comptabilité de l'organisation. On penserait aussitôt à quelque trafic louche. Et c'est dans ce sens que les recherches seraient menées. En quittant le salon, Hilda – qui possédait un sens inné de l'économie, comme tous les Sturmm – eut soin d'éteindre l'électricité, puis elle monta au premier. Elle tenait toujours l'arme libératrice. (Aucun risque pour elle, si l'on retrouvait un jour cette arme, que l'on y décelât ses empreintes : elle n'avait même pas pris le temps, depuis qu'elle était descendue du taxi, de retirer ses gants.)

Jacques dormait. Empiler ses affaires dans une valise, le sortir du lit, le vêtir pendant qu'il dodelinait de la tête et sans même qu'il s'en rendît compte, fut un jeu pour elle qui avait été la plus experte des nurses. Elle enfouit le revolver dans son grand sac, éteignit la lumière. Elle fit de même dans l'escalier et le vestibule. Puis elle sortit de la maison silencieuse d'où aucune lumière ne filtrait à travers les volets, ferma derrière elle la grille d'entrée.

Le chauffeur l'attendait.

– Excusez-moi, dit-elle, ç'a été un peu plus long que je ne le pensais... Vous savez, avec un enfant en bas âge qui ne parvient pas à se réveiller!...

– Je comprends, madame.

– En route! Nous repartons pour Clermont-Ferrand...

Pendant que la voiture roulait vers ce qui lui paraissait être la libération d'un cauchemar, elle parlait dans le secret de son cœur à l'enfant toujours endormi qu'elle serrait très fort contre sa poitrine : « Dors, mon chéri. Ces gens qui te voulaient du mal ne pourront plus jamais t'en faire... Et ta mère est toujours là, près de toi, qui te protège et qui t'aime comme personne ne saura jamais le faire. »

Ayant le sentiment d'avoir fait œuvre de justice, elle n'avait aucun remords, pas plus qu'elle n'en avait eu quand elle s'était approprié l'enfant des Vorel. La disparition du couple Rotto-Raoul était même un bienfait pour l'humanité. L'enquête montrerait le passé douteux de ces trafiquants et on croirait certainement à un règlement de comptes, comme cela se produit souvent dans ce milieu pourri! Personne ne regretterait ces misérables qui l'avaient menacée de la séparer de Jacques si elle se refusait à transporter leur marchandise destructrice. Un chantage abominable! Avoir osé lui voler « son » fils! Un comble.

Sachant qu'il n'y avait plus de train pour Paris à une heure aussi tardive, elle se fit déposer par le taxi en plein cœur de la ville et elle attendit qu'il soit reparti pour en héler un autre qui la conduisit à un hôtel situé à proximité de la gare. C'était plus prudent au cas où la double exécution de Vobrebos serait relatée dans la presse de Clermont-Ferrand – ce qui n'était pas évident – et où le chauffeur du premier taxi, s'il en prenait connaissance, aurait l'idée d'aller raconter à la police ce qu'il avait fait cette nuit-là.

Le lendemain, tôt le matin, elle prit, toujours avec son précieux fardeau, un rapide pour Paris et, à onze heures, elle débarquait à l'Hôtel des Bleuets. Les excellents Perrot, se disait-elle, n'auraient aucun doute quand elle leur annoncerait qu'elle arrivait directement d'Allemagne, cette mère patrie où, sous l'effet du spleen, elle avait tenu à retourner deux ans et demi plus tôt et d'où elle revenait avec son enfant. Là-bas, c'était vraiment trop dur pour une femme seule! Car, bien sûr, elle ne pouvait compter sur sa famille pour l'aider, surtout avec ce petit Jacques dont le père était français. La honte! Mieux valait ne pas y penser! Elle avait donc préféré s'enfuir de nouveau de son pays. Et elle venait maintenant, très simplement, demander conseil à ses seuls grands amis parisiens. Sans leur aide, elle se sentait perdue... Souffrant plus que tout de ne pas avoir d'héritier, les braves Perrot ne pourraient pas ne pas se porter au secours de sa détresse. Cette grande fille qui leur revenait alors qu'ils avaient abandonné tout espoir de la revoir, ce bel enfant qui leur tombait du ciel, n'était-ce pas l'avenir assuré pour l'Hôtel des Bleuets?

Certes, encore une fois, Hilda allait s'enfoncer dans le mensonge. Mais comment y échapper? C'était une chaîne sans fin depuis la trahison d'André. Sa famille, les Perrot, Irma, Eugénie Rotto, Renaud : elle avait à chacun, à un moment ou à un autre, dissimulé la vérité pour se tirer d'affaire, pour essayer de trouver le bonheur, pour vivre. Et cette vie même qu'elle voulait défendre la condamnait à continuer. Pourrait-elle jamais raconter le rapt de l'enfant, dire qu'elle avait exécuté deux êtres malfaisants? Ce serait tout perdre. Et à quoi bon? Personne ne réclamerait le petit Jacques puisque ses parents avaient disparu; personne ne regretterait la mère Rotto et son amant, sauf la cousine Berthe peut-être. Mais celle-là... Au fait, existait-il un risque de ce côté? Certainement pas. La prudence la plus élémentaire inciterait Berthe Vilna à ne pas se manifester. Pas plus d'ailleurs que la meute des « grossistes » et revendeurs du Sud-Ouest, ou les deux correspondants opérant sur la Côte d'Azur. Tout ce joli monde ne broncherait pas et s'évaporerait comme par enchantement. Même l'arme de mort s'était volatilisée : Hilda l'avait jetée tout à l'heure, durant le voyage vers Paris, alors que le train franchissait un pont sur une rivière. Etait-ce la Creuse, le Cher, l'Indre, la Loire? Quelle importance?...

Essayant ainsi de se rassurer, la jeune Allemande descendit de taxi devant l'Hôtel des Bleuets.

L'accueil que lui firent les Perrot fut plus émouvant encore qu'elle ne l'avait prévu : ils fondirent en larmes, comme si ce retour de la fille prodigue portant le fruit de ses amours était le plus beau jour de leur vie. Ils ne demandèrent aucune explication : leur bon cœur avait tout compris... ou du moins le croyait. Quant à Hilda, elle se montra avare de détails sur l'existence qu'elle avait menée depuis son départ. Elle raconta seulement qu'elle avait travaillé, à Hambourg, dans un hôtel récemment construit – il était indispensable que les Perrot n'aient jamais entendu parler de ce nouvel hôtel! C'est là qu'elle avait connu une aventure passionnée avec un homme d'affaires français qui l'avait mise enceinte.

– Est-ce qu'il le sait au moins? demanda Mme Perrot.

– Pas encore.

– Comment? Mais quel âge a ce chérubin?

– Presque deux ans, dit Hilda, trichant un peu sur l'âge.

– Et son père ignore qu'il existe?

– Il n'a même pas su que j'étais enceinte. Je voulais garder mon fils pour moi toute seule! Et puis je me suis rendu compte que ce n'était plus possible : cela me posait trop de problèmes, d'autant plus que le père n'est pas allemand. C'est pourquoi je suis revenue. Il faut absolument que ce dernier reconnaisse mon petit Jacques.

– Ah! il s'appelle Jacques? dit l'hôtelière. A-t-il au moins une marraine?

– Pas encore.

– Pourquoi est-ce que ce ne serait pas moi puisque je me prénomme Jacqueline? Cela m'enchanterait.

Elle prit l'enfant dans ses bras.

– J'ai un filleul magnifique! Voyez! Il paraît déjà très content d'avoir trouvé une marraine : il me sourit.

– Ne vous y fiez pas, dit Hilda en riant. Mon fils sourit tout le temps et à tout le monde!

– Tant mieux! Ça prouve qu'il est heureux. Etes-vous certaine de pouvoir retrouver son père?

– J'ai son adresse. Il habite Paris.

– Ça va lui faire une belle surprise! Mais...

– Je sais ce que vous allez dire : si ce père était marié?

– C'est hélas ce qu'on peut quelquefois redouter.

– Eh bien, rassurez-vous : il ne l'est pas.

– Parfait! La situation pourra donc s'arranger. Mais nous bavardons et cet enfant doit avoir sommeil.

– On voit que vous ne le connaissez pas encore.

C'est déjà un vrai petit homme : il ne dort dans la journée qu'après le déjeuner et encore, à condition que je fasse la grosse voix et que je lui mette son ours dans les bras.

– C'est vrai. Son ours, il ne l'a pas lâché depuis son arrivée.

– Il l'a gardé serré contre lui pendant tout le voyage. Ce qui indique que plus tard il sera sûrement un bon père qui n'abandonnera pas ses enfants.

Mme Perrot demanda au bambin :

– Comment s'appelle-t-il, ton ours?

Jacques eut un éclat de rire pendant que ses yeux pétillaient de joie. L'hôtelière insista :

– Tu ne veux pas me le dire, à moi ta marraine? Est-ce que tu parles au moins?

– S'il parle? répondit Hilda. Mais il n'arrête pas! On ne comprend pas toujours très bien ce qu'il raconte mais je vous garantis que ce sera un bavard.

– Que diriez-vous, dit M. Perrot, si nous vous installions avec lui dans cette même chambre que vous aviez la première fois? Elle se trouve justement libre en ce moment.

– Nous pouvons même vous faire une petite confidence, ajouta son épouse. Pendant toute la durée de votre absence, nous avons loué le moins possible cette chambre. Pour mon mari et pour moi, elle était un peu « la chambre de notre fille »... Mais oui, c'est cela que vous étiez et que vous serez toujours pour nous, ma petite Hilda!

Les trois derniers mots avaient été prononcés sur un tout autre ton que celui d'Eugénie Rotto. Dans la bouche de la trafiquante, il y avait toujours, sous l'apparente gentillesse, une pointe de menace; dans celle de l'hôtelière, ce n'était que de la tendresse. Son mari enchaîna :

– Je vais donner tout de suite des instructions pour que l'on installe près du vôtre un lit d'enfant. Ça vous conviendra?

– Si cela me conviendra?...

Elle n'osa pas ajouter : « Mais c'est la réalisation du rêve que je faisais autrefois, quand j'ai commencé à comprendre, dans ma solitude et dans cette même chambre, que j'avais fait une folie et commis un crime en me séparant de l'enfant que je portais. Pendant des nuits entières je ne dormais pas, ressassant mon remords; sans cesse je m'imaginais que mon fils était là, dans un petit lit à côté du mien, et que j'entendais ses vagissements... C'est alors que j'ai commencé à désirer un autre enfant qui remplacerait l'absent et que j'ai pris la décision de vous quitter. Depuis... Ah! depuis... Mais cela ne vous regarde pas, ni personne! Le plus grand mensonge de ma vie, celui pour lequel j'ai fait tous les autres, se prolongera jusqu'à ma mort! C'est seulement après ma disparition que Jacques saura peut-être, à condition que je le veuille, que ce n'est pas moi qui l'ai mis au monde! Mais au fond, même s'il l'apprend un jour, qu'est-ce que cela changera pour lui puisque j'aurai su être une bonne mère? »

– Eh bien, Hilda? demanda la toute récente marraine de Jacques.

– Je pensais à la joie que j'allais avoir de retrouver ma chambre de jeune fille... Et, à mon tour, je vous dois une confidence : ce petit lit que vous allez y faire installer, il sera très bien pour la sieste de Jacques après le déjeuner, mais le soir, dès que je serai dans ma chambre, je prendrai mon fils dans mon lit : il dort toujours blotti contre moi. Je sais, c'est une bien mauvaise habitude mais, tous les deux, nous ne pouvons plus nous en passer.

Le père de Jacques, « l'homme d'affaires » rencontré dans l'hôtel fantôme de Hambourg, avait déjà pris, dans l'imagination de Hilda, le visage du cher Renaud. Maintenant qu'elle avait un toit accueillant pour « son » fils, elle pensait de nouveau à lui et s'inquiétait de savoir comment il avait réagi à son brusque départ de Monte-Carlo. Il est vrai que quarante-huit heures seulement s'étaient écoulées depuis (les événements s'étaient succédé avec une telle rapidité entre le dimanche et le lundi!). Renaud avait prévu que leur week-end se prolongerait jusqu'au mercredi mais, ayant lu le message, avant-hier soir, à l'Hôtel de Paris, sans doute ne s'était-il pas attardé là-bas. Pourquoi alors ne pas lui téléphoner dès maintenant? Elle l'appelait, dirait-elle, du centre de la France où elle se trouvait toujours au chevet de cette « vieille cousine » sérieusement souffrante. Moins elle attendrait et plus Renaud croirait à l'authenticité du voyage imprévu.

Elle n'appela pas de l'Hôtel des Bleuets mais d'un café proche.

– Je ne veux pas perdre de temps, expliqua-t-elle à Mme Perrot. Je vais essayer de joindre au téléphone le père de mon fils. Peut-être aurai-je la chance qu'il soit chez lui.

– Je vous le souhaite mais ne pensez-vous pas qu'il va être très étonné que vous ayez autant tardé à lui faire part de cette grande nouvelle? Elle le concerne quand même de très près, non?

– Je me contenterai de prendre rendez-vous. Je lui expliquerai qu'étant de passage à Paris ça me ferait plaisir de le revoir. Comme je me garderai bien de parler de son enfant, il n'aura aucune raison de me refuser cette entrevue.

– Craindriez-vous, si vous lui faisiez comprendre au téléphone que vous êtes devenue la maman d'un beau garçon de près de deux ans, qu'il ne se montre réticent ?

– On n'explique pas des choses pareilles au bout du fil ! Quant à sa méfiance éventuelle, elle me semblerait justifiée après un tel laps de temps ! Mettez-vous à sa place : un homme qui a eu une aventure quelques années plus tôt dans un pays étranger n'est pas obligé de croire immédiatement qu'il a mis enceinte une femme avec laquelle il a fait l'amour et qui, depuis, n'a même pas cherché à lui donner signe de vie !

– D'autant plus que, d'après ce que vous venez de me dire, il vous avait laissé son adresse ?

– C'est vrai, pour le cas où je viendrais à Paris. Et comme j'y suis...

– N'hésitez pas ! Pourquoi ne lui téléphonez-vous pas de notre bureau ? Vous y serez plus tranquille.

– Non. Je ne veux pas vous déranger ! Je cours à la poste et, pendant mon absence, je vous confie votre filleul.

Cette perspective rendit l'hôtelière tellement heureuse qu'elle ne songea même pas que sa « fille adoptive » avait peut-être certaines choses à cacher. Lorsqu'elle revint une vingtaine de minutes plus tard, Hilda rayonnait.

– Vous l'avez eu ?

– J'ai eu beaucoup de chance : il venait de rentrer du Midi. Il m'attend demain chez lui pour déjeuner.

– Vous comptez lui faire digérer la nouvelle avant ou après le repas ?

– Après. Ce sera mieux. Sinon ça pourrait lui couper l'appétit ! Vous voudrez bien vous occuper de mon Jacques ?

– Nous déjeunerons tous les trois ensemble : Lucien,

Jacques et moi. Ainsi nous aurons pour la première fois l'impression d'être devenus des grands-parents. Ce sera fantastique! Et, après le repas, je monterai « notre petit-fils » dans votre chambre pour qu'il y fasse un bon dodo. S'il ne veut pas s'endormir, je dirai à Lucien de venir me rejoindre et de lui raconter une histoire. Il en connaît de merveilleuses. Ce serait dommage qu'il ne puisse pas enfin exercer son talent!

– Savez-vous que pour moi vous êtes de vrais parents?

– A propos de parents, quand vous êtes arrivée ce matin, nous avons complètement omis de vous demander des nouvelles des vôtres.

– Je n'en ai pas. Je ne les ai pas revus pendant mon séjour en Allemagne. A cause de Jacques, je n'ai pas pu quitter Hambourg... Je ne suis pas allée à Berlin! D'ailleurs je n'y tenais pas.

– Mais vous savez quand même que les choses s'y sont beaucoup améliorées?

– Comme partout en Allemagne de l'Ouest.

– Eh bien, figurez-vous que l'un de nos amis s'est rendu à Berlin, le mois dernier, pour affaires. Il a logé au nouvel hôtel Métropole. Le confort, nous a-t-il dit, y est prodigieux! Il a même vu le directeur : un homme jeune nommé Karl Sturmm. C'est bien l'un de vos frères?

– Oui. J'étais sûre qu'il arriverait à faire reconstruire l'hôtel. Où est-il situé? En zone ouest ou en zone est?

– Nous n'avons pas demandé de précisions mais certainement en zone ouest! Je ne vois pas ce que notre ami aurait bien pu faire dans l'autre zone... Il nous a dit aussi avoir fait la connaissance de l'épouse de votre frère. Charmante, paraît-il.

– Ah! Il s'est marié? Sûrement avec une Prussienne.

– Pourquoi sûrement?

– Parce que c'est une tradition chez les Sturmm : on n'y épouse que des Prussiennes. Il n'a pas vu mon autre frère?

– Il ne nous en a pas parlé.

– Cela veut dire qu'il n'est pas revenu de Russie. Sinon mes deux frères, qui s'entendaient à merveille, se seraient certainement associés pour diriger l'hôtel. Pauvre Adolf!... Et ma mère, votre ami ne l'a pas vue?

– Il nous l'aurait dit parce que, sans en avoir trop l'air, Lucien et moi n'avons pu résister au désir de lui poser quelques questions. Nous pensions à vous et nous nous demandions si, en fin de compte et malgré la très nette réserve dont vous aviez fait preuve ici à l'égard des vôtres, vous ne vous étiez pas tous retrouvés.

– Je n'en ai jamais eu l'envie.

– Même de revoir votre maman?

Hilda marqua une légère hésitation.

– Même ma mère... Je n'ai plus eu le temps de penser à elle. J'ai été complètement accaparée par mon fils.

– Ça s'explique. Pourtant...

Le visage fermé de la jeune Allemande fit comprendre à Mme Perrot qu'il valait mieux ne pas insister.

– Enfin! dit-elle. Espérons qu'avec le temps tout cela s'arrangera... Vous devez quand même être contente d'apprendre que le Métropole est ressuscité?

– Cela aurait surtout fait plaisir à mon père.

Jacques dormait dans son petit lit. Pour une fois, Hilda ne le prit pas avec elle. Elle se déshabilla, se coucha, éteignit la lampe de chevet. Les yeux fermés, elle se mit à penser à la conversation téléphonique qu'elle avait eue avec Renaud :

« – Je suis heureuse que vous soyez rentré.

« – Monte-Carlo sans vous ne présentait plus aucun attrait ! D'où m'appelez-vous ?

« – De chez un voisin de ma cousine... Vous savez : celui qui m'a appelée deux fois à l'Hôtel de Paris.

« – Comment va-t-elle ?

« – Personnellement j'ai l'impression que c'est la fin. Mais le médecin dit que ça peut durer et que ce n'est pas la peine que je reste là. Elle est d'ailleurs très bien soignée par l'épouse du voisin. Aussi vais-je rentrer dès ce soir.

« – A quelle heure arriverez-vous ?

« – Ne vous inquiétez pas. On viendra m'attendre à la gare.

« – Alors je compte sur vous demain pour déjeuner. D'accord ?

« – Vous ne m'en avez pas trop voulu de mon départ précipité ?

« – J'ai toujours pensé que vous étiez une fille de devoir. Si vous l'avez fait, c'est que c'était nécessaire. Pourquoi vous ferais-je des reproches ?

« – Je ne peux pas vous dire que je vous aime, Renaud, parce que ce ne serait pas vrai, mais vous pouvez déjà être certain que j'ai besoin de vous... »

Le lendemain, avant de se rendre à Neuilly, elle acheta les journaux. Contrairement à ce qui s'était passé pour l'enlèvement de Daniel, tous parlaient du double crime de la Creuse. Certains même l'avaient étalé sur trois colonnes. Tous les articles, à peu de chose près, en arrivaient à la même conclusion : l'assassinat d'Eugénie Rotto et du chimiste ne pouvait être attribué qu'à une rivalité entre gens du milieu reconvertis dans le trafic de drogue. Exactement ce qu'avait prévu Hilda. Quand elle lut à la fin de deux de ces papiers que la police n'avait « aucun doute sur la question », elle estima n'avoir plus grand souci personnel à se faire. Soulagée, elle jeta les journaux puis prit un taxi qui la déposa devant l'entrée du petit hôtel particulier de Renaud Fortier.

Selon une habitude qu'elle appréciait beaucoup, celui-ci l'accueillit en lui baisant la main :

– Pas trop fatiguée par ce détour déprimant en province ?

– Ça va mieux. J'ai très bien dormi cette nuit.

– Vous vous êtes même levée tôt... Oui, je vous ai téléphoné ce matin vers dix heures pour vous proposer de venir vous chercher avec la voiture, mais vous étiez déjà sortie.

– J'avais pas mal de courses à faire.

Elle avait répondu machinalement et avec un grand naturel. Mais, au fond d'elle-même, elle eut un instant de panique. L'allusion au coup de téléphone donné dans le studio sous-loué à Irma venait de lui rappeler celle-ci. Comment Irma, que Hilda n'avait pas revue depuis trois semaines, depuis le jour où elle était allée lui remettre au bar de Pigalle le montant du loyer, réagirait-elle en apprenant comme tout le monde, ce matin, la tuerie de Vobrebos ? Etablirait-elle un rapprochement entre le ou les criminels et sa compatriote qui avait confié la garde de son enfant à la femme assassinée ? Dans l'un des quotidiens, on pouvait lire : *« Dans le village où elle n'avait que des contacts assez lointains avec la population qui ne se doutait absolument pas de sa véritable activité, Mme Rotto passait pour s'être spécialisée dans la garde d'enfants en bas âge confiés à ses soins.* » Mais il n'était pas fait mention de la présence du dernier de ces enfants, c'est-à-dire Jacques. Comme s'il n'était plus là depuis longtemps. Ce qui prouvait que le passage rapide de Hilda dans la soirée de lundi et la présence du taxi de Clermont-Ferrand n'avaient pas été remarqués. De ce côté-là, par conséquent, les choses se présentaient plutôt bien.

Pourtant, une inquiétude demeurait. Elle provenait de Gino, l'amant italien d'Irma et l'ami de Monsieur Raoul. Est-ce que le couple de Vobrebos avait tenu ou non l'Italien au courant du projet de faire travailler pour son compte la jeune maman à qui, grâce à Irma, il avait servi d'intermédiaire lorsqu'elle cherchait où placer son enfant? Hilda penchait pour la négative. Les deux trafiquants, pensait-elle, étaient trop retors pour avoir informé ce Gino, qui devait être plutôt un spécialiste du proxénétisme, de leur activité secrète. Une preuve du cloisonnement voulu par Eugénie Rotto était que, la dernière fois où Hilda avait vu Irma, celle-ci ne lui avait pas posé la moindre question sur « cet ami bien » qui lui aurait été présenté. Donc elle ne savait pas. Donc Gino, la seule personne qui aurait pu lui en parler, n'avait pas été lui-même mis au parfum par son ami Raoul... En conséquence, là non plus il ne fallait pas trop s'alarmer. D'ailleurs, si Irma, ayant eu connaissance des meurtres, lui téléphonait demain ou après-demain pour lui demander si son enfant se trouvait sur les lieux au moment des événements, elle répondrait que par bonheur elle l'avait retiré de cette maison quelques jours plus tôt pour le placer ailleurs. Et Irma, brave fille, serait certainement contente d'apprendre que sa compatriote avait pu sauver son enfant à temps.

Ce kaléidoscope de pensées avait, comme toujours chez Hilda, tourné très vite dans sa tête. Pas assez cependant pour que Renaud ne l'ait pas remarqué. Il sut le lui faire comprendre en termes aimables :

– J'aime quand vous êtes rêveuse. Le rêve vous va bien! Il s'accorde avec votre personnalité.

– Vous trouvez? Quand j'étais petite, mon père m'appelait toujours « sa romanesque »...

– L'êtes-vous encore?

– Je ne sais pas.

– J'affirme que vous le resterez toujours! C'est l'un des éléments les plus sûrs de votre charme. Nous passons à table?

– Volontiers.

– Avez-vous faim au moins après toutes ces émotions?

– Quelles émotions?

– Mais... l'état de santé de votre cousine.

– Ah oui!...

Ce fut surtout lui qui parla au cours du repas, racontant sa déception quand le concierge de l'Hôtel de Paris lui avait remis le message. Déception qui s'était transformée en inquiétude : pour qu'elle soit partie aussi précipitamment, il fallait que ce fût grave.

Si c'était grave? Il ne pouvait pas savoir à quel point, ce bon et attendrissant Renaud... Pendant qu'il parlait, elle le regardait, se demandant une fois de plus comment un homme pareil, si différent des autres, pouvait bien exister. « Finalement, se disait-elle, c'est à Berthe Vilna que je dois cette chance!... » Le nom surgi dans son esprit réveilla son angoisse. La marieuse, elle aussi, avait dû lire les journaux de la matinée. Peut-être avait-elle déjà formé le numéro du studio pour essayer de savoir si l'Allemande avait quelque idée sur ce qui avait pu se passer. Pourvu que la cousine Rotto ne lui ait pas parlé du petit Jacques! Si oui (et comment être absolument sûre du contraire?), Berthe Vilna voudrait savoir pourquoi on n'en avait rien dit dans les journaux, comment Hilda avait récupéré l'enfant, etc. Que de complications en perspective pour ce qui n'était même pas un crime mais une œuvre de justice! Comme si elle, Hilda, avait l'habitude de manier le revolver! Et quelle autre solution lui avait-on laissée pour sauver son bonheur maternel en péril?...

Après le repas, elle et Renaud passèrent dans la bibliothèque.

– Où habite exactement votre cousine? demanda-t-il, toujours émouvant de gentillesse. (Mais, cette fois-ci, Hilda n'apprécia guère son insistance à s'occuper d'elle.) Ce n'est pas par curiosité que je vous pose cette question mais parce que, après votre départ précipité de Monte-Carlo, je me suis rendu compte que j'étais le roi des imbéciles! C'est vrai, vous partez chaque fin de semaine rendre visite à votre parente et je ne me suis même pas inquiété du lieu et de l'adresse où vous vous rendez. Ne sachant pas où vous étiez, je n'ai pas pu vous appeler de Monte-Carlo! Si vous aviez dû rester là-bas, seule avec la malade, je n'aurais rien pu faire pour vous, moi qui ne demande qu'à vous aider. Reconnaissez que c'est bête de ma part.

– Vous savez, les années de guerre m'ont appris à me tirer d'affaire toute seule!

– Quand même... A défaut de votre cousine qui, m'avez-vous dit, n'a pas le téléphone, vous auriez pu m'indiquer celui de son voisin : ce monsieur qui vous a appelée.

– Je ne vous l'aurais pas donné parce que je ne connais pas le monsieur qui m'a appelée à Monte-Carlo.

– Vraiment?

– C'était un homme qui devait se moquer pas mal de ma cousine pour la bonne raison qu'elle n'a jamais existé!

– Quoi?

Ne pouvant plus supporter le poids de tous ses mensonges à l'égard de cet honnête homme, elle venait de dévoiler une partie de la vérité. C'était aussi la seule façon pour elle de sortir d'une situation où elle craignait de s'enliser. Elle y avait réfléchi pendant toute la nuit. Maintenant il ne lui restait plus qu'à jouer quitte ou double : ou Renaud lui pardonnerait, ou il n'admettrait pas d'avoir été bafoué avec tant de cynisme. Dans ce dernier cas, elle se retrouverait, plus de trois ans après son arrivée en France, dans une situation pire que celle qu'elle avait connue quand, écœurée par l'attitude de l'homme auquel elle s'était donnée, elle avait redescendu dans la pénombre l'escalier grinçant du vieil immeuble de la plaine Monceau. Et elle parla très vite, un peu comme si elle cherchait à s'étourdir elle-même en se grisant de paroles :

– Je vous en prie, Renaud, ne m'interrompez pas et ne me posez plus aucune question si vous voulez que j'aille jusqu'au bout de ce que j'ai à vous dire, sinon je partirai et nous ne nous reverrons plus... En quelques mots voilà : ce n'est pas une vieille parente que j'ai et qui me met dans l'obligation de m'absenter deux jours par semaine, mais un enfant qui est mon fils, que j'adore et qui se prénomme Jacques. Il a deux ans. Son père, que j'ai connu à Hambourg, est français. Je ne l'ai jamais revu : il m'a abandonnée enceinte et je me suis retrouvée seule, ne voulant pas solliciter l'aide de ma famille qui ignore encore que j'ai un enfant. Je me suis enfuie, abandonnant mon pays pour venir vivre ici puisque je considère que mon fils est français. C'est cet enfant que j'allais voir régulièrement dans le centre de la France où je l'avais placé en nourrice... Mais maintenant c'est fini : je l'ai ramené avec moi hier à Paris et je ne le quitterai plus. Je ne sais pas trop ce que nous allons devenir lui et moi, mais ça ne fait rien : nous nous débrouillerons bien, n'est-ce pas? Une dernière révélation : je n'ai pas encore pu reconnaître cet enfant. Vous avouerez que c'est assez insensé mais c'est pourtant ainsi. C'est tout : je n'ai plus rien à vous dire.

Le reste, le plus grave, ce qu'elle ne disait pas, resterait à jamais enfoui en elle. Personne ne le saurait, surtout pas Renaud. Comment celui-ci, avec sa droiture, aurait-il pu admettre, quelles qu'en aient été les raisons, qu'elle ait volé et tué?

Quand elle eut fini de parler, il contempla pendant quelques secondes le regard clair qui semblait incapable de mentir, puis demanda :

– C'est vraiment tout ce que vous aviez à me dire?

– Oui.

– Eh bien, ce n'est pas très grave. Ce sont de ces choses qui arrivent fréquemment depuis qu'il y a des hommes et des femmes sur terre! Je me demande même pourquoi vous avez attendu aussi longtemps avant de me parler de ce petit Jacques. S'il a été pour vous jusqu'à présent la cause de gros soucis, il devrait devenir très vite votre plus beau sujet d'orgueil... Comment est-il cet enfant : blond, brun, châtain?

– Il me ressemble! Je ne peux pas le renier.

– Il a vos yeux?

– Les mêmes.

– La couleur de ses cheveux?

– Celle des miens.

– En somme il est réussi! Un enfant de l'amour...

– Ne dites pas cela : je ne l'ai pas fait exprès !

– Parce que, pour vous, un enfant de l'amour est celui que l'on a voulu ?

– Il me semble.

– Peut-être avez-vous raison ! Qu'allons-nous devenir, vous et moi, maintenant qu'il y a cet enfant entre nous ?

– Ça dépendra de vous.

– Au fond, ça ne me déplairait pas d'avoir un enfant de deux ans... J'aurai évité la période des couches à changer, des biberons qu'il faut faire tiédir, des premières dents et surtout des onomatopées auxquelles on ne comprend rien ! Deux ans, c'est l'époque où commencent les questions et les innombrables « pourquoi » auxquels d'ailleurs les adultes ne savent pas souvent quoi répondre. C'est le moment où l'enfant – surtout si c'est un fils ! – devient intéressant pour le père. Les deux premières années sont plutôt celles de la mère ou de la nurse.

– La nurse ? Pourquoi ce mot ?

– Sans doute parce que je vous imagine très bien en nurse penchée sur le berceau d'un enfant... Pensez-vous qu'il puisse exister un plus joli tableau ?

– Oui, si c'est la mère qui remplace la nurse.

– Ça rappelle alors la plus belle maman de toutes : celle qui se penchait sur une crèche...

– Vous êtes un curieux personnage, Renaud.

– C'est bien parce que je suis ainsi que j'ai brusquement une furieuse envie de connaître votre fils. Quand me le présenterez-vous ?

– Aujourd'hui même si vous le souhaitez.

– Où est-il ?

– Chez de vieux amis de ma famille qui m'ont connue toute jeune à Berlin et qui me le gardent.

– Il se sent bien chez des vieillards ?

– C'est un enfant qui est à l'aise partout... Je dirais presque qu'il est déjà mondain.

– En somme, il ne serait pas dépaysé ici? Sans que cette demeure soit très vaste, il y a de la place... Il y a aussi le jardin où vous pourriez le promener entre les rosiers d'Arsène. A deux ans, il est déjà grand, cet enfant?

– Ce sera un géant. Chez les Sturmm c'est une tradition : tous les hommes sont immenses!

– Tant mieux! S'il est aussi grand, nous pourrons bientôt, lui et moi, jouer au train électrique. Voilà bien longtemps que ça ne m'est arrivé! J'en connais deux qui vont faire de drôles de têtes quand ils le verront : Arsène et Adrienne. Depuis des années, Arsène me reproche de vivre seul et de ne pas savoir meubler ma vie! Eh bien, il va être servi! Quant à sa femme, elle pourrait faire une gouvernante très convenable.

– Pas question! Laissez-moi cette exclusivité : c'est ma spécialité... Alors que faisons-nous?

– Ce que nous faisons? Nous n'avons plus qu'à aller chercher le petit et à le ramener ici pendant qu'Adrienne lui préparera une chambre... Zut! Il y a un gros ennui : il n'y a pas de lit d'enfant dans cette maison.

– Ça ne fait rien. Jacques et moi avons l'habitude de coucher dans le même lit! Il dormira dans ma chambre.

– Et moi?

– Vous? Je ne sais pas encore ce que je vais faire de vous... Un ami? C'est déjà fait. Un amant? C'est peut-être un peu tôt. Un mari? Qui sait? Mais ce sera pour plus tard.

– Venez. Nous allons même prendre la grosse voiture pour pouvoir transporter les bagages de Monsieur Jacques...

Ce ne fut pas tellement plus tard que Hilda Sturmm acquit légalement la nationalité française en devenant Mme Renaud Fortier. Le mariage eut lieu devant M. le maire de Neuilly-sur-Seine. Les deux témoins de Hilda étaient Lucien et Jacqueline Perrot, tout prêts, une fois de plus, à verser une larme à l'idée que celle qui resterait toujours dans leurs pensées leur fille adoptive allait enfin connaître le bonheur. Le témoin de Renaud – il n'y en avait qu'un – était cet ami qui l'avait amené un jour chez Berthe Vilna, la marieuse, à qui l'on omit d'adresser un faire-part. Il y avait également, assis sagement sur l'une des banquettes de la salle des mariages, entre Arsène et Adrienne, un petit garçon blond qui écarquillait ses grands yeux bleus pour regarder le monsieur ceint d'une belle écharpe tricolore. Il ne comprenait pas très bien ce qui se passait... Ce fut pourtant pour lui un très grand jour : celui où il trouva enfin un père qui lui donna son nom. Il devint Jacques Fortier.

LE POST-SCRIPTUM

C'est ainsi qu'un mariage de raison mit fin au surprenant combat mené avec acharnement par celle que nous connaissons désormais sous le nom de Hilda Fortier, née Sturmm. Son implacable volonté lui permit de s'approprier, de garder, d'élever mon ami Jacques et de lui donner une nouvelle identité. Et celui-ci se croirait encore son fils s'il n'avait pas reçu, transmise par un notaire, l'étrange confession posthume.

Depuis, Jacques m'a demandé d'aller consulter un autre notaire pour essayer de savoir ce qu'était devenue la fortune laissée par ses véritables parents. La démarche était délicate. Si mon ami ne s'en est pas chargé lui-même, c'est pour que l'officier ministériel ne puisse établir aucun rapprochement entre son visiteur et l'enfant mystérieusement disparu trente-six années plus tôt. Mon âge me préservait de courir un tel risque! Il m'a quand même fallu faire preuve d'une certaine prudence, le notaire n'ayant pas manqué de me demander à quel titre je venais m'enquérir de ce qu'avaient pu laisser Xavier et Florence Vorel. Je répondis que je n'étais nullement parent ni susceptible de pouvoir revendiquer la moindre parcelle de cet héritage, qu'en réalité ce n'était pas celui-ci qui m'intéressait mais plus exactement de savoir s'il restait un éventuel héritier. En effet, ayant été moi-même un ami personnel des deux disparus, j'estimais de mon devoir de remettre au principal héritier un charmant objet d'art que les jeunes époux avaient eu la gentillesse de m'offrir en souvenir de leur mariage... Le notaire eut la bonne idée de ne me demander aucune précision sur le prétendu cadeau et, amadoué sans doute par mes bonnes intentions, il dit :

– A l'époque où cette succession s'est ouverte, c'était mon père, aujourd'hui décédé, qui tenait cette étude. Je n'ai donc pas connu M. et Mme Vorel mais je me souviens fort bien d'avoir entendu mon père parler non seulement du terrible accident de voiture mais aussi du fait très étrange que l'unique enfant des tués – un garçon – avait été enlevé alors qu'il venait d'atteindre sa première année. Cela s'était passé durant le week-end où ses parents étaient morts et on ne l'avait jamais retrouvé, pas plus que la ravisseuse qui était sa gouvernante. Ce fils étant le seul héritier direct, une procédure de déclaration d'absence fut engagée. Dix années plus tard, et après enquête, le jugement constatant la présomption d'absence fut rendu. Mon père n'était alors plus de ce monde et c'est moi qui ai remis à des cousins assez lointains du disparu les fonds qui avaient été gérés entre-temps par notre étude et qui étaient assez importants. Quant à vous dire auquel de ces cousins vous pourriez adresser votre présent, cela me serait assez difficile... Notez qu'en fin de compte c'est le fisc qui a touché la plus grosse part de l'héritage. Voilà tout ce que je peux vous affirmer.

– C'est déjà beaucoup, mon cher maître! Ce qui est affligeant, c'est de voir le fisc profiter de toutes les situations, même d'un enlèvement!

Je rapportai à Jacques l'entretien.

– La seule chose que j'ai à faire, me dit-il, est de

laisser tomber. Ce serait trop compliqué et surtout trop dangereux pour la mémoire de Hilda que d'essayer d'entrer en contact avec ces cousins dont je n'ai que faire. Et eux n'ont certainement aucune envie de me voir réapparaître après avoir patienté pendant tant d'années pour obtenir un bout de gras! Et mon père légal – un « presque vrai » celui-là puisqu'il m'a reconnu – m'a laissé, comme tu le sais, de quoi vivre. Alors pourquoi engager une procédure vouée à l'échec?

– Je t'approuve. Il te reste quand même un geste à faire : c'est d'aller te recueillir sur la tombe de tes véritables parents. Dans ses aveux, Hilda a précisé qu'ils avaient été inhumés dans le caveau de famille des Vorel, au cimetière de Passy. Il n'est pas bien grand, ce cimetière. Tu en auras vite fait le tour pour les retrouver. Aimerais-tu que je t'y accompagne?

– Je préférerais.

L'après-midi même, nous étions devant le caveau qui avait l'apparence extérieure d'une petite chapelle. Sur le fronton de la porte d'entrée, fermée à clef, étaient gravés en lettres noires ces mots : FAMILLE VOREL.

– Souhaites-tu entrer à l'intérieur pour voir les tombes de plus près?

– Je n'y tiens pas.

– Le gardien du cimetière a peut-être une clef?

– A quoi bon? Cette porte ne s'ouvre que sur le néant. Pourtant, une chose me choque : les abords de ce caveau sont mal entretenus! Il faudrait y remédier. C'est pourquoi nous allons quand même voir le gardien. Peut-être lui ou l'un de ses collègues pourrait-il se charger de ce travail.

La demande de Jacques étonna le bonhomme.

– Voilà vingt-cinq ans que je suis ici et c'est bien la

première fois que l'on vient me trouver au sujet de cette tombe. Je croyais qu'elle était définitivement abandonnée... Vous êtes de la famille?

– C'est-à-dire que nous sommes... des amis! répondis-je à la place de Jacques, interloqué par la question. Sachant qu'il n'y a plus de parents proches, nous aimerions rendre indirectement hommage à ceux qui reposent sous cette chapelle en faisant nettoyer régulièrement son environnement. A votre avis, est-ce que ce serait possible?

– Tout est possible, monsieur, du moment qu'on paie... Il existe une entreprise spécialisée dans ce genre de travail qui s'occupe d'autres tombes du cimetière. J'en parlerai à son représentant la prochaine fois où il passera. Laissez-moi votre adresse : il prendra contact avec vous.

Mon ami lui tendit sa carte de visite sur laquelle était imprimé, à défaut de l'autre, son nom légal : *Jacques Fortier*. Et, avant de quitter le cimetière, il ne put résister au désir de retourner auprès de la petite chapelle. Il s'y recueillit pendant quelques minutes. Moi, j'étais fasciné surtout par ces deux mots gravés dans la pierre : FAMILLE VOREL.

– Maintenant, me dit-il au moment de partir, je voudrais passer à la mairie du XVIe. C'est tout près, avenue Henri-Martin. Je dois vérifier un détail...

Arrivé au bureau de l'état civil, il demanda à consulter le registre des naissances. A la date de la sienne – que, sur un autre registre, Hilda avait située, lors de la reconnaissance de paternité par Renaud Fortier, dans une clinique imaginaire de Hambourg –, nous pûmes lire qu'un enfant de sexe masculin était né avenue Kléber, au domicile de Xavier et Florence Vorel, et qu'il se prénommait Daniel... La déclaration avait été faite par le père.

– Ne trouves-tu pas que c'est étrange? me dit-il tandis que nous sortions de la mairie. Voilà que je possède deux états civils alors que, pendant les deux années qui ont précédé le mariage de Hilda, je n'avais pratiquement plus d'identité, n'étant qu'un enfant volé!

– Ne parlons plus de ça, veux-tu? A quoi sert de ressasser cette histoire maintenant que les dés sont jetés?... Nous pourrions presque ajouter que tout est bien qui finit bien!

Lorsque nous nous retrouvâmes à Neuilly, dans cette même bibliothèque où Hilda avait révélé l'existence de « son » fils à celui qui allait devenir trois mois plus tard son époux, Jacques me demanda :

– Crois-tu, maintenant que tu sais tout comme moi, que Hilda ait réellement aimé celui dont je porte le nom?

– C'est difficile à dire... J'ai un peu l'impression qu'elle n'a aimé qu'une personne dans sa vie : toi.

– Et peut-être aussi celui qui l'avait mise enceinte?

– André de Rematier? Elle l'a certainement chéri beaucoup plus que Renaud. Celui-ci n'a été pour elle que le lien indispensable lui permettant de mener jusqu'à l'apothéose finale, c'est-à-dire le mariage, son projet de maternité absolue! Je crois même qu'il s'est produit peu à peu chez elle une sorte de transfert : tu es devenu réellement le fils qu'elle avait porté durant trois mois; tu n'étais plus l'enfant volé pour remplacer celui qu'elle avait fait disparaître, mais la réincarnation de l'enfant de l'amour qu'elle avait eu de son amant. Ça te paraîtra peut-être fou, mais, à ses yeux, tu as probablement toujours été le fils d'André. Et c'est lui qu'elle a continué à aimer à travers toi.

– En somme, son entreprise a été une réussite.

– Vis-à-vis des autres, oui. Pas vis-à-vis d'elle-même. La preuve, c'est qu'avant de disparaître elle a éprouvé le besoin de se confesser à toi dans le manuscrit. Il me paraît difficile de penser qu'une telle femme, avec ses prodigieuses qualités, jointes à son charme physique, n'ait jamais ressenti le remords de t'avoir arraché à tes vrais parents!

– En fait, elle m'a plutôt rendu service. Qu'est-ce que j'aurais fait avec ces affreux cousins? Eux aussi, d'ailleurs, en ont profité.

– Et ces gens qu'elle a abattus dans la Creuse? Ne penses-tu pas qu'elle a pu le regretter?

– Sûrement pas! C'étaient des misérables... Là aussi elle m'a sauvé : tu imagines ce que je serais devenu si j'étais tombé à deux ans dans leurs griffes?

– Si je comprends bien, tu as pris la décision de lui pardonner comme elle te l'a demandé dès les premières lignes de sa confession?

– Comment faire autrement?

Je ne sus que répondre. Il reprit :

– Le seul reproche que l'on pourrait lui faire est de n'avoir pas su aimer sincèrement un homme comme Renaud dont l'élégance de cœur, le dévouement et la parfaite correction à son égard furent sans limites.

– Mon pauvre Jacques, les qualités d'un homme suscitent rarement la passion chez une femme. Ce qu'elles aiment, ce sont ses défauts! Aurais-tu oublié ce que Hilda a écrit dans ce post-scriptum que je n'ai pas voulu utiliser dans le roman mais qui existe toujours? Le soir où, d'un commun accord, nous avons pris la décision de jeter le manuscrit au feu, j'ai extrait, je ne sais trop pourquoi et sans même que tu l'aies remarqué, les six derniers feuillets. Ils avaient dû être griffonnés en hâte car on n'y retrouve pas cette belle écriture ordonnée qui avait fait mon admiration dans les autres pages du manuscrit. Comme si Hilda, s'étant brusquement rendu compte, au moment où elle pensait avoir tout dit, qu'il manquait encore un point essentiel à ses aveux, s'était mise à écrire à toute vitesse... Te souviens-tu de la teneur exacte de ce post-scriptum? Le voici...

Je sortis de ma poche les six feuillets et les tendis à mon ami.

– Fais-moi plaisir, Jacques... Relis une dernière fois ces pages...

« *Il y a aussi une chose, mon chéri, que je ne peux pas ne pas te dire. Quand Renaud et moi étions déjà mariés depuis deux années et que tu avais cinq ans, nous t'avons emmené un été en vacances à La Baule. Et sais-tu qui j'ai rencontré là, dans le hall de l'hôtel Hermitage? André de Rematier... Il n'avait pas tellement changé, moi non plus sans doute! Renaud n'était pas avec moi et je te tenais par la main : j'allais t'emmener à la plage et je me souviens que tu avais une petite pelle dans ton autre main... Après quelques secondes de stupéfaction et d'hésitation, André vint vers nous. Aujourd'hui encore, malgré les années écoulées, j'ai l'impression d'entendre le dialogue qui s'est échangé ce jour-là entre lui et moi. Pendant toute cette conversation, qui ne t'intéressait absolument pas, tu n'as pas cessé de me tirer par la main.*

« *– Hilda! m'a dit André, qu'est-ce que tu fais ici?*

« *– Comme toi j'essaie de profiter des bienfaits de l'Atlantique.*

« *– Qui est ce petit garçon?*

« *– Mon fils.*

« *– Ton... Tu as un fils?*

« *– C'est mon droit, non? Tu en as bien un, toi!*

« *– Qu'est-ce que tu racontes? Je ne suis pas marié et, à moins que j'aie eu un enfant sans le savoir...*

« – Pas marié? Alors, qui est cette jeune femme brune qui est en photographie sur le piano, dans le salon de ta mère à Paris, et qui tient devant elle un petit garçon de trois ans qui te ressemble tellement que j'ai cru que c'était toi quand tu avais cet âge-là?

« – Un petit garçon de trois ans... Il y a combien de temps de cela?

« – A peu près six ans.

« – Tu es donc allée chez ma mère à cette époque-là?

« – Elle ne te l'a pas dit?

« – Non.

« – Ça ne m'étonne pas d'elle après la façon dont elle m'a reçue! Oui, je me suis rendue chez ta mère le jour même de mon arrivée de Berlin où tu m'avais laissée quelques semaines plus tôt... C'était la seule adresse que tu m'avais indiquée pour te joindre par lettre. J'ai mal fait de venir?

« – Mais non...

« – Malheureusement, je ne t'ai pas trouvé. Ta mère m'a dit que tu étais à Londres pour une exposition de tableaux du Louvre prêtés à la National Gallery.

« – C'était sûrement vrai.

« – Parce que ta mère ne ment jamais? Alors pourquoi m'a-t-elle dit ce jour-là, en me désignant la photographie, que tu étais marié et que tu avais un fils qui se prénommait... tu sais que j'ai une excellente mémoire : Elzéar?...

« – Elzéar? Mais c'est mon petit neveu. C'est lui qui est sur la photo avec sa mère, ma sœur. C'est même mon filleul. Il doit me ressembler puisque tout le monde me le dit!

« – C'est vrai cela, André?

« – Pourquoi voudrais-tu que j'invente?

« – Alors j'ai raison : ta mère m'a menti! Pourquoi?

« – Je ne sais pas... ou plutôt oui, je crois savoir. Tu connais les mères : elles ont à peu près toutes la même façon de voir les choses, quel que soit leur pays... Souviens-toi de la tienne dont tu redoutais la surveillance à Berlin! La mienne, c'est pareil. Tu dois bien te douter que, quand je suis rentré à Paris, je n'ai pas attendu pour parler de toi avec enthousiasme.

« – Ta mère m'a dit au contraire que tu ne lui avais jamais dit un mot de moi!

« – Elle t'a menti une fois de plus. Elle a dû s'affoler à l'idée que j'étais bien décidé à faire ma vie avec une Allemande! Quand elle t'a vue arriver, elle a sans doute été persuadée que tu venais t'installer chez nous... Mais dis-moi : pourquoi es-tu venue à Paris sans attendre d'avoir reçu un mot de moi t'annonçant que tout était arrangé pour la situation qu'il te fallait? Tu ne crois pas que cela aurait été préférable?

« – Pourquoi je suis venue? Parce que je t'aimais. Parce que je ne pouvais plus attendre pour t'annoncer la grande nouvelle! J'étais enceinte, André. Cet enfant est ton fils. Il ne ressemble qu'à moi mais nous l'avons quand même fait tous les deux! Seulement ta mère, par son égoïsme, a flanqué tout notre bonheur par terre. Convaincue que tu étais marié et me croyant abandonnée par toi, je suis repartie de chez elle sans même lui confier dans quel état j'étais! A quoi cela aurait-il servi, sinon à l'alarmer encore davantage? Oui, c'est bête, n'est-ce pas? Estimant que tout était définitivement fini entre nous, j'ai voulu faire preuve de pudeur et je me suis retrouvée seule, désespérée, avec l'enfant qui était en moi.

« – Mais c'est épouvantable! Qu'est-ce que tu as fait alors?

« – Je me suis débrouillée comme j'ai pu. J'ai surtout cherché un autre homme qui accepterait de donner son nom à ton fils. Maintenant c'est fait : il se nomme Jacques

Fortier. Tu n'auras qu'à chercher une autre femme – et pourquoi pas une nouvelle Berlinoise? – si tu veux assurer ta lignée!

« – Qu'allons-nous devenir?

« – Rien, ou plutôt si. Tu vas repartir vivre chez ta digne mère puisque c'est elle qui régente tout dans ton existence et moi je vais aller rejoindre avec "notre fils" mon mari, qui est un homme merveilleux. Que pourrions-nous faire de mieux?

« – Tu pourrais divorcer et moi exercer un recours en reconnaissance de paternité.

« – Jamais! Je ne veux pas que Jacques porte ton nom. Il a été déclaré Fortier et il le restera! C'est peut-être moins brillant mais c'est plus sûr! Au revoir... Et tu vois bien que notre conversation ennuie l'enfant qui ne pense qu'à la plage.

« – Quel âge a-t-il maintenant?

« – C'est toi qui le demandes? Tu devrais pourtant le savoir si tu prenâis la peine de calculer. Il va avoir cinq ans.

« – Je sais que tu m'avais plusieurs fois répété que tu ne voulais pas épouser un Allemand mais quand même... Jamais je n'aurais cru que tu pousserais ton amour des Français jusqu'à me remplacer aussi vite par un autre! Où habites-tu?

« – A Paris... enfin à Neuilly où nous avons un hôtel particulier.

« – Félicitations! Il te rappelle peut-être celui du baron von Kermann, devenu le Club français de Berlin, où tu m'as dit avoir joué quand tu étais petite fille...

« – André, je t'en supplie!

« – Je ne te souhaite pas bonne chance parce que tu ne m'as pas l'air d'être malheureuse. Je te trouve même resplendissante! Et dire que je m'étais donné un mal fou pour obtenir que tu puisses venir me rejoindre à Paris!

Quand j'ai eu enfin ton visa d'entrée, je t'ai télégraphié comme convenu au Fremden Hotel. Rien! Pas de réponse. Une fois, deux fois, trois fois. A la fin, j'ai fait parvenir un mot par la valise diplomatique à mon cousin le colonel de Pierreux, tu sais : celui qui nous prêtait sa voiture et son chauffeur, pour qu'il aille se renseigner auprès de la mère Wartz. Celle-ci lui a répondu que tu avais déguerpi sans laisser d'adresse. Voilà! C'est ainsi, quand on est une bonne poire de Französisch, qu'on se fait blouser par une Prussienne! Inutile de te dire qu'après une aussi belle aventure je ne me suis pas tellement précipité pour convoler, même avec une Française!

« – Ta mère doit en être ravie : avoir encore son fils bien-aimé auprès d'elle!

« – Celle-là...

« – Celle-là est tout de même ta maman, André! Tu dois l'aimer et la respecter.

« – Espérons que, quand le fiston sera grand, tu ne lui joueras pas le même tour!

« – Je ne sais pas. Je crois que je serai capable de tout pour le garder...

« – Toi aussi?

« Ce furent nos dernières paroles. Je n'ai plus jamais revu André. Cela vaut mieux. Mais c'est tout de même affreux de se dire que, si sa mère n'avait pas fait ce mensonge, son fils que j'ai adoré et moi aurions été un couple parfait avec un enfant bien à nous... Toi, mon petit Jacques, tu n'as été ni à moi ni à Renaud! Peut-être est-ce la vraie raison pour laquelle je ne suis jamais parvenue à aimer ce dernier comme je l'aurais dû? Ai-je été coupable à son égard? Je ne sais plus... Ma vraie faute est de m'être enfuie de chez cette mère abusive sans lui jeter à la face que j'étais enceinte de son fils et que j'attendrais son retour de Londres pour prendre une

décision avec lui seul. Peut-être me suis-je laissé impressionner par ses cheveux blancs ? »

Jacques avait fini de relire les quelques feuillets. Il les tournait et les retournait dans ses mains.

– Qu'est-ce que j'en fais?

– A ta place, je les brûlerais comme le reste.

Tandis que les pages se consumaient, Jacques pensait-il à cette arme redoutable qu'est pour une femme le sentiment de frustration maternelle? En tout cas, il n'était pas près d'oublier, et moi non plus, celle que, par discrétion, je continuerai à appeler Hilda Sturmm...

TABLE DES MATIÈRES

Cet ouvrage a été composé par Brodard et Taupin
et imprimé par Aubin, à Ligugé
pour le compte de FLAMME
27, rue Cassette 75006 Paris
diffusion : France et étranger : Flammarion

Achevé d'imprimer le 10-05-1984

Dépôt légal : mai 1984
No d'édition : 2106. No d'impression : L 16699

Imprimé en France